Das Elfenbeinkind

Der Autor Sir Henry Rider Haggard war als britischer Schriftsteller ein Vertreter des englischen Abenteuerromans des 19. Jahrhunderts. Eine seiner bekanntesten Romangestalten ist der englische Abenteurer Allan Quatermain, der mit seinen Gefährten Sir Henry Curtis, Sir John Good und dem Afrikaner Umslopogaas aufregende Abenteuer auf dem „schwarzen" Kontinent erlebt. Inspiriert wurde Haggard (nach eigenen Angaben) dabei durch das Leben und die Reiseberichte des seinerzeit bekannten Großwildjägers Frederick Courteney Selous, an dessen Leben und Persönlichkeit die Romanfigur angelehnt ist.

In der Buchreihe „Historical Diamond" werden die Juwelen bedeutender klassischer Autoren in einer qualitativ hochwertigen, aber preiswerten Buchausgabe in ungekürzter Fassung neu herausgegeben. Das Themenspektrum umfasst spannende Romane, u. a. historische Romane, Krimis, Fiktion, Abenteuer und Entdeckungsreisen.

HISTORICAL DIAMOND

Henry Rider Haggard

Das Elfenbeinkind

Ein Allan Quatermain Abenteuerroman

Herausgeber
Klaus-Dieter Sedlacek

Band 16

Bibliografische Information Der Deutschen Bibliothek:
Die Deutsche Bibliothek verzeichnet diese Publikation
in der Deutschen Nationalbibliografie; detaillierte
bibliografische Daten sind im Internet über
http://dnb.ddb.de
abrufbar.

Herstellung und Verlag: BoD – Books on Demand, Norderstedt.
ISBN: 9783744897983

1. Kapitel
Allan gibt Schießunterricht

Jetzt will ich, Allan Quatermain, jene Erlebnisse erzählen, welche vielleicht zu den seltsamsten Abenteuern zu rechnen sind, die mir im Verlaufe eines kaum zahm oder langweilig zu nennenden Lebens zugestoßen sind.

Neben vielem anderen wird vom Kriege gegen das Volk der »Schwarzen Kendah« und vom Tode Janas, seines Elefantengottes, die Rede sein. Oft habe ich darüber nachgedacht, ob diese Kreatur nicht etwas anderes und mehr gewesen sei als nur ein riesenhaftes, waldbewohnendes Ungetüm. Scheint das unwahrscheinlich? Ist so etwas nicht möglich? Nun, der Leser wird sich selbst sein Urteil bilden.

Ebenso wird ihm die Religion der »Weißen Kendah« merkwürdig genug vorkommen. Die Angehörigen dieses Stammes wollen im Besitz gewisser magischer Kräfte sein, und über diese Kräfte will ich nur das eine bemerken: wenn sie überhaupt existierten, so waren sie jedenfalls nicht unfehlbar. Schon ein einziges Vorkommnis mag dies beweisen: Hârut und Mârut waren auf Grund einer Weissagung der festen Überzeugung, daß ich, und zwar ausschließlich ich, Jana zu töten imstande wäre; und das war ja auch der Grund, weshalb sie mich einluden, ins Kendahland zu kommen. Dennoch war es zuguterletzt mein Diener Hans, der ihn tötete. Um ein Haar wäre ich bei dieser Expedition ums Leben gekommen ...

Doch ich will die Spannung des Lesers nicht unnötig steigern und der Reihenfolge nach meine so sonderbaren Erlebnisse berichten.

Ich wohnte für ein paar Tage während eines kurzen Aufenthaltes in England bei meinem alten Freunde Scroope, oder eigentlich bei seiner Verlobten und deren Angehörigen in Essex. Während meines Besuches wurde ich einmal mitgenommen, um einen noch schöneren Wohnsitz anzusehen; ein prächtiges altes Kastell mit gemauerten Tortürmen. Es war mit vollendeter Kunst restauriert und in einen luxuriösen modernen Wohnsitz umgewandelt worden. Wir wollen es »Ragnall« nennen, nach dem Schloß eines Barons dieses Namens.

Ich hatte schon allerlei über Lord Ragnall gehört. Den Berichten zufolge mußte er so etwas wie ein Universalgenie sein. Er sollte ein selten schönes Äußeres besitzen und durch Geist und Witz glänzen – seinen Doktor habe er cum laude gemacht – daneben sei er ein großer Sportsmann – Führer des »Oxford-Bootes« beim Universitätsrennen – ein hervorragender Schütze, der in Indien Tiger und anderes Großwild jagte. Überdies ein vielversprechender Politiker, dessen Reden im Oberhaus Aufsehen erregt hatten. Hinter dem Pseudonym des Autors eines vielgekauften Gedichtbandes verberge sich niemand anders als der Lord selbst. Dann gelte er als trefflicher Soldat und schließlich als Mann von gewaltigem Reichtum, der außer großen Gütern eine Reihe von Kohlengruben und eine ganze Stadt im Norden von England besaß.

Als die Liste der Reichtümer zu Ende war, meinte ich: »Vielleicht ist er in der Liebe unglücklich?«

»Gerade hierin hat er das allergrößte Glück!« antwortete die junge Dame, mit der ich sprach, die Braut Scroopes, Fräulein Manners. »Er ist mit einer Dame verlobt, die geradezu das lieblichste, süßeste und klügste Mädchen von ganz England sein soll, und die beiden beten einander an.«

»Da soll's mich nicht wundern, wenn das Schicksal gegen Lord Ragnall und seine vollkommene Liebste etwas ausheckt.«

Und wirklich sollte ich mit meiner Ahnung recht behalten ...

Als ich am nächsten Morgen gefragt wurde, ob ich mir einmal die Sehenswürdigkeiten von Schloß Ragnall anzusehen wünsche, sagte ich gern zu.

Wir hatten in der klaren frostigen Dezemberluft eine schöne Fahrt. Beim Eintreffen hörten wir, daß Lord Ragnall irgendwo im Park beim Schießen wäre, Herr Scroope seinem Freunde aber selbstverständlich das Schloß zeigen könne. So begaben wir drei – Fräulein Manners hatte uns in ihrem Ponywagen herüberkutschiert – uns ins Schloß. Der Pförtner führte uns zum Hauptportal und übergab uns dort einem anderen Menschen, den er Herrn Wild nannte, – dem Kammerdiener Seiner Lordschaft, wie er mir ins Ohr flüsterte.

Ich merkte mir den Namen, weil ich den Eindruck hatte, daß noch niemals jemand weniger »wild« ausgesehen hatte als dieser Herr. Seine Kleidung – er trug einen schwarzen Morgencutaway – war fehlerlos, seine Manieren gewählt, höflich bis an die Grenze der Ironie, aber mit einem Schimmer von hochmütigem

Stolz im Hintergrunde. Sein Gesicht mit seiner feinen Nase und, den Falkenaugen war interessant, und die Spur von Kahlheit über der Stirn kam nur dem Gesamteindruck zugute. Sein Alter mochte etwa zwischen Fünfunddreißig und Vierzig liegen, und die Art und Weise, wie er mich meines Hutes und Stockes beraubte, bewies mir die Entschlossenheit seines Charakters. Wahrscheinlich, so überlegte ich, hält er mich für einen etwas gefährlichen Menschen, der die Gemälde oder die Kunstgegenstände mit seinem Stock beschädigen könnte. – Da er nicht wußte, unter welchem Vorwand er mir den Stock allein abverlangen solle, verfiel er auf den Ausweg, mich auch um den Hut zu erleichtern.

Später einmal bestätigte mir Herr Samuel Wild selbst diese meine Mutmaßungen. Er habe in Anbetracht meines ein wenig ungewöhnlichen Äußeren gedacht, ich könnte einer von jenen gefährlichen Leuten sein, von denen er in den Zeitungen soviel las, nämlich ein »Anarchist«. Ich schreibe das Wort so, wie er es aussprach – und das war eine kuriose Sache. So fehlerlos, so gut erzogen dieser Mann auch war – er hatte seine schwache Seite, durch die er lächerlich wurde. Seine Aussprache des »H« war unsicher. Drei etwa kamen ganz richtig heraus, aber ein viertes machte sich entweder durch völliges Fehlen oder durch unbeabsichtigtes Auftreten bemerkbar. Im übrigen war Samuel Wild ein guter Kerl und von einer rührenden Treue. Ich hatte den größten Respekt vor ihm.

Jetzt begleitete er uns durch das Schloß. Wir sahen alle die zahllosen Kostbarkeiten und wenigstens zweihundert Gemälde aus der Werkstatt berühmter alter Meister. Das gab Wild Gelegenheit, mit großen, wenn auch irgendwo zusammengeklaubten historischen Kenntnissen zu prunken. Um die Wahrheit zu sagen, ich wäre ihm dankbar gewesen, wenn er seine Erklärungen ein bißchen weniger detailliert gehalten hätte, denn an jenem Dezembertage war es in diesen großen Räumen erbärmlich kalt.

Um den Weg von der großen nach der kleinen Galerie abzukürzen, passierten wir Lord Ragnalls Arbeitszimmer, einen gut geheizten und behaglich eingerichteten Raum. Ich blieb einen Augenblick am Feuer stehen. Und da entdeckte ich, durch einen Vorhang verhüllt, ein Gemälde. Ich fragte Herrn Wild nach der Bedeutung.

»Das, mein Herr,« antwortete er mit einer Art stolzer Reserviertheit, »ist das Porträt der zukünftigen gnädigen Frau. Seine Lordschaft hat den Anblick dieses Bildes ausschließlich sich selbst vorbehalten.«

Fräulein Manners kicherte, und ich sagte: »So, ich danke Ihnen. Aber wie kann man nur eine Sache von solch übler Vorbedeutung tun!«

Durch eine offene Türe erspähte ich die Vorhalle, in der mir mein Hut abgenommen worden war, blieb ein wenig zurück, und als die anderen in der kleinen Galerie verschwunden waren, schlüpfte ich in die Halle, nahm mein Hab und Gut wieder an mich und trat in den Garten hinaus, um, hier auf und ab gehend, mich zu erwärmen und auf meine Begleiter zu warten. Als ich so auf der Terrasse hin und her marschierte, hörte ich den Knall von Schüssen. Das Knallen scholl aus einer Gruppe von Eichen her, die in einer Entfernung von etwa vierhundert Metern standen. Mir schien, daß die Schüsse aus einem kleinkalibrigen Gewehr kamen, nicht aus einer Schrotflinte.

Neugierig, wie ich es ja schon fast berufsmäßig bin, ging ich auf einem Umwege quer durch eine Anpflanzung auf den Eichenhain zu. Schließlich stand ich am Rande einer Lichtung und sah, durch einen prächtigen Buchsbaum gedeckt, zwei Männer vor mir. Der eine war ein junger Heger, und der andere – das wußte ich im ersten Moment – war Lord Ragnall selbst. Tatsächlich eine ungewöhnliche Erscheinung! Sehr groß, breitschultrig, zugespitzter Bart, ein freundliches und einnehmendes Gesicht und große dunkle Augen. Er trug einen Mantel über den Schultern, der einen Samtrock darunter sehen ließ.

Meinen Platz wechselnd, beobachtete ich seine Versuche, Holztauben zu schießen, die, durch das kalte Wetter hungrig gemacht, Eicheln picken wollten. Von Zeit zu Zeit tauchten die schönen blauen Vögel auf, einen Moment lang schwebten sie regungslos über den Bäumen, ehe sie sich setzten. Der Schütze feuerte und – sie flogen davon! »Peng – Peng!« machte die Büchse, und weg war die Taube.

»Verdammt!« sagte der Schütze mit einer wohlklingenden Stimme, »das ist die zwölfte, die ich gefehlt habe, Charles.«

»Sie haben den Schwanz getroffen, Mylord. Ich sah eine Feder davonflattern. Aber, wie gesagt, Mylord, es gibt keinen lebenden Menschen, der fliegende Tauben mit einer Kugel zu treffen imstande wäre. Auch dann nicht, wenn sie in der Luft stillzustehen scheinen.«

»Ich habe von einem gehört, Charles. Herr Scroope hat einen Freund aus Afrika zu; Besuch, von dem er schwört, daß er vier Stück von sechs herunterholt.«

»Dann, Mylord, hat Herr Scroope einen Lügenpeter zum Freunde«, entgegnete Charles, indem er ihm das zweite Gewehr reichte.

Das war zuviel für mich. Ich schritt, höflich meinen Hut lüftend, auf die beiden zu und sagte:

»Entschuldigen Sie, mein Herr, wenn ich störe; aber Sie schießen auf diese Holztauben nicht in der richtigen Weise. Wenn die Tauben auch, bevor sie niederkommen, in der Luft stehenzubleiben scheinen – sie fallen schneller, als Sie es sich vorstellen können. Ihr Heger irrte sich, als er Sie vom letzten Vogel, auf den Sie zwei Läufe abfeuerten, eine Schwanzfeder herausholen sah. In beiden Fällen haben Sie wenigstens einen Fuß zu hoch geschossen. Und was herunterkam, war ein Eichenblatt.«

Einen Moment herrschte Schweigen. Dann rief Charles ärgerlich aus:

»Nanu, was denn noch?«

Lord Ragnall aber – er war es wirklich – sah zunächst ebenfalls ärgerlich drein. Dann schien ihn die Sache zu amüsieren.

»Mein Herr,« sagte er, »ich danke Ihnen für Ihren Ratschlag. Es ist wahr, ich habe jede Taube gefehlt, auf die ich mit diesen vertrackten kleinen Büchsen zu schießen versuchte. Aber wenn Sie mir in der Praxis vorführen könnten, was Sie jetzt so freundlich theoretisch entwickelt haben – so würde das den Wert Ihrer Ratschläge sicherlich erhöhen.«

So sprach er. Ohne Zweifel ironisierte er mich (er hatte Sinn für Humor). Meine Rede war aber auch durch meine Erregung ein bißchen zu pompös ausgefallen.

»Geben Sie mir bitte das Gewehr«, antwortete ich, indem ich meinen Mantel ablegte.

Er überreichte es mir mit einer Verbeugung.

»Überlegen Sie sich, was Sie tun wollen,« grunzte Charles, »das Ding ist gespannt und gestochen.«

Ich schickte ihm einen vernichtenden Blick zu, aber dieser ungläubige Heger stierte mich nur mit der ausgesprochenen Unverschämtheit seiner runden Vogelaugen an. Niemals zuvor war ich auf einen dienstbaren Geist so wütend gewesen. Und auf einmal kam mir ein schrecklicher Gedanke. Wie, wenn ich fehlte! Ich wuß-

te herzlich wenig Bescheid über den Flug englischer Holztauben, die mit der Kugel überhaupt leicht zu fehlen sind, und nichts wußte ich von diesen Spezialwaffen. Ein Blick belehrte mich aber, daß ich ein ausgezeichnetes, von einem berühmten Büchsenmacher konstruiertes Gewehr in der Hand hielt. Aber, wenn ich jetzt umschmiß, wie sollte ich Charles' Verachtung und die Höflichkeit seines vornehmen Herrn, der sich schon jetzt über mich amüsierte, ertragen? Ich betete zum Himmel, daß sich keine weiteren Tauben zeigen möchten und so meine vorgegebene Geschicklichkeit wenigstens vorläufig nicht auf die Probe gestellt werden könnte.

Aber es sollte nicht sein. Diese Vögel kamen von weit her einzeln oder zu Zweien auf der Suche nach ihrem Lieblingsfutter. Selbst die Tatsache, daß einige verscheucht worden waren, hielt die andern vom Kommen nicht ab. Auf einmal hörte ich Charles knurren: »Na, jetzt passen Sie auf, Meister. Jetzt haben Sie Gelegenheit, Seiner Lordschaft zu zeigen, wie man's macht, trotzdem er, nebenbei bemerkt, der beste Schütze im Lande ist.«

Während er sprach, zeigten sich zwei Tauben. Die eine ein Stückchen hinter der anderen, kamen sie stracks auf uns zu. Als sie, bereit sich niederzulassen, die Lichtung des Hains erreichten, war die eine ungefähr fünfzig, die andere etwa siebzig Meter weit weg. Ich nahm die nächste aufs Korn, gab etwas für den Fall und die Steigung zu und berührte den Hahn der Büchse. Sie hatte nur einen ganz schwachen Rückschlag. Die Kugel durchschlug der Taube den Kropf. Ein Schauer von Eicheln fiel heraus, und das Tierchen sank tot zu Boden. Die zweite Taube, die Gefahr witternd, begann steil in die Höhe zu steigen. Ich feuerte den zweiten Lauf auf gut Glück ab und schoß ihr den Kopf herunter. Dann nahm ich automatisch die andere Büchse, die Charles geladen hatte, aus seiner ausgestreckten Hand. Denn im selben Moment sah ich zwei weitere Tauben heranstreichen. Auf die erste riskierte ich einen schwierigen Schuß und traf sie weit hinten; ihr Schwanz flog weg, aber sie kam, wenn auch noch flatternd, zu Boden. Ich nahm auch die andere aufs Korn; doch als ich den Abzug berührte, ertönte nur ein Klick und weiter nichts.

Damit war die Gelegenheit gekommen, mit Charles ein wenig abzurechnen, und ich benützte sie.

»Junger Mann,« sagte ich, während er mich mit offenem Munde angaffte, »Sie sollten lernen, mit gefährlichen Waffen, wie sie Gewehre sind, vorsichtiger umzugehen. Denn wenn Sie einem Schützen eines ungeladen in die Hand geben, so beweist das nur, daß Sie von der Sache nichts verstehen.«

Dann drehte ich mich auf den Hacken herum und setzte, zum Lord Ragnall gewendet, hinzu:

»Ich muß wegen meines dritten Schusses um Entschuldigung bitten. Ich habe mit ihm selbst gegen etwas verstoßen, was ich Ihnen zur Beachtung empfahl. Ich habe nämlich nicht hoch genug geschossen. Immerhin kann er dazu dienen, Ihrem Diener den Unterschied zwischen dem Schwanz einer Taube und einem Eichenblatt zu zeigen«, und ich zeigte auf eine der Federn, die noch immer in der Luft flatterten.

»Wenn dieser Kerl hier nicht der Teufel in Stiefeln ist ...« murmelte Charles vor sich hin.

Aber sein Herr schnitt ihm mit einem Blick das Wort ab, dann lüftete er vor mir den Hut und sagte:

»Mein Herr, ich gratuliere Ihnen zu einer Geschicklichkeit, die fast an das Wunderbare grenzt, falls nicht Zufall – –« Er brach ab.

»Es ist nur natürlich, daß Sie das annehmen,« antwortete ich, »aber falls noch mehr Tauben kommen und Mister Charles die Büchsen wirklich ladet, hoffe ich, Sie zu überzeugen.«

In diesem Augenblick jedoch verscheuchte ein lauter Ruf von Scroope, der nach mir Ausschau hielt, jede Taube in einem Umkreis von einer halben Meile: eine Tatsache, über die ich nicht gerade ärgerlich war. Denn wer weiß, ob ich alle oder überhaupt noch eine einzige von den Tauben getroffen hätte.

»Ich glaube, meine Freunde rufen mich, deshalb möchte ich Ihnen ›Guten Morgen‹ sagen«, sagte ich linkisch.

»Einen Moment, mein Herr,« rief er aus, »dürfte ich Sie vorher um Ihren Namen bitten? Ich heiße Ragnall – Lord Ragnall.«

»Ich bin Allan Quatermain«, sagte ich.

»Oh!« antwortete er, »das erklärt die Sache. Charles, dies ist Herrn Scroopes Freund, eben derselbe Herr, von dem du sagtest, er schnitte auf. Ich glaube, du tätest besser, dich zu entschuldigen.«

Aber Charles war weg. Ich nahm an, um die Tauben aufzulesen.

In diesem Augenblick erschien Scroope mit Fräulein Manners. Sie hatten unsere Stimmen gehört. Eine allgemeine Aussprache folgte.

»Herr Quatermain hat mir eine Lektion im Schießen von fliegenden Tauben mit kleinkalibrigen Gewehren gegeben«, sagte Lord Ragnall, indem er auf die herumliegenden toten Vögel zeigte.

»Dafür ist er auch kompetent«, bemerkte Scroope.

»Unerhört kompetent«, versetzte seine Lordschaft. »Falls Sie mir nicht glauben, fragen Sie den Heger.«

»Es ist das einzige, was ich kann«, warf ich bescheiden dazwischen. »Schießen ist mein Handwerk, und ich habe viel Übung darin, Vögel im Fluge mit der Kugel herunterzuholen. Aber mit einer Schrotflinte würde ich ohne Zweifel gegen Eure Lordschaft sehr ins Hintertreffen geraten. Darin habe ich nur wenig Übung. Außer wenn ich in Afrika für den Kochtopf schoß.«

»Ja,« unterbrach Scroope, »Sie würden überhaupt keine Chancen gegen einen der besten Schützen Englands haben, Allan.«

»Ich bin dessen nun nicht ganz sicher«, sagte Lord Ragnall mit seinem angenehmen Lächeln. »Ich habe so ein Gefühl, als stecke Herr Quatermain voller Überraschungen. Wir könnten, wenn er einverstanden ist, einmal die Probe aufs Exempel machen. – Wenn Sie doch einen Tag opfern könnten, Herr Quatermain! Wir wollen morgen die Schutzgehölze abjagen, die bis jetzt unberührt sind, und ich hoffe, Sie tun mit.«

Ich machte einige Ausflüchte; denn ich bedachte, daß der von mir glatt überzeugte Charles wohl alle möglichen Geschichten über mich in die Welt setzen würde, und ich wünschte nicht, vor einer Gesellschaft von großen Herren – die ohne Zweifel wegen ihrer ganz besonderen Geschicklichkeit in diesem Sport ausgesucht worden waren – unter Umständen beschämt dazustehen.

Meine Einwendungen überzeugten jedoch weder Lord Ragnall noch Scroope, und so blieb mir nichts übrig, als die Einladung anzunehmen.

2. Kapitel
Allan macht eine Wette

Am folgenden Morgen kamen wir, Scroope und ich, ungefähr um ein Viertel vor zehn auf Schloß Ragnall an.

Als ich aus dem Gefährt herauskletterte, erschien mit der Würde eines Imperators eine pompös ausstaffierte Persönlichkeit, mit einem Samtmantel und einer scharlachroten Weste angetan, und begleitet von einem Individuum, in dem ich Charles erkannte. Unter jedem Arm trug er eine Flinte.

»Das ist der Oberheger,« flüsterte Scroope, »behandeln Sie ihn ja respektvoll.«

Voller Schrecken nahm ich meinen Hut ab und wartete.

»Spreche ich mit Herrn Allan Quatermain?« sagte Seine Majestät mit tiefer, rollender Stimme, indem er mich mit kaltem, mißbilligendem Blick betrachtete.

Ich bejahte.

»Dann, mein Herr,« fuhr er fort – er machte eine kleine Pause hinter dem »mein Herr«, als betrachtete er mich in Wirklichkeit nur als so etwas wie einen afrikanischen Kollegen – »habe ich Ihnen im Namen Seiner Lordschaft diese Flinten zu übergeben. Ich hoffe, daß Sie mit ihnen vorsichtig umgehen, da sie zu Kauf oder Rücksendung hier sind. Charles, erkläre diesem ausländischen Herrn die Handhabung der Flinten und halte dabei die Mündung nach oben oder unten. Die Gewehre sind zwar nicht geladen, aber ein gutes Beispiel ist immer nützlich.«

»Danke Ihnen, Herr Heger,« antwortete ich, und langsam stieg mir die Galle, »aber ich glaube, daß mir über Flinten alles Nötige schon bekannt ist.«

»Es freut mich, das zu hören«, sagte Seine Majestät mit augenscheinlichem Mißtrauen. »Charles, Herr Scroope will für den Herrn laden, ich hoffe, er wird vorsichtig sein. Seine Lordschaft wünscht, daß du sie begleitest und die Patronen trägst. Und, Charles, zähle die Schüsse und die Strecke ohne Anrechnung alles Angeschossenen. Ich habe die Geschichten mit dem ewigen Anschießen satt.«

Die letzten Anordnungen wurden mit majestätischer Würde und ein wenig abseits ausgesprochen, damit wir nur nichts hören sollten. Scroope quittierte sie mit einem Kichern, Charles mit einem Grinsen; in mir jedoch wuchs das Gefühl der Entrüstung.

Ich nahm eine der Flinten und besah sie. Es war eine schöne, allermodernste Waffe, kostbare Präzisionsarbeit.

»An dem Gewehr ist alles in Ordnung, mein Herr«, brummte die rote Weste. »Wenn Sie es nur richtig hinhalten, besorgt es alles übrige von selbst. Aber halten Sie die Mündung aufwärts, Herr, aufwärts! Und vielleicht nehmen Sie es mir auch nicht übel, wenn ich Ih-

nen sage, daß wir hier auf Ragnall einen niedrigen Fasanen hassen. Ich erwähne das nur deshalb, weil der letzte Herr, der aus dem Ausland kam – es war ein Franzose – den ganzen Tag nichts schoß außer einer Henne, die sich ihm fast auf die Mündung setzte, den Hüten zweier Treiber seiner Lordschaft und einem Star.«

Bei diesem Punkte brach Scroope in ein brüllendes, närrisches Gelächter aus. Charles, dem ich offenbar schicksalsgemäß nicht entgehen sollte, drehte sich um und krümmte sich zusammen, als hätte er plötzlich Magenschmerzen bekommen. Ich aber wurde rasend.

»Zum Donnerwetter noch einmal, Herr Heger,« rief ich, »was soll diese Schulmeistern heißen! Bekümmern Sie sich um Ihre Angelegenheiten, und ich werde mich um meine bekümmern.«

In diesem Moment kam Lord Ragnall um die Ecke eines Hofgebäudes herum. Ich erkannte an seiner ärgerlichen Miene, daß er unsere Diskussion angehört hatte.

»Jenkins,« sagte er, »tun Sie, was Ihnen Herr Quatermain gesagt hat, und kümmern Sie sich um Ihre eigenen Angelegenheiten. Sie scheinen sich nicht darüber im klaren zu sein, daß dieser Herr mehr Löwen, Elefanten und anderes Großwild geschossen hat als Sie Katzen. Aber wenn dem auch nicht so wäre, wäre es noch lange nicht Ihre Aufgabe, Belehrungsversuche an ihm – oder irgendeinem andern meiner Gäste – vorzunehmen. Gehen Sie jetzt, und sehen Sie nach den Treibern.«

»Bitte um Entschuldigung, Mylord«, stotterte Jenkins, und sein Gesicht, das so farbenfreudig wie seine Weste gewesen war, wurde mit einem Male ganz blaß. »Es war nicht böse gemeint, Mylord. Aber Elefanten und Löwen fliegen nicht, Mylord, und wer an solches Bodengewürm gewöhnt ist, neigt dazu, zu niedrig zu schießen, Mylord. Alle Treiber am Jagddickicht bereit, Mylord.«

Mit Verbeugungen kam er außer Sicht. Lord Ragnall wartete sein Verschwinden ab, dann sagte er lachend:

»Ich muß Sie um Entschuldigung bitten, Herr Quatermain. Diesen verdrehten alten Trottel habe ich sozusagen als Erbstück übernommen; und das Spaßigste dabei ist, daß er selbst der erbärmlichste und gefährlichste Schütze ist, den ich jemals gesehen habe. Andererseits wiederum ist er der beste Fasanenheger im ganzen Lande, und so muß ich mich mit ihm abfinden.

Kommen Sie nun herein, ja? Charles wird auf Ihre Gewehre und Patronen achtgeben.«

Er führte Scroope und mich durch eine Seitentür in die große Halle und machte mich mit den übrigen Mitgliedern der Jagdgesellschaft bekannt. Es waren ausgezeichnete Schützen. Ihren berühmten Namen war ich oft genug in der Zeitschrift »Die Jagd« begegnet, die ich auch in Afrika hielt, trotzdem ich, wenn ich gerade auf meinen Expeditionen war, manchmal ein Jahr lang keine Nummer zu sehen bekam.

Zu meinem Erstaunen stellte ich fest, daß ich einen der Herren kannte. Wir waren sicherlich ein Dutzend Jahre lang einander nicht in den Weg gelaufen, aber ich war überzeugt, daß ich mich nicht irrte. Ein so gemeines Äußeres, solche kleine, graue, ruhelose Augen konnten niemand anderem gehören als van Koop, dessen Name seinerzeit in Südafrika berühmt und – berüchtigt war in Verbindung mit riesigen und außerordentlich erfolgreichen Betrügereien. Betrügereien, gegen die das Gesetz keine Handhabe bot, bei denen auch ich eins der vielen Opfer war, und zwar mit einem Betrage von zweihundertfünfzig Pfund, einer großen Summe für mich.

Als wir seinerzeit dort unten zum letztenmal zusammengekommen waren, hatte es eine stürmische Szene zwischen uns gegeben. Sie endete damit, daß ich ihm wütend erklärte, ich würde ihn, wenn er mir auf dem Feld noch einmal unter die Augen käme, ohne Bedenken niederschießen. Vielleicht war das einer der Gründe, warum van Koop auf einmal aus Südafrika verschwand; er war ein mit allen Hunden gehetzter Fuchs. Ich glaube, er war eben hereingekommen. Wahrscheinlich wohnte er irgendwo in der Nachbarschaft von Ragnall. Auf jeden Fall wußte er nichts von meiner Anwesenheit. Hätte er es gewußt, er wäre – dessen bin ich ganz sicher – weggeblieben. Als er mich sah, rief er: »Allan Quatermain, so wahr ich lebe!« – halblaut nur, aber in solch erstauntem Tone, daß es die Aufmerksamkeit von Lord Ragnall erregte, der in der Nähe stand.

»Ja, Herr van Koop,« antwortete ich munter, »Allan Quatermain, niemand anders; und ich hoffe, Sie sind ebenso erfreut mich zu sehen, wie ich Sie.«

»Das muß ein Irrtum sein,« sagte Lord Ragnall mit erstauntem Gesicht, »das ist doch Sir Junius Fortescue, früher Herr Fortescue.«

»Was Sie nicht sagen«, antwortete ich. »Ich weiß nicht, ob ich ihn jemals bei diesem Namen habe rufen hören, aber was ich weiß, ist, daß wir alte – Freunde sind.«

Lord Ragnall entfernte sich, da er wahrscheinlich die Unterhaltung nicht fortzusetzen wünschte. Niemand sonst hatte zugehört. Van Koop schob sich an mich heran.

»Herr Quatermain,« sagte er mit unterdrückter Stimme, »meine Verhältnisse haben sich, seit wir uns das letzte mal trafen, geändert!«

»Den Eindruck habe ich auch,« versetzte ich, »aber meine sind genau dieselben geblieben, und wenn es Ihnen jetzt passen würde, mir jene zweihundertfünfzig Pfund, die Sie mir schulden, samt Zinsen zurückzuzahlen, so wäre ich Ihnen sehr verbunden. Wenn nicht, so hätte ich eine hübsche Geschichte von Ihnen zu erzählen.«

»Oh, Herr Quatermain,« antwortete er mit einem gewissen Lächeln, daß es mir schwer wurde, ihm nicht einen Tritt zu geben, »wie Sie wissen, bestreite ich die Schuld.«

»So, tun Sie das?« rief ich aus. »Vielleicht werden Sie die Geschichte auch bestreiten. Aber die Frage ist, wird man Ihnen auch dann glauben, wenn ich Beweise bringe?«

»Haben Sie schon mal etwas von einem Statut über beschränkte Haftung gehört, Herr Quatermain?« fragte er hohnlächelnd.

»Nicht, soweit sie den Ruf betrifft«, antwortete ich mit Betonung. »Nun, was gedenken Sie zu tun?«

Er dachte einen Moment nach und antwortete:

»Passen Sie auf, Herr Quatermain, Sie waren immer so etwas wie ein Sportsmann, und ich will Ihnen einen Vorschlag machen. Wenn ich heute mehr Vögel als Sie herunterbringe, sollen Sie versprechen, den Mund über meine Angelegenheiten in Südafrika zu halten, und wenn Sie mehr herunterbringen als ich, sollen Sie ihn immer noch halten, aber ich will Ihnen jene zweihundertfünfzig Pfund samt Zinsen für sechs Jahre bezahlen.«

Ich überlegte einen Moment, wohl wissend, daß der Mann etwas im Schilde führte. Gewiß, ich konnte ablehnen und Skandal machen. Aber das lag mir nicht und würde mich auch meinen zweihundertfünfzig Pfund nicht näherbringen, die, falls ich gewann, doch ihren Weg in meine Tasche zurückfinden konnten.

»Gut, abgemacht«, sagte ich.

»Um was dreht sich die Wette, Sir Junius?« fragte Lord Ragnall näherkommend.

»Es ist eine ziemlich lange Geschichte,« antwortete jener, »vor Jahren, als ich in Afrika reiste, hatte ich mit Herrn Quatermain eine Meinungsverschiedenheit über eine Summe von fünf Pfund. Um Auseinandersetzungen über diese Kleinigkeit zu vermeiden, haben wir ausgemacht, sie zum Gegenstand eines Wettschießens zu machen.«

»So, so«, sagte Lord Ragnall ziemlich ernsthaft; ich sah ihm an, daß er van Koops Darstellung über die Höhe der Summe nicht traute. »Geradeheraus gesagt, Herr Junius, ich bin nicht sehr davon eingenommen, daß hier Wetten abgeschlossen werden. Ich glaube Herrn Quatermain gestern auch erwähnen zu hören, daß er in England noch niemals Fasanen geschossen hätte, und deshalb erscheint mir die Sache nicht ganz fair. Doch müssen die Herren Ihre Angelegenheiten natürlich selbst am besten beurteilen können. Nur, da hier Geld in Frage kommt, muß ich jemanden damit beauftragen, Ihre Vögel zu zählen und mir über das Endergebnis Bericht zu erstatten.«

»Einverstanden«, sagte van Koop. Ich gab keine Antwort. Denn um die Wahrheit zu sagen, mir war die ganze Sache sehr peinlich. Hernach gingen Lord Ragnall und ich an der Spitze der ganzen Gesellschaft zur ersten Schonung hinüber. Wir hatten ungefähr eine halbe Meile zu marschieren.

»Sie sind schon früher mit Sir Junius zusammengekommen?« fragte er mich mit einer gewissen Betonung.

»Ja«, antwortete ich. »Vor etwa zwölf Jahren. Van Koop machte damals als erfolgreicher – hm – Spekulant viel von sich reden. Aber kurze Zeit darauf verschwand er aus Südafrika.«

»Um hier aufzutauchen. Vor zehn Jahren kaufte er eine große Besitzung in der Nachbarschaft. Vor drei Jahren wurde er Baron.«

»Wie konnte ein Mensch wie van Koop Baron werden?« forschte ich.

»Durch Kauf, glaube ich.«

»Durch Kauf! Werden in England Titel verkauft?«

»Sie sind erfreulich unschuldig, Herr Quatermain, so wie ein Jäger aus Afrika eigentlich sein soll«, sagte Lord Ragnall lachend. »Ihr Freund –«

»Entschuldigen Sie, Lord Ragnall, ich bin eine bescheidene Person, nicht einmal so eingebildet wie etwa

Ihr Wildhüter. Deswegen aber möchte ich den Baron Junius, früheren Herrn van Koop, noch lange nicht meinen Freund nennen, wenigstens nicht im Ernst.«

Der Lord lachte von neuem.

»Nun, die Persönlichkeit, mit der Sie Ihre Wette abgeschlossen haben, hat große Summen für die Fonds seiner Partei gezeichnet. Ich sage Ihnen nur, was ich weiß. Die Höhe des Betrages kenne ich nicht. Es war von fünfzehn- oder von fünfzigtausend Pfund die Rede, und auf die Spende hin wurde er Baron.«

»Das ist die ganze Geschichte«, fuhr er fort. »Ich mag den Mann ja selbst nicht. Aber er ist ein ausgezeichneter Fasanenschütze, und dieser Umstand öffnet ihm alle Türen. Der Schießsport wird eben einmal hierzulande wie ein Fetisch gepflegt und in Ehren gehalten, Herr Quatermain. So ist es zum Beispiel auf dieser Besitzung Tradition, daß wir mehr Fasanen schießen müssen als irgend jemand sonst im Lande, und deswegen habe ich die Verpflichtung, die besten Schützen einzuladen, mögen sie auch nicht immer einwandfreie Burschen sein. Es ist mir ja nicht angenehm, aber offenbar kann ich nichts anderes tun, als was meine Vorfahren getan haben.«

»Unter diesen Umständen würde ich die Sache überhaupt aufgeben, Lord Ragnall. Sport als Sport ist gut, aber wenn er zum Geschäft wird, lernt man ihn hassen. Ich weiß Bescheid, da ich ihn viele Jahre als Handwerk betreiben mußte.«

»Das ist eine Idee«, entgegnete er nachdenklich. »Unterdessen hoffe ich, daß Sie Ihre – fünf Pfund von Sir Junius zurückgewinnen. Er ist so eitel, daß ich mit Freuden fünfzig Pfund dazugeben würde, um das zu erleben.«

»Dafür ist wenig Hoffnung«, antwortete ich. »Denn wie ich Ihnen sagte, habe ich niemals vorher Fasanen geschossen. Immerhin will ich es versuchen.«

»Recht so. Und passen Sie auf, Herr Quatermain, halten Sie immer gut vor. Sie sehen, ich erlaube mir, Ihnen Ratschläge zu geben, so wie Sie gestern mir. Schrot hat nicht die Geschwindigkeit der Kugel, und der Fasan ist ein Vogel, der im allgemeinen viel schneller fliegt als man denkt. Also, hier sind wir. Charles wird Ihnen Ihren Stand zeigen. Viel Glück!«

Zehn Minuten später begann die Jagd. Alle sieben Schützen wurden am Rande einer langen Schonung in Sicht voneinander postiert. Ich war so in Beobachtung der Vorbereitungen versunken, die für mich völlig neu waren, daß ich erst einen Hasen und dann eine Fasanenhenne durchschlüpfen ließ, ohne auf sie zu schießen. Besagte Henne beschrieb einen Bogen und wurde dabei von van Koop, der von mir aus der dritte war, wunderschön heruntergeholt.

»Hören Sie mal, Allan,« sagte Scroope, »wenn Sie Ihren afrikanischen Freund schlagen wollen, wäre es besser, Sie wachten nun auf; Sie werden es weder durch Bewunderung der Landschaft noch jenes Eichhörnchens dort schaffen.«

So raffte ich mich auf. Gerade gellte ein Schrei: »Hahn voraus!« Ich dachte an einen Fasanenhahn und war erstaunt, als ich einen schönen braunen Vogel mit langem Schnabel auf mich zufliegen sah.

»Muß ich den auch schießen?« fragte ich.

»Selbstverständlich. Es ist eine Waldschnepfe«, antwortete Scroope.

In diesem Augenblick rüttelte der Vogel ungefähr zehn Meter hinter mir. Ich feuerte und traf ihn, und wo er soeben zu sehen gewesen war, stiebte nur noch eine Wolke von Federn. Es war ein schneller und geschickter Schuß – glaubte ich wenigstens. Aber als Charles nur einen Schnabel und einen Kopf auflas, lief ein Kichern die ganze Linie der Schützen und Jagdgehilfen entlang.

»Hallo, alter Junge,« sagte Scroope, »wenn Sie Ihre Sauposten weiter benutzen wollen, so täten Sie besser, Ihre Vögel ein bißchen mehr hinten zu treffen.«

Der Vorfall ärgerte mich so, daß ich unmittelbar darauf drei in einer Linie streichende, ganz leichte Fasanen verfehlte, während van Koop sich zwei neue gutschreiben konnte.

Scroope schüttelte den Kopf, und Charles murrte hörbar. Jetzt, da ich nicht mit seinem Meister im Wettbewerb stand, war er plötzlich nur darauf erpicht, daß ich gewinnen sollte. Denn auf geheimnisvolle Weise hatten sich Gerüchte von unserer Wette verbreitet, und mein Gegner war unter den Hegern nicht beliebt.

»Da, jetzt sind Sie wieder dran«, sagte Scroope, auf einen ankommenden Fasan zeigend.

Es war ein außerordentlich hoher Fasan, der wahrscheinlich von außerhalb der Schonung kam, so hoch, daß ihn weder van Koop noch zwei andere Schützen, die auf ihn anlegten, trafen. Dann feuerte ich, und eingedenk Lord Ragnalls Rat hielt ich weit vor. Sein Flug änderte sich. Er schoß, eine Kurve beschreibend, noch ein Stück vorwärts und fiel dann vierzig Meter rechts von mir tot nieder.

»Schon besser«, sagte Scroope, und Charles grinste über sein ganzes rundes Gesicht und brummte:

»Diesmal hat er die Augen ausgewischt.«

Dieser Schuß gab mir Vertrauen, und ich verbesserte mich von da ab beträchtlich, trotzdem ich komischerweise feststellte, daß es gerade die hohen und schwierigen Fasanen waren, die ich erwischte, und daß ich gerade die leichten öfters fehlte. Aber van Koop, der offensichtlich ein Künstler im Schießen war, bekam beide.

Lord Ragnall, der mir am nächsten stand, forderte mich auf, mit ihm hinter die anderen Schützen zurückzutreten.

»Ich sehe, die Schwierigen sind Ihre Spezialität, Herr Quatermain,« sagte er, »und hier werden Sie von dieser Sorte genug bekommen.«

Jetzt standen wir an einem Abhang zwischen zwei langgestreckten Gehölzen, die ungefähr zweihundert Meter auseinanderlagen. Eins wurde gerade abgetrieben. Es steckte voll von Fasanen; und die Leistungen der auserlesenen Schützen waren in der Tat sehenswert.

Ich kam hier ganz gut voran, fast so gut wie Lord Ragnall selber. Und das will viel heißen; denn er war ein brillanter Schütze.

»Bravo!« sagte er am Ende des Treibens. »Ich glaube, Sie haben jetzt Chance, Ihre fünf Pfund doch noch zu gewinnen.«

Als ich aber nach dem Frühstück feststellte, daß ich dreißig Fasanen weniger geschossen hatte als mein Gegner, schüttelte ich den Kopf. Und dasselbe taten alle übrigen. Dennoch schmeckte das Frühstück, das wir im Hause eines Hegers einnahmen, ausgezeichnet, trotzdem van Koop unaufhörlich in solch prahlerischer Weise schwatzte, daß ich sah, es ärgerte unseren Gastgeber und einige der anderen Herren. Schließlich wandte er sich gönnerhaft an mich und fragte, wie ich die letzten Jahre mit meinem »Elefanteneinkochen« vorwärtsgekommen wäre. Ich antwortete: »Recht gut.«

»Dann sollten Sie unseren Freunden einige Ihrer berühmten Geschichten erzählen, ich verpflichte mich, Ihnen nicht zu widersprechen«, sagte er und fügte hinzu:

»Die Herren haben ja, im Gegensatz zu uns, keine Erfahrung im Abschuß von Großwild.«

»Ich wußte nicht, daß Sie selber welche hatten, Sir Junius,« antwortete ich gereizt, »denn, wenn ich mich recht erinnere, sagten Sie mir einmal in Afrika, das einzige Großwild, das Sie jemals geschossen hätten, wäre ein an Rotwasser erkrankter Ochse gewesen. Immerhin, das Schießen ist für mich Handwerk, nicht Sport wie für Sie, und ich liebe es nicht, zu fachsimpeln.«

Das daraufhin ausbrechende Gelächter stopfte ihm den Mund. Dann fing Scroope, der entzückendste aller Freunde, an, Abenteuer von mir zu erzählen, bis mir die Ohren klangen und ich hinauslief, um nach dem Wetter zu sehen.

Das hatte sich unterdessen sehr verändert. Der Himmel war bedeckt, und ein böiger Wind, der von Minute zu Minute stärker wurde, trieb kleine Schneeschauer vor sich her.

»Auf mein Wort,« sagte Lord Ragnall, der mich begleitete, »das sieht wenig hoffnungsvoll aus. Wir wollten in der Schonung am See, unserm besten Stand hier, heute nachmittag siebenhundert Fasanen schießen, aber ich bezweifle, daß wir auf fünfhundert kommen. Ich möchte Sie, Herr Quatermain, und Sir Junius zuhinterst in der Schonung postieren. Hier haben Sie noch die meisten Aussichten, da viele der Fasanen gegen diesen Wind überhaupt nicht bis zum See herankommen. Wenn es Ihnen recht ist, leiste ich Ihnen Gesellschaft, da ich selbst heute nicht mehr zu schießen gedenke.«

»Ich fürchte, Sie werden enttäuscht sein«, sagte ich nervös.

»O nein, das werde ich nicht«, antwortete er. »Ich sage Ihnen frei heraus, daß Sie den besten Schützen der ganzen Gesellschaft abgeben würden, falls Sie Gelegenheit hätten, sich eine Saison hindurch zu üben. Augenblicklich sind Sie sich noch nicht ganz klar über den Flug dieser Vögel, und außerdem sind Ihnen auch diese Gewehre fremd. Nehmen Sie ein Glas Sherry Brandy, das wird Ihre Nerven beruhigen.«

Ich trank den Sherry Brandy, und gleich darauf zogen wir los. Die Schonung, in der wir schießen sollten, lag am Rande eines hufeisenförmigen Sees. Vier von den Schützen wurden an seiner Rundung, van Koop und ich an seiner geraden Seite postiert. Ich stellte mit Unbehagen fest, daß die anderen von der gegenüberliegenden Seite aus alles, was wir schossen, aber auch alles, was wir nicht schossen, sehen konnten, und daß uns außerdem noch ein Trupp von Zuschauern, unter denen ich den Büchsenmacher erkannte, beobachtete. Aber auf dem Wege zum Boot, das uns über den See

setzen sollte, ereignete sich etwas, was mich in sehr gute Laune versetzte und mir auch Beifall einbrachte. Ich passierte eben mit Lord Ragnall, Scroope und Charles in einer Entfernung von etwa fünfzig Metern eine Gruppe großer Bäume, als von der anderen Seite her ein Schrei: »Rebhuhn hoch drüber!« aus der heiseren Kehle des rotwestigen Jenkins herüberscholl, der das Abtreiben eines Streifens von niedrigem Unterholz leitete.

»Passen Sie auf, Herr Quatermain, die kommen von dieser Richtung her«, sagte Lord Ragnall, während Charles mir eine geladene Flinte in die Hand drückte. Eine Sekunde später tauchten die Vögel über den Baumwipfeln auf; ein großer Schwarm in langer Zickzacklinie, von den wütenden Stößen des Windes getragen, kamen sie mit unwahrscheinlicher Schnelligkeit heran. Ich schoß auf den ersten Vogel, der mir tot vor die Füße fiel. Ich schoß nochmals, der zweite fiel mir herunter. Ich packte eine andere Flinte und traf einen dritten, gerade als er über mir hinflog. Dann drehte ich mich um, bekam einen vierten vors Korn, und »Bums!« fiel auch er – in der Tat, das war ein recht weiter Schuß.

»Donnerwetter!« sagte Scroope, »so etwas habe ich noch nie gesehen«, während Lord Ragnall mich anstarrte und Charles vor sich hinpfiff.

Aber jetzt will ich die Wahrheit sagen und meine ganze Hinterlist offenbaren: der zweite Vogel war gar nicht der, auf den ich gezielt hatte. Ich war zu kurz abgekommen und hatte den nächsten erwischt. Und in meiner Eitelkeit gestand ich das gar nicht ein, wenigstens nicht vor Abend. – Die vier Rebhühner wurden jetzt zusammengesucht, und unter einer Flut von Gratulationen setzten wir unseren Weg über den See fort. Als wir ins Boot stiegen, bemerkte ich, daß Charles außer den von mir mitgebrachten noch eine große Schachtel mit anderen Patronen trug.

Sie stammten von Herrn Popham, dem Büchsenmacher, der sie für den Fall, daß die meinigen nicht ausreichten, mitgenommen hatte. Ich sagte nichts; aber da ich von meinen dreihundertfünfzig noch die Hälfte übrighatte, fragte ich mich still, was für ein Schießen das noch werden sollte. Wir nahmen also unsere Standplätze ein. Währenddessen aber verstärkte sich der Wind zu einem wütenden Sturm. Aus allen Richtungen der Windrose schienen seine Stöße zu kommen.

»Das wird ein wilder Nachmittag«, sagte Lord Ragnall, und während er sprach, kam van Koop ziemlich verstört von seinem Stand zu; uns und schlug vor, die Jagd abzubrechen.

Ich war jedoch für die normale Abwicklung des Schießens.

»Ich denke, hier auf diesem offenen Platze sind wir ganz sicher, Sir Junius,« warf Lord Ragnall ein, »und da die Fasanen ohnehin schon aufgestört sind, macht es nicht viel aus, wenn sie ein bißchen herumgeblasen werden. Aber falls Sie anderer Meinung sind, würden Sie wohl gut tun, abzutreten und bei den Zuschauern drüben zu bleiben. Ich werde nach meinen Gewehren schicken und an Ihre Stelle treten.«

Als van Koop das hörte, nahm er seinen Vorschlag zurück.

So begann das Treiben. Zuerst blies der Wind von hinten, und in großer Menge flogen Fasanen über unsere Köpfe hinweg, die meisten ziemlich niedrig, den Schützen auf der anderen Seite entgegen, die aber trotz ihrer Geschicklichkeit keinen besonderen Erfolg hatten. Uns war untersagt worden, auf Vögel, die uns überflogen, zu schießen. So ließ ich sie ungeschoren. Van Koop jedoch kümmerte sich nicht um diese Weisung, feuerte mehrmals und erlegte auch einige der Vögel.

»Der Bursche ist kein Sportsmann,« bemerkte Lord Ragnall, »ich glaube, es ist die Wette.«

Dann sandte er Charles hin mit der Weisung, er solle mit dieser Schießerei aufhören.

Kurz darauf drehte der Sturm nach Norden, blieb so und raste immer wilder. Doch die Fasanen flogen im Schutz der Bäume immer noch dem Dickicht zu, in dem sie geboren und aufgewachsen waren. Sowie sie jedoch ins Freie kamen und die volle Gewalt des Windes fühlten, machten die meisten kehrt und wurden außerordentlich geschwind zurückgetrieben. In der nächsten Dreiviertelstunde etwa erlebte ich ein Schießen, wie ich wohl keins wieder zu sehen bekommen werde. Hoch über den ächzenden Bäumen und über dem See zu meiner Linken flatterten windgetrieben Fasanen in endlosen Zügen dahin. Merkwürdigerweise fand ich mich mit dieser wilden Schießerei so gut ab, daß ich, je unmöglicher mit dem verrinnenden Tage die Ziele wurden, besser und immer besser schoß. Auch van Koop erzielte gute Resultate. Die Schützen gegenüber aber machten nur sehr wenig. Als das Treiben sich seinem Ende nahte und die Vögel in immer dickeren Schwärmen daherkamen, schoß ich, wie gesagt, immer besser. Das ist auch aus der Tatsache zu ersehen, daß

ich trotz Höhe und Geschwindigkeit ihres Fluges für meine letzten dreißig Fasanen nur fünfunddreißig Patronen verbrauchte. Der letzte, ein prachtvoller Hahn, kam, als wir schon dachten, alles wäre zu Ende, auf einmal von irgendwo her allein angesaust. So hoch flog er, daß er unter der Sturmwolke nur als vorüberhuschender Punkt erschien.

»Zu hoch – hat keinen Zweck!« sagte Lord Ragnall, als ich die Flinte hob. Ich feuerte jedoch, hielt, ich weiß nicht wie weit, vor, und siehe, der Fasan verendete in der Luft und fiel mit einem mächtigen Klatsch nahe den Ufern des Sees, aber in großer Entfernung von mir, nieder. Der Schuß war so bemerkenswert, daß alle, die ihn sahen, die meisten der Treiber inbegriffen, »Bravo« schrien und der rotbewestete alte Jenkins vor sich hin knurrte: »Ich will zerplatzen, wenn bei diesem Kerl alles mit rechten Dingen zugeht.«

Scroope schlug mich vor Freude so fest auf den Rücken, daß es schmerzte und mir beinahe der Schuß im zweiten Laufe abging, Charles wurde ein einziges großes Grinsen, und Lord Ragnall sagte kurz und bedeutsam: »Noch nie in meinem Leben hat mir ein Schießen so viel Vergnügen gemacht.« Dann rief er seinen Leuten zu, die Fasanen aufzulesen und gut darauf zu achten, die meinigen nicht mit den von Sir Junius geschossenen zusammenzubringen.

»Sie dürften auf diesem Stand allein so gegen einhundertfünfundvierzig haben, wenn schon alles Mögliche als nur angeschossen in Abzug gebracht wird«, meinte Lord Ragnall.

Ich erwiderte, daß bei diesem groben Schrot wohl nicht viele als angeschossen in Frage kommen könnten. Da wegen des Wetters von einem Weiterschießen keine Rede sein konnte, gingen wir zum Tee ins Schloß zurück. Als wir unsere Tassen geleert hatten, forderte Lord Ragnall uns auf, herauszukommen, um die Strecke zu besehen. Wir fanden sie vor dem Gebäude auf dem schneegepuderten Gras in einer gemeinsamen Reihe und zwei besonders abgeteilten ausgelegt.

»Das sind Ihre und hier die von Sir Junius,« sagte Scroope, »bin neugierig, wer gewonnen hat Ich setze ein Goldstück auf Sie, alter Junge.«

»Womit Sie hereinfallen werden«, antwortete ich ärgerlich; denn ich hatte die ganze Geschichte mit der Wette vergessen.

Ich erinnere mich nicht mehr, wie viele Fasanen insgesamt erlegt waren; jedenfalls war die Gesamtstrecke wegen des Sturmes viel kleiner als man erwartet hatte.

»Jenkins«, sagte Lord Ragnall, »wie viele kommen auf das Konto von Sir Junius Fortescue?«

»Zweihundertsiebenundsiebzig, Mylord, zwölf Hasen, zwei Waldschnepfen und drei Tauben.«

»Und wie viele auf das von Herrn Quatermain? – Ich muß Sie beide, meine Herren, daran erinnern, daß die Vögel so vorsichtig wie nur möglich aufgesammelt und auseinandergehalten worden sind, und daß deshalb die von Jenkins angegebenen Zahlen als endgültig zu betrachten sind«, setzte er hinzu.

»Durchaus«, antwortete ich; van Koop sagte nichts. Dann kam, während wir alle gespannt warteten, die erstaunliche Antwort.

»Zweihundertsiebenundsiebzig Fasanen, Mylord, – dieselbe Anzahl wie jene von Sir Junius, Baronet; fünfzehn Hasen, drei Tauben, vier Rebhühner, eine Ente und ein Schnabel – ich meine eine Waldschnepfe.«

»Dann, scheint es, haben Sie Ihre Wette gewonnen, wozu ich Ihnen gratuliere«, sagte Lord Ragnall. »Halt, einen Moment,« unterbrach van Koop, »die Wette bezog sich auf Fasanen, das andere Zeug zählt nicht.«

»Ich glaube, die gebrauchte Bezeichnung war Vögel,« bemerkte ich, »aber offen gestanden, als ich die Wette abschloß, dachte ich natürlich ebenfalls an Fasanen, wie ohne Zweifel Sir Junius auch. Deshalb, falls die Zählung korrekt war, ist es ein totes Rennen geworden, und die Wette ist erledigt.«

»Ich bin sicher, daß alle Anwesenden Ihre Ansicht würdigen. Unter diesen Umständen bleiben die fünf Pfund in Sir Junius' Tasche. Es trifft sich unglücklich für Sie, Quatermain,« setzte er, das »Herr« fallen lassend, hinzu, »daß jener letzte hohe Fasan nicht gefunden werden konnte. Er fiel in den See, schwamm, wie ich vermute, ans Land und lief davon.«

»Ja,« versetzte ich, »besonders, da ich beschwören könnte, daß er mausetot war.«

»Das könnte ich auch, Quatermain, aber die Tatsache bleibt bestehen, daß er nicht da ist.«

»Wenn wir alle Fasanen hätten, die wir glauben totgeschossen zu haben, wäre unsere Beute viel größer als sie nun einmal ist«, bemerkte van Koop mit einem Ausdruck großer Erleichterung im Gesicht und fuhr dann in seiner widerlich gönnerhaften Weise fort:

»Immerhin, Sie haben ungewöhnlich gut geschossen, Quatermain. Ich hätte nicht geahnt, daß Sie mir so nahe kommen würden.«

Ich wollte antworten, tat es aber nicht, nur Lord Ragnall sagte:

»Herr Quatermain hat mehr als gut geschossen. Sein Debüt in der Schonung am See war das brillanteste, was ich je gesehen habe. Als Sie dort hineingingen, Sir Junius, waren Sie ihm um dreißig Stück voraus, und Sie haben dort siebzehn Patronen mehr verschossen.«

Gerade als wir gehen wollten, geschah etwas. Der rundäugige Charles kam pustend hergerannt und schwang einen schlammbedeckten Fasanenhahn in der Hand. Ihm folgte ein anderer Mann mit einem Hunde.

»Ich habe ihn, Mylord,« keuchte er, »den von dem kleinen Herrn, ich meine den, den er mit seinem letzten Schuß in den Wolken getötet hat. Er war steil in den Schlamm heruntergefallen und drin steckengeblieben. Tom und ich haben ihn mit einer Stange herausgefischt.«

Der Vogel war zwar schon fast erkaltet, aber augenscheinlich erst vor kurzem verendet, denn die Glieder waren noch völlig beweglich.

»Das senkt die Waagschale zugunsten von Herrn Quatermain,« sagte Lord Ragnall, »deshalb wäre es am besten, Sir Junius, Sie zahlten das Geld und gratulierten ihm, wie ich es jetzt tue.«

»Ich protestiere«, rief van Koop ärgerlich und noch bösartiger als gewöhnlich. »Wie soll ich wissen, ob dies Herrn Quatermains Fasan ist. Die in Frage stehende Summe ist höher als fünf Pfund, und so halte ich es für meine Pflicht, zu protestieren.«

»Die Aussage meiner Leute und die Wahrscheinlichkeit sprechen dafür, Sir Junius, daß es wirklich Herrn Quatermains Fasan ist«

Er untersuchte den Vogel näher und fragte: »Welche Art Schrot haben Sie benutzt, Sir Junius?«

»Nummer vier auf dem letzten Stand.«

»Und Sie haben Nummer drei verwendet, Herr Quatermain, nicht wahr? Schön, hat noch jemand Nummer drei gebraucht?«

Alle schüttelten die Köpfe.

»Jenkins, öffne den Kopf des Vogels! Ich denke, daß die Kugel, die ihn getötet hat, im Gehirn zu finden sein wird.«

Jenkins führte die Operation mit einem Federmesser aus und fand tatsächlich die Kugel.

»Schrot Nummer drei, Mylord, nicht dran zu tippen«, sagte er.

»Sie werden zustimmen, Sir Junius, daß damit der Beweis erbracht ist«, sagte Lord Ragnall »Und nun, da die Wette hier abgeschlossen wurde, ist es wohl am besten, sie wird auch hier bezahlt.«

»Ich habe nicht genug Geld bei mir«, erwiderte van Koop mürrisch.

»Ich glaube, Ihr Bankier ist auch der meinige,« sagte Lord Ragnall ruhig, »so können Sie im Zimmer sogleich einen Scheck ausschreiben. Kommen Sie alle herein, es ist kalt hier im Winde.«

So gingen wir ins Rauchzimmer, und Lord Ragnall, der sich, wie ich merkte, ärgerte, holte sogleich einen Blankoscheck aus seinem Arbeitszimmer und übergab ihn van Koop mit einer befehlenden Geste.

Dieser nahm ihn, und zu mir gewendet sagte er: »Ich erinnere mich der Summe an sich, aber wieviel betragen die Zinsen? Es tut mir leid, Sie zu bemühen, aber Zahlen sind meine schwache Seite.«

»Dann müssen Sie sich innerhalb der letzten zwölf Jahre sehr verändert haben, Sir Junius«, konnte ich nicht umhin, zu bemerken. »Aber lassen wir die Zinsen. Ich bin mit der Hauptsumme ganz zufrieden.«

So füllte er den Scheck über zweihundertfünfzig Pfund aus und warf ihn vor mich auf den Tisch hin, wobei er etwas über lästiges Vermischen von Geschäft und Vergnügen brummte. Ich nahm das Papier und sah, daß es richtig, wenn auch fast unleserlich, ausgeschrieben war. Aber während ich es trocknete, kam es mir in den Sinn, daß ich mit diesem auf solche Art gewonnenen Gelde nichts zu tun haben wollte.

Indem ich einem vielleicht törichten Gefühl nachgab, sagte ich:

»Lord Ragnall, der Scheck hier ist die Deckung für eine Schuld, die ich schon längst als verloren abgeschrieben habe. Beim Frühstück sprachen Sie heute von einem Hospital, für das Sie einen Fonds sammeln wollten, und auf eine diesbezügliche Frage von Ihnen sagte Sir Junius Fortescue, daß er bis jetzt noch nichts für den Fonds gezeichnet hätte. Wollen Sie mir erlauben, Ihnen hiermit Sir Junius' Zeichnung, die auf seinen Namen eingetragen werden mag, zu übergeben?« Und ich reichte ihm den Scheck, der auf mich oder Überbringer ausgestellt war.

Er warf einen Blick auf den Scheck und errötete, als er sah, daß er nicht auf fünf, sondern auf zweihundertfünfzig Pfund lautete. Dann fragte er:

»Was sagen Sie zu diesem Akte von Freigebigkeit seitens Herrn Quatermain, Sir Junius?«

Es erfolgte keine Antwort. Sir Junius war verschwunden. Ich habe ihn niemals wiedergesehen. Wie ich einige Jahre später hörte, wurde der Scheck doch nicht unter seinem, sondern unter meinem Namen dem Hospital übergeben. Und zwar errichtete man von dem Gelde einen kleinen Extraraum zur Unterbringung kranker Kinder; er erhielt den Namen »Allan-Quatermain-Saal«.

Damit habe ich die Geschichte von jenem Dezemberschießen erzählt. Seit jenem Tage datiert meine lange und innige Freundschaft mit Ragnall.

3. Kapitel
Fräulein Holmes

Die nächsten zwei Stunden verbrachte ich damit, in dem mir angewiesenen Zimmer meine Schulter, die durch den Rückstoß der Gewehre wund geworden war, einzureiben und mein Kopfweh zu beseitigen, das ich durch das hitzige Schießen und durch den Sturm bekommen hatte. Hernach erschien, wie vereinbart, Scroope und führte mich durch die langen, verschlungenen Gänge dieses alten Schlosses hinunter in den großen Salon.

Das war ein prachtvoller Raum, der nur bei besonderen Anlässen benutzt wurde. Wenigstens zwei- bis dreihundert Wachskerzen warfen einen sanften Schimmer über die getäfelten, bilderbehangenen Wände, über die kostbaren alten Möbel und die juwelengeschmückten Damen, die hier versammelt waren. Die Gesellschaft war zahlreich; es waren wohl gegen dreißig Personen, die sich an jenem Abend zu dem Diner, das der Nachbarschaft zur Einführung von Lord Ragnalls zukünftiger Gemahlin gegeben wurde, niedersetzten.

Fräulein Manners, die sehr glücklich und anmutig aussah, gesellte sich sofort zu uns und unterrichtete Scroope, daß »sie« soeben eingetroffen wäre; das Mädchen in der Garderobe hätte es ihr mitgeteilt.

»So, kommt sie?« antwortete Scroope gleichgültig. »Nun, solange du nur da bist, sind mir alle anderen gleichgültig.«

Dann sagte er ihr, daß er sie wunderschön fände. Er starrte sie so verzückt an, daß ich ein paar Schritte zurücktrat und mich in die Betrachtung eines Bildes vertiefte, einer Darstellung der Judith, die angestrengt damit beschäftigt schien, Holofernes den Kopf abzuhacken.

Dann wurden die Türen geöffnet, und der tadellose Wild, der so etwas wie den Zeremonienmeister repräsentierte, kündigte mit wohlerzogener, aber durchdringender Stimme »Lady Longden und das ehrenwerte Fräulein Holmes!« an. Ich starrte hin wie alle anderen, aber eine Zeitlang füllte nur ihre Ladyschaft meine Augen aus. Sie war eine korpulente und, wenigstens nach meinen Begriffen, schrecklich aussehende, in schwarze Seide gekleidete und mit großen Diamanten behängte Dame. Sie war Witwe. Ihr Haar war weiß, ihre Nase krumm, ihre dunklen Augen blitzten durchdringend, und sie schien bös erkältet. Ich hatte Zeit, das alles an ihr festzustellen. Dann kam ihre Tochter in meinen Gesichtskreis.

Sie war wahrhaftig eine liebliche Erscheinung von etwa zwei- oder dreiundzwanzig Jahren. Ihr nicht sehr großer Körper war weich und edel geformt, und ihre Bewegungen waren so anmutig wie die eines Rehs Sie hatte überhaupt viel Ähnlichkeit mit einem Reh, besonders durch die graziösen Formen ihres Äußeren und durch ihre großen, feuchtschimmernden Augen. Sie war eine dunkle Schönheit mit reichem braunlockigen Haar, klarem Oliventeint, wunderschön geformtem Mund und sehr roten Lippen. Ihrem Äußeren nach schien sie mir mehr der italienischen oder spanischen als der angelsächsischen Rasse anzugehören, und ich glaube auch, daß sie von ihres Vaters Seite her wirklich etwas südliches Blut in den Adern hatte. Sie trug ein rosafarbenes Kleid, und ihre einzigen Schmuckstücke bestanden in einer Perlenkette und einer einzelnen roten Kamelie.

Nur einen einzigen Makel, wenn es überhaupt als Makel zu bezeichnen war, konnte ich an ihrer vollkommenen Schönheit entdecken: und das war ein seltsames weißes Mal auf ihrer Brust, genau in der Form des zunehmenden Mondes.

Der tiefe Eindruck, den ihr Gesicht auf mich machte, rührte aber nicht von seiner physischen, sondern von seiner psychischen Beschaffenheit her. Es war strahlend, intelligent und augenblicklich glücklich.

Aber es war noch mehr, es war mystisch. Ihre Mutter sagte etwas zu ihr, wahrscheinlich über ihre Kleidung, und da verschwand ihr Lächeln für einen Moment, und wie von innen heraus erschien ein Schatten von angeborener Mystik auf ihrem Antlitz. In der nächsten Sekunde war er wieder weg, und sie lachte; aber ich, der ich zu beobachten gewöhnt bin, hatte es bemerkt.

Lord Ragnall, in seinem Abendanzug mehr denn je einem prachtvollen van Dyck ähnlich, begrüßte seine Verlobte und ihre Mutter mit einer höflichen Verbeugung. Da hörte ich eine süße und durchschauernde Stimme dicht neben mir fragen:

»Welcher ist es? Oh! Du brauchst nicht zu antworten, Lieber. Ich erkenne ihn nach der Beschreibung.«

»Ja,« antwortete Lord Ragnall, »du hast ganz recht, dieser ist's. Ich werde dich ihm sofort vorstellen. Aber, Liebste, wer soll dich zu Tische führen? Ich komme nicht in Frage – du weißt, deine Mutter –, und da heute abend keine Würdenträger hier sind, so kannst du selbst wählen. Möchtest du den alten Doktor Jeffreys, den Geistlichen?«

»Nein,« antwortete sie mit großer Bestimmtheit, »ich kenne ihn; er hat mich schon einmal geführt. Ich wünsche Herrn Allan Quatermain als Tischherrn. Er ist interessant, und ich möchte ihn über Afrika erzählen hören.«

»Ausgezeichnet,« antwortete er, »er ist auch interessanter als alle anderen zusammengenommen. Aber, Luna, warum denkst und sprichst du immerfort von Afrika? Man könnte sich vorstellen, daß du dort leben wolltest.«

»Das könnte auch eines Tages der Fall sein«, antwortete sie träumerisch. »Wer weiß, wo ich schon einmal gelebt habe oder ich noch einmal leben werde!« Und wiederum sah ich jenen mystischen Ausdruck auf ihrem Gesicht

Ich hörte nichts weiter von dieser Unterhaltung, die übrigens wahrscheinlich für keinen, dessen Ohren nicht ein Leben lang durch das Hineinlauschen in die große Stille der Natur geschärft worden waren, überhaupt zu verstehen gewesen wäre. Um die Wahrheit zu sagen, ich zog mich in der Hoffnung, den freundlichen Absichten von Fräulein Holmes zu entgehen, in den Hintergrund des großen Raumes zurück. Ich hasse es, mich an einen Platz gestellt zu sehen, an den ich nicht gehöre, und ich fühlte, daß es unschicklich wäre, wenn unter all diesen einheimischen Größen und bei einer Gelegenheit wie dieser gerade ich erwählt werden würde, die zukünftige Braut zu Tisch zu führen. Aber es war zwecklos. Denn im gleichen Moment stöberte mich Lord Ragnall, begleitet von der jungen Dame, auf.

»Darf ich Sie Fräulein Holmes vorstellen, Quatermain?« sagte er. »Es liegt ihr daran, von Ihnen zu Tisch geführt zu werden, wenn Sie die Güte haben wollen. Sie interessiert sich sehr für – für – –«

»Afrika«, suggerierte ich.

»Für Herrn Quatermain, der, wie mir gesagt wird, einer der größten Jäger in Afrika ist«, korrigierte sie mich mit einem blendenden Lächeln.

Ich verbeugte mich, denn ich wußte nicht, was ich erwidern sollte. Lord Ragnall lachte, verschwand und ließ uns allein. Das Essen wurde angesagt. Dann durchquerten wir als Führer einer langen und prächtigen Polonaise die große Halle und gelangten in den Bankettsaal, einen herrlichen Raum mit einer Art Kirchendach, der noch in den Zeiten der Plantagenets gebaut sein sollte. Herr Wild, der augenscheinlich nach ihrer zukünftigen Ladyschaft Ausguck gehalten hatte, geleitete uns zu unseren Plätzen. Wir saßen links von Lord Ragnall, der oben an der breiten Tafel mit Lady Longden zur Rechten präsidierte. Dann sprach Dr. Jeffreys, ein muffiger, alter, kirchlicher Herr, das Tischgebet – in jenen Tagen war das Tischgebet bei solchen Festen noch üblich –, indem er den Himmel bat, uns für das Mahl, das wir einnehmen wollten, dankbar zu machen.

Sicherlich war auch, was Essen und Trinken betraf, Ursache genug, dankbar zu sein. Aber ich erinnere mich an all das nur wenig. Aber an eins erinnere ich mich genau! An Fräulein Holmes und an niemand anders als Fräulein Holmes; an die Charme ihrer Unterhaltung, an den Glanz ihrer schönen Augen, an den Duft ihres Haares, an ihr schmeichelhaftes Interesse für meine geringe Person. Um die Wahrheit zu sagen, es kam über uns wie »Feuer übers Wintergras«, wie die Zulu sagen, und als das Diner vorbei war, brannte das Gras immer noch.

Ich glaube kaum, daß das Lord Ragnall sehr angenehm war, aber glücklicherweise war Lady Longden eine überaus gesprächige Dame. Zuerst unterhielt sie ihn über ihre Erkältung, wobei die arme Seele in Intervallen nieste. Dann ging sie zu geschäftlichen Dingen über, nach dem Ausdrucke gequälter Langeweile auf ihres Gastgebers Gesicht zu schließen. Ich glaube, es handelte sich um eine Schlichtungsangelegenheit; dreimal hörte ich, wie er ihr empfahl, sich an einen Anwalt zu wenden. Zuletzt, als er schon dachte, er wäre ihr entschlüpft, ließ sie sich mit Dr. Jeffreys in eine ziemlich lebhafte Debatte über kirchliche Angelegenheiten ein, wobei sie darauf bestand, daß Seine Lordschaft den Schiedsrichter spielte.

Da Fräulein Manners und Scroope, den keine zukünftige Schwiegermutter mit Beschlag belegte, einander völlig in Anspruch nahmen, waren Fräulein Holmes und ich uns selbst überlassen.

Sie begann:

»Ich hörte, Sie haben heute Sir Junius Fortescue bei einer Schießwette geschlagen und einen Haufen Geld von ihm gewonnen, das Sie dem Hospital übergeben haben. Ich liebe das Schießen nicht, und ich liebe das Wetten nicht; es ist merkwürdig; daß Sie auch gar nicht aussehen wie ein Mensch, der wettet. Aber ich verabscheue Sir Junius Fortescue, und hierin treffen sich unsere Gefühle.«

»Ich habe niemals gesagt, daß ich ihn verabscheue.«

»Nein, aber ich bin sicher, daß es so ist. Ihr Gesicht veränderte sich, wie ich seinen Namen nannte.«

»Sie haben recht. Aber, Fräulein Holmes, Sie haben auch darin recht, als Sie sagten, ich sähe nicht aus wie ein Mensch, der wettet.« Und ich erzählte ihr die Geschichte von van Koop und den zweihundertfünfzig Pfund.

»Ah«, sagte sie, als ich fertig war. »Ich hatte schon immer das richtige Gefühl, daß er ein ganz schäbiger Kerl ist.«

Dann gratulierte ich ihr zur bevorstehenden Hochzeit. Ich sagte ihr, daß es erfreulich wäre, etwas, was sonst nur in Romanen vorkomme, einmal in Wirklichkeit zu sehen, nämlich: Schönheit bei Mann und Frau, beide vereinigt durch Liebe, hohen Rang, Reichtum, gute Freunde, Gesundheit – einen lieblichen und altertümlichen Wohnsitz in einem Lande, wo es keine Gefahren gab – wenigstens augenblicklich –, Aussicht auf eine glänzende Karriere, noch dazu eine solche, wie sie gewöhnlichen Sterblichen verschlossen bleibt, kurzum alles, was Menschen, wenn sie nicht gerade Könige sind, nur wünschen und erreichen können. Nach meinem zweiten Glas Champagner wurde ich geradezu beredt, bewegt durch den Gedanken an all das Elend, das es in der Welt gibt, und das einen so großen Kontrast zu dem Los dieses ausgezeichneten und glänzenden Paares bildete.

Sie hörte aufmerksam zu und antwortete:

»Ich danke Ihnen für Ihre freundlichen Wünsche und Gedanken. Aber kommt es Ihnen nicht vor, Herr Quatermain, als ob in solch einer Lobeshymne eine üble Vorbedeutung läge? Ich glaube, es ist so. Und Ihnen selbst kam, als Sie endigten, der Gedanke, daß trotz allem die Zukunft vor uns allen so verschleiert liegt – wie das Bild in Lord Ragnalls Arbeitszimmer hinter seinem Vorhang von roter Seide.«

»Wie konnten Sie das wissen?« fragte ich mit unterdrückter Stimme. Denn durch ein seltsames Zusammentreffen war mir, als ich meine kleine, ein wenig altmodische Rede abschloß, tatsächlich gerade dieselbe Überlegung und damit die Erinnerung an das verhängte Gemälde in den Kopf gekommen.

»Ich kann es nicht sagen, Herr Quatermain, aber ich wußte es. Sie haben an das Bild gedacht?«

»Und wenn dem so wäre?« fragte ich, eine direkte Antwort vermeidend. »Was ist dabei? Wenn es auch vor jedermann verborgen ist, man braucht doch nur an dem Vorhang zu ziehen und sieht – Sie.«

»Nehmen wir an, jemand würde eines Tages an dem Vorhang ziehen und dahinter nichts finden, Herr Quatermain?«

»Dann würde das Bild eben gestohlen worden sein, das ist alles, und man würde es suchen müssen, bis man es wiedergefunden hat, was zweifellos früher oder später der Fall sein wird.«

»Ja, früher oder später. Aber wo? Vielleicht haben Sie in Ihrem Leben auch einmal ein Bild verloren oder zwei, Herr Quatermain, und sind besser imstande, die Frage zu beantworten als ich.«

Ein paar Sekunden lang herrschte Schweigen; denn dieses Gespräch über verlorene Bilder erweckte in mir Erinnerungen, die mich beengten.

Dann begann sie wieder zu sprechen, tief, rasch, mit unterdrückter Leidenschaft, aber mit einer wundervollen Mimik. Sie wußte, daß vieler Blicke auf ihr ruhten, ihre Gesten und der Ausdruck ihres Gesichtes waren aber so, wie der einer jungen Dame, die über Alltagsangelegenheiten, über Bälle, Blumen oder Juwelen spricht. Sie lächelte, und gelegentlich lachte sie sogar auf. Sie spielte mit dem goldenen Salzfaß vor ihr, und als sie ein wenig von seinem Inhalt verschüttet hatte, warf sie Salz über ihre linke Schulter und tat, als fragte sie mich, ob auch ich Anhänger dieses Aberglaubens wäre.

Aber während sie so heiter schien, sprach sie von tiefen Dingen, von Dingen, von denen ich niemals gedacht hätte, daß sie sie beschäftigten. Folgendes ist die Quintessenz dessen, was sie sagte:

»Ich bin nicht wie andere Frauen. Irgend etwas zwingt mich, Ihnen das zu sagen, irgend etwas, was sehr stark und real ist. Es ist seltsam, ich habe niemals zu irgend jemandem von diesen Dingen gesprochen, zu meiner Mutter nicht und sogar zu Lord Ragnall nicht. Keiner von ihnen würde mich verstehen. Ihr Mißverstehen würde allerdings verschieden sein. Meine Mutter würde mir raten, zu einem Arzt zu gehen – und wenn Sie erst diesen Arzt kennenlernten! Er«, und sie nickte nach Lord Ragnall hin, »würde denken, daß meine Verlobung mich ein wenig unvernünftig gemacht hat, oder daß ich religiöser bin, als ich meinem Alter nach eigentlich sein sollte, und daß ich wohl zuviel über – nun, über das Ende aller Dinge nachgedacht habe. Von Kind an wußte ich, daß ich ein Mysterium inmitten vieler anderer Mysterien bin. Es kam in einer Nacht ganz plötzlich über mich. Ich war damals ungefähr neun Jahre alt. Mir war es, als könnte ich die Vergangenheit und die Zukunft sehen, trotzdem ich beide nicht begreifen konnte. Solch eine lange Vergangenheit und solch eine endlose Zukunft! Ich weiß nicht, was ich dabei sah und manchmal noch sehe. Es kommt wie das Zucken eines Blitzes und ist blitzschnell wieder fort. Mein Verstand kann es nicht festhalten. Es ist zu gewaltig für meinen Geist. Ebensogut könnten Sie versuchen, Doktor Jeffreys da in dieses Weinglas zu stopfen. Nur zwei Tatsachen bleiben mir ins Herz geschrieben. Die erste ist, das mir Unheil droht, seltsames und ungewöhnliches Unheil; und die zweite ist, daß fortwährend, in jedem Augenblick, ich oder ein Teil von mir irgend etwas mit Afrika zu tun hat, einem Erdteil, von dem ich außer ein paar Tatsachen aus sehr langweiligen Büchern nichts weiß. Und nebenbei – dies ist meine neueste Erkenntnis –, daß ich sehr viel zu tun habe mit Ihnen. Das ist's, warum ich mich so für Afrika und für Sie interessiere. Erzählen Sie mir jetzt von Afrika und von sich selbst.« Sie brach kurz ab und setzte mit lauterer Stimme hinzu: »Sie haben dort Ihr ganzes Leben verbracht, nicht wahr, Herr Quatermain?«

»Ich glaube fast, Ihre Mutter hat recht – mit dem Doktor, meine ich«, gab ich zur Antwort.

»Das sagen Sie, aber das glauben Sie nicht. Oh, Sie sind sehr durchsichtig, Herr Quatermain – wenigstens für mich.«

Also begann ich, flüchtig genug – denn die Situation erschien mir unbehaglich, in gewissem Sinne sogar gefährlich –, das erste beste, was mir über Afrika einfiel, zu erzählen – nämlich die Legende von der »Heiligen Blume«, die von einem mächtigen Affen bewacht wird. Ein weißer Mann, der den Namen Bruder John führte und allgemein ein bißchen für verrückt gehalten wurde, hatte mir davon erzählt. Ich sagte ihr auch, daß irgendeine Tatsache dahinter stecken müsse, denn ich hatte ein Exemplar der Blume mitgebracht.

»Oh, zeigen Sie sie mir«, bat sie.

Leider konnte ich das nicht, da die Blume in einem Tresor in London verwahrt würde. Ich versprach ihr jedoch ein Aquarell, deren ich mehrere hatte malen lassen. Dann fragte sie mich, ob mich augenblicklich irgendwelche anderen afrikanischen Probleme beschäftigten. »Sogar verschiedene«, entgegnete ich ihr. So hatte ich zum Beispiel durch Bruder John und einige andere Leute von der Existenz eines gewissen Stammes in Zentral-Ostafrika – Arabern oder Halbarabern – gehört, die, wie behauptet wurde, ein Kind anbeteten, das immer ein Kind bliebe. – Ich hielt dies Kind für einen Zwerg; aber da ich mich seit jeher für die unendlich mannigfaltigen Kultgebräuche der Eingeborenen interessierte, hätte ich sehr gern den wahren Kern dieser Angelegenheit eruiert.

»Weil Sie gerade von Arabern sprechen,« unterbrach sie mich, »will ich Ihnen eine kuriose Geschichte erzählen. Einst, ich war noch ein kleines Mädchen von acht oder neun Jahren – es war kurz vor jener Erweckung, von der ich Ihnen sprach –, spielte ich unter Obhut meiner Gouvernante im Kensington-Garten, denn wir wohnten damals in London. Sie unterhielt sich mit einem jungen Mann, ihrem Vetter, wie sie sagte, ich sollte mit meinem Reifen spielen und sie in Ruhe lassen. Ich trieb den Reifen übers Gras auf eine Gruppe von Ulmen zu. Da traten hinter einem der Bäume zwei große Männer hervor, mit weißen Gewändern und Turbanen bekleidet, die mir vorkamen wie die biblischen Gestalten in einem meiner Bilderbücher. Der eine war ein ältlicher Mann mit blitzenden schwarzen Augen, krummer Nase und langem grauen Bart. Der andere war viel jünger, aber an ihn erinnere ich mich nicht so gut. Beide waren sie von brauner Hautfarbe, sonst aber sahen sie aus wie Weiße, nichts Negerhaftes war an ihnen. Mein Reifen traf den älteren Mann, ich stand still und wußte nicht, was ich sagen sollte. Er verbeugte sich höflich und hob ihn auf, aber er machte keine Anstalten, ihn mir zurückzugeben. Sie

sprachen lebhaft gestikulierend miteinander, und einer von ihnen deutete auf das mondförmige Mal, das Sie hier an meinem Halse sehen; denn es war heiß und ich trug ein tiefausgeschnittenes Kleidchen. Übrigens hat mich mein Vater dieses Males wegen ›Luna‹ genannt. Der Ältere der beiden fragte mich in gebrochenem Englisch:

»Wie ist dein Name, hübsche Kleine?«

Ich sagte ›Luna Holmes‹. Da nahm er eine Büchse von wohlriechendem Holze aus seinem Gewand, öffnete sie, strich ein wenig von einer Art Süßgummi heraus, der aussah, als wäre er gefroren, und gab ihn mir. Ich war eine große Freundin von Süßigkeiten, und steckte das vermeintliche Konfekt in den Mund. Dann rollte er den Reifen in die Schatten der Bäume und sagte: »Lauf, fange ihn, kleines Mädchen!« Ich lief ihm nach, und ein sonderbarer Geschmack veranlaßte mich, jene Süßigkeit fallen zu lassen. Dann wurde alles trübe um mich, und das nächste, woran ich mich erinnere, war, daß ich in den Armen des jüngeren Orientalen lag. Die Gouvernante und ihr ›Vetter‹, ein handfester Bursche, standen uns gegenüber.

»Kleines Mädchen werden krank«, sagte der ältere Araber. »Wir suchen Polizist.«

»Sie lassen das Kind los!« sagte der ›Vetter‹, und ballte die Fäuste. Dann verließen mich wieder die Sinne, und als ich zu mir kam, waren die zwei weißgekleideten Männer verschwunden. Auf dem Heimwege schalt mich die Gouvernante, weil ich von Fremden Süßigkeiten angenommen hatte. Ich bat sie, meinen Eltern nichts zu sagen, womit sie im eigenen Interesse einverstanden war. So kommt es, daß Sie, Herr Quatermain, der erste sind, dem ich diesen Vorfall erzähle.«

»Sie glauben, das Zeug war vergiftet?« fragte ich.

Sie nickte: »Jedenfalls steckt etwas sehr Seltsames dahinter. Ein oder zwei Nächte nach jenem Ereignis trat das ein, was ich vorhin meine Erweckung nannte, und ich begann mich in meinen Gedanken mit Afrika zu beschäftigen.«

»Haben Sie diese Leute jemals wiedergesehen, Fräulein Holmes?«

»Nein, niemals.«

In diesem Momente hörte ich Lady Longden mit Betonung sagen:

»Meine liebe Luna, es tut mir leid, dich in deiner fesselnden Unterhaltung zu stören. Aber wir alle warten auf dich.«

20

So war es auch, denn jetzt sah ich mit Schrecken, daß außer uns schon alle aufgestanden waren.

Fräulein Holmes erhob sich eiligst.

Lord Ragnall, mich Einsamen wohl bedauernd, setzte sich zu mir und begann ein Gespräch über Großwildjagd in Afrika. Hierbei erkundigte er sich auch nach meiner ständigen Adresse dort unten. Ich sagte ihm: »Durban«, und fragte meinerseits nach dem Grunde seines Interesses.

»Weil Fräulein Holmes ganz versessen auf Afrika ist und ich darauf gefaßt bin, eines schönen Tages dorthin geschleppt zu werden«, versetzte er unwillig.

Seine Ahnung sollte in Erfüllung gehen ...

4. Kapitel
Hârut und Mârut

Nachdem Lord Ragnall seine Gäste alter Sitte gemäß bis zur Tür begleitet hatte, erschien Herr Wild in seiner geräuschlosen Art und erkundigte sich respektvoll bei Seiner Lordschaft, ob sich ein Herr mit dem Vornamen »Machdumalsahne« im Hause befände. Lord Ragnall sah ihn prüfend an, als hielte er ihn für betrunken, und fragte dann, was er mit dieser lächerlichen Frage meine.

»Ich meine, Mylord,« antwortete Herr Wild anscheinend tief gekränkt, »daß zwei ausländische Individuen in weißen Gewändern vor dem Tore stehen, die sofort einen Herrn Machdumalsahne sprechen wollen, der sich angeblich hier befindet. Ich sagte ihnen, sie sollten sich packen. Aber sie setzten sich daraufhin in den Schnee nieder und erklärten, auf Machdumalsahne warten zu wollen.«

»Täten Sie nicht vielleicht besser, sie in die alte Wachstube einzuschließen, ihnen etwas zu essen zu geben und nach dem Polizisten zu schicken? Oder sind sie nur hinter Fasanen her?«

»Warten Sie einmal«, sagte ich; mir war eine Idee gekommen. »Die Botschaft könnte vielleicht für mich sein, trotzdem es mir rätselhaft ist, von wem sie ausgehen sollte. Jedenfalls nannten mich die Eingeborenen Macumazana, woraus Herr Wild möglicherweise ein Machdumalsahne gemacht hatte. Soll ich einmal gehen und mit den Leuten sprechen?«

»Ich würde das bei dieser Kälte lieber nicht tun, Herr Quatermain«, antwortete Lord Ragnall. »Haben die Leute gesagt, wer sie eigentlich sind, Wild?«

»Ich habe bald gemerkt, daß es Gaukler sind, Mylord. Wenigstens als ich sie weggehen hieß, antwortete der eine: ›Sie werden gehen zuerst, meine Herr. Dann, Mylord, hörte ich plötzlich ein Zischen in meiner Rocktasche, und als ich hineingriff, hatte ich eine große Schlange in der Hand, die auf den Boden fiel und verschwand. Gelähmt stand ich da, Mylord, und noch während ich mich betrachtete, ob ich nicht vielleicht gebissen worden, sprang dem Küchenmädchen eine Maus aus dem Haar. Sie hatte zuerst über die Kleidung der Leute gelacht. Jetzt hat sie einen hysterischen Anfall.«

Der Anblick, den Wild bei seinem Bericht über diese ruchlosen Dinge bot, war so tragikomisch, daß wir beide, genau wie das Küchenmädchen, in ein schlecht angebrachtes Gelächter ausbrachen. Dadurch angelockt, kamen die Damen Holmes und Manners und noch einige andere Gäste herbei.

Lord Ragnall erklärte die Ursache, worauf Fräulein Holmes lebhaft ausrief:

»Gaukler!? Oh, laß sie hereinkommen, George.«

Die anderen, wohl durch die langweiligen Salongespräche ein wenig ermüdet, stimmten eifrig bei.

»Also gut, sie mögen heraufkommen,« sagte der Lord, »trotzdem wir schon so viel Mäuse hier haben, daß sie wirklich nicht noch mehr zu bringen brauchen. Wild, gehen Sie herunter, und sagen Sie Ihren beiden Freunden, daß Herr ›Machdumalsahne‹ hier auf sie wartet, und daß wir gern einige ihrer Gaukeleien sehen möchten.«

Wild verbeugte sich und ging, wie ein Held in den Tod, hinaus. An seiner Blässe war zu sehen, daß er mächtig Angst hatte. Wir machten einen Platz in der Mitte des Zimmers frei und stellten gegenüber Stühle für die Gesellschaft auf.

»Es sind ohne Zweifel indische Gaukler,« sagte Lord Ragnall, »die einen Mangobaum wachsen lassen können, wie ich es einmal in Kaschmir gesehen habe.«

Noch während er sprach, ging die Türe auf. Wild kam herein, und zwar viel schneller, als es sonst seine Art war. Ich bemerkte auch, daß er die Taschen seines Schwalbenschwanzrockes mit beiden Händen festhielt.

»Haarig und Maarig«, stellte Wild vor.

»Hârut und Mârut wird es wohl heißen«, sagte ich. »Ich glaube irgendwo gelesen zu haben, daß zwei große Magier so hießen. Diese Gaukler haben wohl deren Namen angenommen.« (Später habe ich herausgefunden, daß sie im Koran als Meister der schwarzen Kunst erwähnt werden.)

Einen Moment später erschienen zwei Männer in der Türe. Der erste war ein großer Orientale, der einen feierlich-ernsten Eindruck machte. Er hatte einen langen weißen Bart, eine krumme Nase und blitzende Falkenaugen. Der zweite war kleiner, von fast untersetzter Gestalt und viel jünger. Er hatte ein geniales Lächeln im Gesicht, perlschwarze kleine Augen und ging glatt rasiert. Beide waren von sehr heller Hautfarbe. Ich habe Italiener gesehen, die viel dunkler waren, und um ihre ganze Erscheinung lag eine gewisse Atmosphäre von innerer Größe.

Ich besann mich sofort auf die Geschichte, die mir Fräulein Holmes beim Essen erzählt hatte, blickte hin und sah, daß sie blaß geworden war und zitterte. Niemand sonst bemerkte es, denn alle starrten die beiden Fremdlinge an. Sie beherrschte sich auch sofort wieder und legte den Finger auf die Lippen zum Zeichen, daß ich schweigen sollte. Die fremden Männer waren in dicke, pelzbesetzte Mäntel gekleidet. Sie zogen diese jetzt aus und legten sie sorgsam gefaltet auf den Fußboden nieder. Darunter trugen sie schneeweiße Gewänder und große flache, ebenfalls weiße Turbane.

»Hochgestellte Somali-Araber«, dachte ich und konstatierte, daß sie noch während des Ausziehens jeden einzelnen von uns mit ihren beweglichen Augen eingehend gemustert hatten. Der eine von ihnen schloß jetzt die Türe, ließ aber dabei Wild im Zimmer, gleichsam als lege er Wert auf seine Anwesenheit. Dann kamen sie auf uns zu, einen eigenartig geformten Korb am Arme tragend, in denen sich wahrscheinlich ihre Gauklerrequisiten befanden und jedenfalls auch die Schlange, die Wild vorhin in seiner Tasche gefunden hatte. Zu meinem Erstaunen schritten sie direkt auf mich zu, hoben, nachdem sie die Körbe niedergesetzt hatten, die Arme hoch über die Köpfe empor und verbeugten sich, bis die Spitzen ihrer Finger den Fußboden berührten. Daraufhin redeten sie mich an. Aber nicht auf Arabisch, wie ich erwartet hatte, sondern in einem Bantudialekt, den ich vollkommen beherrsche.

»Ich, Hârut, Hohepriester und Zauberdoktor des Volkes der ›Weißen Kendah‹, grüße dich, o Macumazana«, sagte der ältere Mann.

»Ich, Mârut, Priester und Medizinmann vom Volke der ›Weißen Kendah‹, grüße dich, den Nächtlich-Wachsamen, den zu finden wir weit gereist sind«, sagte der jüngere Mann. Dann beide zusammen:

»Wir beide grüßen dich, o Herr, dich, der klein scheint, aber groß ist!

O Häuptling mit der Vergangenheit voll Herzeleid und der Zukunft voll Größe!

O Unheilkünder für böse Menschen und Bestien, der, wie unsere magische Kraft sagt, ausersehen ist, unser Land von einer schrecklichen Geißel zu befreien, wir grüßen dich, wir beugen uns vor dir, wir erkennen dich an als Herrn und Bruder, dem wir Sicherheit unter uns und in der Wüste geloben, dem wir eine reiche und große Belohnung versprechen.«

Wieder verbeugten sie sich, ein-, zwei-, dreimal; dann standen sie mit gekreuzten Armen schweigend vor mir.

»Was in aller Welt erzählen die?« fragte Scroope, der ein wenig Küchen-Zulu kannte. »Ich habe ein paar Worte aufgeschnappt, aber nicht viel.«

Ich erzählte es ihm in Kürze, während die anderen gespannt zuhörten.

Dann fuhr Hârut, zu mir gewendet, fort: »Ich komme hierher, um dich zu fragen, ob du meinem Volke einen Dienst leisten willst, für den du nicht ohne Belohnung bleiben sollst. Wir, die ›Weißen Kendah‹, das Volk des Kindes, stehen im Kriege mit den ›Schwarzen Kendah‹, unseren Untertanen, die zahlreicher sind als wir. Die ›Schwarzen Kendah‹ beten einen bösen Dämon als Gott an, dessen Geist von Anfang an in dem größten Elefanten der ganzen Welt gewohnt hat, einer Bestie, die niemand zu töten imstande ist, die aber selbst viele tötet und noch mehr verzaubert. Solange dieser Elefant, sein Name ist Jana, lebt, leben wir, das Volk des Kindes, in Furcht. Denn Tag für Tag wütet er unter uns. Wir haben erfahren – wie, tut nichts zur Sache –, daß du allein jenen Elefanten zu töten vermagst. Falls du kommen und ihn töten willst, wollen wir dir den Platz zeigen, den alle Elefanten aufsuchen, um zu sterben, und du sollst ihr Elfenbein nehmen, viele Wagenladungen, und reich werden. Du warst auf einer Reise und hast Stämme besucht, die Mazitu und Pongo heißen und auf einer Insel in einem See leben. Weit hinter den Pongo und jenseits einer Wüste wohnt mein Volk, die Kendah, in einem verborgenen Lande. Wenn du uns zu besuchen wünschst, was du tun wirst, reise zum Norden des Sees, wo die Pongo wohnen, und bleibe dort am Rande der Wüste, bis wir kommen. Nun höhne mich, wenn du magst, aber vergiß nicht: diese Ereignisse werden eintreten zu ihrer Zeit, obgleich diese Zeit noch fern sein mag. Falls wir uns für eine Weile nicht wiedersehen, vergiß es trotzdem nicht! Wenn du Gold brauchst oder Elfenbein, was ebensoviel wert ist wie Gold, dann wandere zum Norden jenes Sees, wo die Pongo wohnen, und rufe an die Namen von Hârut und Mârut.«

»Und rufe an die Namen von Hârut und Mârut«, wiederholte der jüngere Mann, der bis jetzt kein Interesse an unserem Gespräch genommen zu haben schien.

Ehe ich antworten konnte, ja, ehe ich die Sache überhaupt überdenken konnte – denn dieser ganze Hauch aus dem wildesten und geheimnisvollsten Afrika, der mich hier in einem Schloß zu Essex umwehte, schien mir allzu plötzlich gekommen zu sein –, fuhr der merkwürdige Hârut in seinem Gauklergeplapper auf Englisch fort:

»Reich Damen und Herren wollen sehen Trick von armen, alten Zauberer aus Zentralafrika. Gut, wir zeigen sie, aber bitte bedenken, nichts Magie, alles ganz einfache Trick. Lehre es Ihnen, wenn Sie bezahlen. Bitte nicht hersehen zu stark, nicht sollen Sie lernen, wie es zu tun. Was Sie gern sehen? Baum wachsen heraus aus dem Nichts, eh? Gut! Bitte borgen mir jener Teller – wie heißen es – Porzellan.«

Dann begann die Vorstellung. Es war sehenswert, wie auf dem Porzellanteller, bedeckt von einer Art von haubenförmigem Schleier, eine kleine Dame in die Höhe schoß; eine Anzahl Stöckchen tanzten gleichzeitig auf dem Teller, ohne augenscheinlich berührt zu werden. Auf einen Pfiff von Mârut kroch eine Schlange aus der Tasche des schreckensbleichen Wild, der aus respektvoller Entfernung den Darbietungen zusah, hervor. Sie richtete sich auf dem Schwanz auf, fing Feuer, verbrannte zu Asche.

Die Schaustellung war sehr gut, aber ich nahm nicht viel Notiz von ihr, weil ich all den Kram schon gesehen hatte und von Gedanken in Anspruch genommen war, die Hâruts Worte in mir erweckt hatten. Schließlich machte das Paar, während die Zuschauer Beifall klatschten, eine Pause, und Mârut begann die Sachen einzupacken, als ob alles zu Ende wäre. Da bemerkte Hârut nebenbei:

»Der Herr Macumazana denken, das armselige Sachen, und er recht. Sehr armselige Sachen, jeder Gauk-

ler viel bessere. Alles gewöhnliche Trick«, – hier fiel sein Auge auf Wild, der sich im Hintergrund unbehaglich hin und her wand. – »Was ist los mit dieser Herr? Bruder Mârut, geh sehen.«

Bruder Mârut ging und befreite Wild von zwei weiteren Schlangen, die von verschiedenen Teilen seines Anzugs Besitz ergriffen hatten. Ferner zum größten Gaudium aller von einer großen toten Ratte, die er ihm scheinbar aus dem wohlgeölten Haare zog.

»Ah!« sagte Hârut, als sein Verbündeter von dem in einem Stuhl zusammengebrochenen Wild mit der Beute zurückkam. »Schlange sehr lieben jenen Herrn, er viel Geld machen in Afrika. Nun, er halten Ratte in Haar; hungrig Schlange immer wollen Ratte. Aber, wie ich sagen, dies armselige Sachen. Nun du gern sehen bessere, eh? Elefant Jana, wir wollen du tötest, eh? Gerade wie er aussehen diese Minute?«

»Ja, das allerdings«, sagte ich. »Nur, wie willst du mir das zeigen?«

»Das ganz leicht, Macumazana. Du nur rauchen bißchen Kendahtabak, und du sehen viele Dinge, wenn du haben Gabe, wie ich denke du haben, und, wie ich ganz sicher, jene Dame hat«, und er zeigte auf Fräulein Holmes. »Manchmal diese Dinge wollen, daß Leute sollen sehen, und manchmal diese Dinge nicht wollen, daß Leute sollen sehen.«

»Dakka«, sagte ich verächtlich, an den indischen Hanf denkend, mit dem sich die Eingeborenen in weiten Distrikten Afrikas betrunken machen.

»O nein, nicht Dakka! Das gewöhnliche Zeug; dieser Tabak viel besser als Dakka, wachsen nur in Kendahland. Du denken, alles Unsinn? Gut, du sehen. Geben mir Zündholz, bitte.«

Dann sahen wir zu, wie er ein wenig Tabak, wenigstens sah es aus wie Tabak, in eine hölzerne Schüssel tat, die er aus seinem Korb holte. Darauf sagte er etwas zu seinem Begleiter Mârut, der eine aus einem dicken Rohr geschnitzte Flöte aus seinem Gewand zog und eine wilde und melancholische Musik zu machen begann. Die Töne erregten in mir ein Gefühl, als ob ich auf großer Höhe stünde. Nach einer Weile stimmte Hârut einen tiefen Gesang an, der sich mit der Flötenmusik hob und senkte. Ich konnte nicht ein Wort davon verstehen. Die Töne des eigenartigen Duetts verklangen. Hârut zündete ein Streichholz an, ein Vorgang, der inmitten dieser feierlich – geheimnisvollen Zeremonie ernüchternd wirkte. Dann nahm er ein paar Fasern des Krautes, brannte sie an und ließ sie in die

Schale fallen. Ein fahler, blauer Rauch stieg empor und mit ihm ein sehr süßer Duft.

»Nun du atme Rauch, Macumazana,« sagte er, »und sagen uns, was du sehen. Oh! Keine Angst, das nichts schaden dir. Gerade wie Zigarette. Sieh«, und er zog etwas von dem Rauche ein und blies ihn durch die Nase wieder aus. Mir schien, als verändere sich sein Gesicht, doch konnte ich nicht erklären, worin diese Veränderung bestand.

Ich zögerte, bis Scroope sagte:

»Los, Allan, drücken Sie sich nicht von diesem zentralafrikanischen Abenteuer. Wenn Sie nichts dagegen haben, will ich es versuchen.«

»Nein,« sagte Hârut brüsk, »du nicht gut.«

Da überkam mich die Neugierde und vielleicht auch die Befürchtung, ausgelacht zu werden. Ich nahm die Schale und hielt sie unter meine Nase, während Hârut mir die Schleierhaube über den Kopf warf, die er beim Mangotrik verwendet hatte.

Zuerst war der Rauch unangenehm, aber gerade als ich schon die Schale wegstellen wollte, wurde er angenehmer und schien bis in die letzten Fasern meines Leibes einzudringen. Der Rauch schien den Geist in Flammen zu setzen und alle Grenzen von Zeit und Raum zu verbrennen. Die Dinge um mich setzten sich in Bewegung; es war, als ob ich mich nicht mehr in diesem Räume befände, sondern mich mit ungeheurer Geschwindigkeit fortbewegte.

Plötzlich schien mir, als stünde ich vor einem Nebelvorhang. Dicke Schwaden rollten vor mir empor, und ich sah eine wilde und wundervolle Landschaft. Da lag ein See, umgeben vom dichten afrikanischen Urwald. Der Himmel darüber war noch von den letzten Strahlen der untergehenden Sonne gerötet und gleichzeitig vom Schimmer des Vollmondes durchflutet. Auf der Ostseite des Sees lag eine große, anscheinend unbewachsene Ebene, und über diese ganze Fläche hingestreut lagen Skelette Hunderter toter Elefanten. Da lagen sie, einige von ihnen fast schon völlig bedeckt von grauen Moosen. In Polstern und Bärten hing von den Knochen das Moos, und hier und da ragten noch mächtige gelbe Zähne hoch empor, als lägen sie schon seit Jahrhunderten dort; an anderen Stellen hing noch die morsche Haut in Fetzen an den Gerippen. Ich wußte, daß es Friedhöfe von Elefanten gab, Plätze, zu denen diese großen Tiere, wie ehemals die schon lange ausgerotteten Alloas in Neuseeland, zogen, um zu sterben. Mein ganzes Jägerleben lang hatte ich gerücht-

weise von diesen Friedhöfen gehört, aber nie hatte ich auch nur einen zu Gesicht bekommen.

Sieh da! Einer lag gerade im Sterben, ein mächtiger, hagerer Bulle, der aussah, als wäre er mehrere hundert Jahre alt. Er stand da und schwankte hin und her. Er hob den Rüssel, wohl um zu trompeten, trotzdem ich natürlich nichts hören konnte; dann ließ er sich langsam auf die Knie nieder und verharrte so, bis sein Leib in Todesstarre hinsank.

Fast in der Mitte dieses Friedhofes erhob sich ein kleiner Hügel aus blankgewaschenen Felsen. Und auf einmal erschien auf diesem Felsen der riesigste Elefant, den ich jemals auf meinen vielen Expeditionen zu Gesicht bekommen hatte. Er besaß nur einen einzigen, aber enormen Stoßzahn. Der andere war verunstaltet und kurz abgebrochen. Die Flanken des Untiers waren mit Narben bedeckt, und seine Augen glimmten rot und bösartig. Der emporgekrümmte Rüssel hielt den Körper einer Frau. Ihre Haare hingen auf der einen Seite und ihre Füße auf der anderen Seite herunter. In ihre Arme gepreßt umklammerte die Frau ein Kind, das noch zu leben schien.

Die Bestie, augenscheinlich ein Einzelgänger, ließ jetzt den Körper des Weibes zu Boden fallen und stand ohrenschlagend eine Weile daneben. Dann fühlte er vor, nahm mit dem Rüssel das Kind auf, schwang es hin und her und schleuderte es schließlich hoch in die Luft und weit weg. Darauf ging er auf den Elefanten los, den ich gerade sterben gesehen hatte, rannte gegen den Kadaver an und warf ihn über den Haufen. Er hob den Rüssel, schien triumphierend zu trompeten, schlenderte davon, dem Walde zu, und verschwand.

Der Nebelvorhang fiel wieder herab. Und schattengleich sah ich in ihm – und mein Herz schauderte zusammen –, nun, es tut nichts zur Sache, was ich sah. Dann erwachte ich.

»Well, haben Sie etwas gesehen?« fragte ein Chor von Stimmen.

Ich erzählte, was ich erlebt hatte, alles, mit Ausnahme des letzten Teils.

»Das heißt, alter Junge,« sagte Scroope, »Sie müssen aber schon sehr gut aufgepaßt haben, um das alles in den Kopf zu kriegen! Denn Ihre Augen waren nicht länger als zehn Sekunden geschlossen.«

»Dann sollte es mich wirklich wundern, was Sie dazu sagen würden, wenn ich Ihnen erst alles erzählt hätte«, antwortete ich, noch immer wie traumbefangen und nicht ganz zu mir gekommen.

»Du sehen Elefant Jana?« fragte Hârut. »Er töten Frau und Kind, eh? Schön, er tun das jede Nacht. Das, warum Volk von Weiße Kendah wollen, du töten ihn und nehmen all der Elfenbein, was sie nicht wagen berühren, weil es in heilige Platz und Schwarze Kendah nicht lassen sie. So, er leben noch? Das, was wir wollen wissen. Danke sehr, Macumazana. Du ein Schau-weit-weg-Mann. Gerade was ich denken. Rauch von Kendahtabak arbeiten sehr gut in dir. Nun, schöne Lady,« setzte er zu Fräulein Holmes gewandt hinzu, »du auch gern sehen? Besser sehen. Wer wissen, was du sehen?«

Fräulein Holmes zögerte einen Moment und betrachtete prüfend mein Gesicht. Aber ich gab ihr kein Zeichen, da ich wirklich sehr gespannt war, ihre Beobachtungen zu hören.

»Ja«, sagte sie.

»Ich würde es lieber haben, Luna, wenn du hiervon abließest«, bemerkte Lord Ragnall unbehaglich. »Ich denke, es ist Zeit, daß die Damen zu Bett gehen.«

»Hier ist ein Zündholz«, sagte Fräulein Holmes zu Hârut, der, ein ganz leises und abgründiges Lächeln auf dem ernsten und statuenhaften Gesicht, eben geschäftig eine neue Portion Tabak in die Schale tat. Er empfing das Zündholz mit einer Verbeugung, brannte das Zeug an, dann reichte er die Schale, aus der wiederum blauer Rauch emporkräuselte, Fräulein Holmes und ließ leise und graziös die Haube über ihren Kopf fallen. Es sah aus, als trüge sie einen Brautschleier. Ein paar Sekunden später riß sie die Haube ab und warf die Schale, in der das Feuer ausgegangen war, zu Boden. Mit weit geöffneten Augen stand sie da, aufrecht, wunderlieblich und trotz ihrer geringen Größe in fast majestätischer Haltung.

»Ich bin in einer anderen Welt gewesen«, sagte sie mit halbblauer Stimme, als spräche sie in die Luft. »Ich bin einen langen, langen Weg gegangen. Ich fand mich in einem kleinen steinernen Raum. Es war dunkel darin, nur das Feuer der Schale gab ein wenig Licht. Es war nichts darin außer einer elfenbeingeschnitzten Statue eines schönen Kindes und einem Stuhl aus Ebenholz, mit Intarsien aus Elfenbein und mit einem Flechtwerk aus Riemen als Sitz. Ich stand vor der Statue des Elfenbeinkindes. Es schien mir, als wäre es lebendig und als lächelte es mich an. Eine Kette von roten Steinen hing ihm um den Hals. Es nahm die Kette ab und legte sie mir um den Hals. Dann zeigte es auf den Stuhl, und ich setzte mich nieder. Das war alles.«

Hârut folgte ihren Worten mit brennender Aufmerksamkeit, die zu verbergen er sich vergeblich mühte. Dann bat er mich, sie zu übersetzen. Ich tat es.

Als er den Sinn der Geschichte völlig begriffen hatte, sah ich, obgleich sein Gesicht unverändert blieb, seine dunklen Augen in triumphierendem Feuer aufleuchten. Er flüsterte Mârut einige Worte zu. Ich glaubte zu verstehen: »Das heilige Kind nimmt den Hüter an. Der Geist der Weißen Kendah findet wieder eine Stimme.«

Dann, wie unter einem fremden Willen, verbeugten sich beide in unbegrenzter Demut tief vor Fräulein Holmes.

Jetzt erhob sich ein Wirrwarr von Rufen.

»Welch ein lächerlicher Traum«, sagte Lord Ragnall ärgerlich. »Ein Elfenbeinkind, das lebendig wird und dir ein Halsband gibt! Hat man jemals solch einen Unsinn gehört?«

»Ja, hat man schon einmal solch einen Unsinn gehört?« wiederholte Fräulein Holmes höflich und ergeben, automatenhaft nachplappernd.

»Ich nehme an, das Programm ist zu Ende«, schnitt Lord Ragnall alles weitere ab. »Herr Quatermain, würden Sie so liebenswürdig sein und Ihre Gauklerfreunde fragen, was ich ihnen schuldig bin?«

Hier unterbrach sich Hârut, den Sinn der Worte erfassend, beim Packen seiner Sachen und antwortete:

»Nichts, o großer Herr, nichts! Es sind wir, die viel schulden zu dir. Jetzt wir erfahren, was wir wissen wollten lange Zeit. Ich meine, ob Elefant Jana immer noch tötet Leute von Kendah. Kendahtabak nicht sprechen zu uns. Nur sprechen zu Neuling. Du haben große Gabe, Lady, und du auch, Macumazana. Gute Nacht, o großer Lord, gute Nacht, o schöne Lady. Gute Nacht, o Macumazana, bis wir treffen wieder, wenn du kommen zu töten Elefant Jana. Segen vom Himmelskind, das gibt Regen, das bewahrt vor all Gefahr, das gibt Nahrung, das gibt Gesundheit, für euch alle.«

Dann schritten sie mit vielen Verbeugungen rückwärts zur Tür, wo sie ihre langen Mäntel anlegten. Auf ein Zeichen von Lord Ragnall begleitete ich sie, ein Amt, das mir Wild in Befürchtung, mit noch mehr Schlangen Bekanntschaft zu machen, gern überließ. Einige Minuten später standen wir im eisigen Dunkel unter den stöhnenden Bäumen vorm Hause draußen.

»Was soll das alles heißen, Männer aus Afrika!« fragte ich.

»Beantworte dir selbst die Frage, wenn du dem großen Elefanten Jana, der einen bösen Geist in sich birgt, Auge in Auge gegenüberstehst, Macumazana«, antwortete Hârut. »Nein, hör' zu. Wir haben unsere Heimat verlassen, und wir erforschten das Schicksal durch jene, die uns Nachrichten geben konnten, und heute sind uns diese Nachrichten zuteil geworden. Das ist alles. Wir sind Anbeter des himmlischen Kindes, das ewige Jugend und alles Gute ist. Seit einiger Zeit ist das Kind stumm. Doch heute nacht hat es wieder gesprochen. Versuche nicht, mehr zu erfahren, du, der du zu gegebener Zeit alles erfahren wirst.«

»Versuche nicht, mehr zu ermitteln,« echote Mârut, »du, der vielleicht schon zuviel weiß; sonst würde dir Übles zustoßen, Macumazana.«

»Wo gedenkt ihr heute nacht zu schlafen?« fragte ich.

»Wir schlafen hier nicht«, antwortete Hârut. »Wir gehen zu Fuß nach der großen Stadt und suchen unseren Weg zurück nach Afrika, wo wir uns wiedersehen werden. Du weißt, daß wir keine Lügner sind, gewöhnliche Gedankenleser und Trickmacher. Gehe hinein, Macumazana, ehe du Schaden in dieser schrecklichen Kälte nimmst, und nimm der jungen Lady, die mit dem Zeichen des jungen Mondes geschmückt ist und die den großen Lord, den sie liebt, heiraten wird, dies als ein Geschenk vom Himmelskind mit, dem sie heute nacht begegnet ist.«

Dann drückte er mir ein leinenverhülltes Päckchen in die Hand und verschwand mit seinem Gefährten in der Dunkelheit.

»Sie sind fort«, sagte ich zu Lord Ragnall, als ich in den Salon kam, wo die Gesellschaft über das soeben Erlebte noch eifrig diskutierte. »Sie wollen zu Fuß nach London gehen, wie sie sagen. Aber sie haben mir ein Hochzeitsgeschenk für Fräulein Holmes übergeben«, und ich zeigte das Paket.

»Öffnen Sie es, Herr Quatermain«, sagte er.

»Nein, George«, fiel Fräulein Holmes lachend ein. »Ich packe meine Geschenke gern selbst aus.«

Er zuckte die Schultern, und ich übergab ihr das sorgsam vernähte Paket. In dem Leinen lag eine Halskette von schönen, roten, ovalen Steinen, die etwa die Größe eines kleinen Vogeleies hatten. Die Steine waren unbeholfen poliert und auf etwas aufgereiht, was ich sofort als ein Haar aus dem Schwanz eines Elefanten erkannte. Aus gewissen Anzeichen entnahm ich, daß die Steine, es konnten Karfunkel oder Rubinen

sein, ein außerordentlich hohes Alter haben mußten. Möglicherweise hatte einstmals eine vornehme Frau im alten Ägypten die Kette getragen – dafür sprach wenigstens eine hübsche Miniaturstatuette, die, ebenfalls aus rotem Stein geschnitten, von der Mitte des Halsbandes herabhing. Sie mochte wohl das Abbild eines der Hauptgötter der alten Ägypter sein, nämlich des Kindes Horus, des Sohnes der Isis.

»Das ist die Halskette, die ich sah und die mir das Elfenbeinkind in meinem Traum gab«, sagte Fräulein Holmes ruhig.

Dann legte sie die Kette gedankenvoll um den Hals.

5. Kapitel
»Die Bona fide Goldmine«

Zwei volle Jahre sind vergangen, seit ich Lord Ragnall und Fräulein Holmes Lebewohl gesagt habe, und nun, da der Vorhang wieder aufgeht, sitze ich auf den Verandastufen meines kleinen Hauses in Durban.

Ich hatte in dieser ganzen Zeit von Lord Ragnall ein- oder zweimal gehört. Zuerst erhielt ich einen Brief von Scroope, der mir Seiner Lordschaft Vermählung mit Fräulein Holmes anzeigte. Diese Sache schien ein Ereignis der Londoner Saison gewesen zu sein. Ein Ausschnitt aus einer Zeitung, den Scroope beigefügt hatte, verbreitete sich lang über die glänzende Erscheinung des Bräutigams und die Holdseligkeit der Braut. Nur ein einzelner Absatz erregte mein besonderes Interesse.

Er lautete: »Die Braut verursachte besonderes Aufsehen dadurch, daß sie, trotzdem, wie man weiß, die Diamanten der Familie Ragnall zu den schönsten Juwelen des ganzen Landes gehören, nur einen einzigen Schmuck trug. Es war eine Halskette, die aus großen, aber ziemlich primitiv gearbeiteten Rubinen bestand, und von der ein kleines, ebenfalls aus einem Rubin geschnittenes ägyptisches Idol herabhing. Es muß hinzugefügt werden, daß der Schmuck ihre dunkle Schönheit gut kleidete, wenn er auch bei dieser besonderen Gelegenheit etwas ungewöhnlich erschien. Warum Lady Ragnall unter den vielen Kleinodien, die sie besitzt, gerade ihn ausgewählt hatte – darüber gab es mancherlei Vermutungen. Es wird berichtet, daß sie auf die diesbezügliche Frage eines Freundes sich dahin äußerte, das Schmuckstück würde ihr Glück bringen.«

Auch ich wunderte mich, warum sie dem barbarischen Hochzeitsgeschenk der Hârut und Mârut den Vorzug gegeben hatte. Die Sache schien mir merkwürdig, fast unverständlich.

Eine zweite Nachricht über dieses Paar erreichte mich über ein Jahr später. Aus einer Zeitungsnotiz sah ich, daß Lord Ragnall ein Sohn und Erbe geboren worden war, und daß Mutter und Kind sich wohlauf befanden.

So, dachte ich, das wäre das Ende einer netten, kleinen Episode.

Ich hatte im Verlauf dieser zwei Jahre allerhand erlebt, und zwar auf einer Expedition in eine unbekannte Gegend Afrikas. Als Fazit all dieser Abenteuer war in mir der Entschluß reif geworden, mich nie wieder auf solche verrückten Unternehmungen einzulassen. Nur meinem großen Glück hatte ich es zu verdanken, wenn ich überhaupt noch lebendig nach Durban zurückkam.

Durch Umstände, über die ich an anderer Stelle berichtet habe, sah ich mich jetzt im Besitz einer beträchtlichen Summe Geldes, und ich beschloß, diese so anzulegen, daß ich nie mehr in die Zwangslage käme, Jagd- und Handelsexpeditionen in die wildesten Regionen Afrikas unternehmen zu müssen. Wie gewöhnlich kommt, wenn man erst Geld hat, auch die Gelegenheit, es zu verwerten. In meinem Falle bot sie sich in Gestalt einer Goldmine, die eben an der Grenze des Zululandes entdeckt worden und eine der ersten in jener Gegend war. Ein jüdischer Händler, namens Jakob, unterrichtete mich von der Sache und bot mir Halbpart an, falls ich das nötige Betriebskapital in das Unternehmen hineinsteckte. Eine Reise in jenen Distrikt überzeugte mich davon, daß tatsächlich ein außerordentliches Geschäft in Aussicht zu stehen schien. Es ist nicht nötig, Einzelheiten zu berichten, und, um die Wahrheit zu sagen, ich habe auch gar kein Verlangen, das zu tun; denn auch jetzt ist die Sache noch ein wenig schmerzlich für mich. Ich will nur soviel erwähnen: der Jude und einige seiner Freunde holten vor meinen Augen Goldkörner aus dem Boden und zeigten mir dann auch die vielversprechende Quarzklippe, aus der es in verflossenen Zeiträumen ausgewaschen worden sein sollte. Die Nachricht von unserer Entdeckung verbreitete sich wie ein Lauffeuer, und das Endergebnis war, daß eine Gesellschaft gegründet wurde mit Allan Quatermain an der Spitze, die »Bona-fide-Goldmine G. m. b. H.«.

Oh, diese Kompanie! Manchmal, noch heute, wenn ich Verdauungsbeschwerden habe, träume ich von ihr.

Unser Kapital war klein, 10 000 Pfund. Der Jude, der mit Recht Jakob hieß, und seine Freunde übernahmen die Hälfte (umsonst natürlich) als Kaufpreis für ihre Rechte. Ich betrachtete das Verhältnis nicht als angemessen, zumal als ich ausfindig gemacht hatte, daß diese Rechte sie genau drei Dutzend Flaschen Schnaps, einen zusammengebrochenen Wagen, vier alte Kühe und fünf Pfund in bar gekostet hatten. Nachdem man mir jedoch von der Genialität erzählte, die in Aktion hatte treten müssen, um diese Schatzkammer überhaupt ausfindig zu machen und sie an sich zu bringen, und in Anbetracht des Umstandes, daß diese Summe ja nicht in bar, sondern in Anteilscheinen ausgezahlt wurde, die nur nach Sicherstellung des Ertrages realisiert werden konnten, gab ich nach einer Nacht voll sorgenvoller Erwägungen nach.

Persönlich zahlte ich tausend Pfund in das Unternehmen ein. Ich erinnere mich noch, daß Jakob und seine Freunde über diese Maßnahme erstaunt waren, da sie mir fünfhundert ihrer Anteilscheine ganz umsonst angeboten hatten, »in Erwägung der Garantie, die mein guter Name böte«. Das lehnte ich ab mit der Begründung, daß ich nicht andere auffordern wolle, in eine Unternehmung Geld zu stecken, an der ich nicht selbst mit Kapital beteiligt war.

Schließlich waren viertausend Pfund gezeichnet, und wir gingen an die Arbeit. Arbeit ist eine eigenartige Bezeichnung für das, was mir persönlich in der kommenden Zeit blühte. Es war die aufreibendste Tätigkeit, die ich jemals verrichtet habe.

Wir begannen, indem wir einen Streifen Kies auswuschen, und wir erzielten dabei einfach erstaunliche Ergebnisse. So erstaunlich waren sie, daß die Aktien daraufhin sofort auf zehn Schilling über pari stiegen. Jakob und Genossen zogen Vorteil aus dieser Gelegenheit, indem sie die Hälfte ihrer Anteilscheine an stürmisch Nachfragende verkauften, nicht etwa um persönlichen Profit zu machen, wie sie mir erklärten, sondern um »die Basis des Unternehmens durch Zuführung von frischem Blut zu erweitern«.

Kurz nach dieser Hausse geschah es, daß die Ausbeute aus dem Kiesstreifen um die reiche Ader herum bedenklich mager wurde. Es erwies sich als nötig, eine Sprengbatterie anzuschaffen, um die angeblich goldhaltige Quarzklippe zu sprengen. Die Batterie wurde auch bei einer Firma in Kapstadt bestellt. – Aber warum diese traurige Angelegenheit in allen ihren Details verfolgen? Die Aktien begannen zu fallen. Sie fielen erst auf ihren Nennwert, auf ein Pfund, dann auf fünfzehn Schilling, dann auf zehn. Jakob, der Betriebsdirektor, setzte mir auseinander, es würde nötig sein, »den Markt zu stützen«. Ich als Vorsitzender müsse die Führung bei diesem löblichen Werke übernehmen, um mein Vertrauen in das Unternehmen zu beweisen.

Ich übernahm auch die Führung, indem ich nochmals fünfhundert Pfund anlegte. Es war das letzte, was ich aufbringen konnte. Ich muß gestehen, es bedeutete die Erschütterung meines letzten Glaubens an das Gute im Menschen, als ich dann eines Tages erfuhr, daß die Aktien, die ich für fünfhundert Pfund gekauft hatte, in Wirklichkeit das Eigentum Jakobs waren, trotzdem sie mir unter zahllosen anderen Namen angeboten wurden. Schließlich kam die Katastrophe. Denn noch bevor die Sprengbatterie geliefert war, waren unsere verfügbaren Fonds erschöpft, und niemand wollte auch nur einen halben Penny zeichnen. Es wurden noch Schuldscheine ausgegeben. Wer sie kaufte, blieb mir damals verborgen. Zuletzt wurde eine Versammlung der Gesellschafter einberufen, um die Frage der Auflösung des Unternehmens zur Debatte zu stellen, und nach drei schlaflosen Nächten erklärte ich mich bereit, den Vorsitz in dieser Versammlung zu übernehmen.

Als ich den Raum betrat, stellte ich zu meinem Erstaunen fest, daß von den fünf Direktoren nur einer da war, ein ehrlicher alter Seekapitän a. D., der dreihundert Aktien gekauft und auch bar bezahlt hatte. Jakob und seine zwei Freunde, die Stellvertreter, hatten, wie ich erfuhr, an dem Tage Passage nach Kapstadt genommen, um zahlreichen Verwandten beizustehen, die plötzlich erkrankt waren. Die Versammlung begann stürmisch. Ich erklärte den Stand der Dinge, so gut ich es vermochte. Als ich geendet hatte, wurde ich in ein Kreuzfeuer von Fragen genommen. Ich konnte sie weder zu meiner eigenen Zufriedenheit noch zu der von irgend jemand anderem beantworten. Dann stand ein Herr, Besitzer von zehn Aktien, auf, und erklärte klipp und klar, ich hätte die Aktionäre durch die Ausgabe falscher Berichte betrogen.

Flammend vor Wut fuhr ich in die Höhe und forderte ihn, trotzdem er ungefähr über das Doppelte meines Körpervolumens verfügte, auf, herauszukommen und sich mit mir draußen über diesen Punkt zu unterhalten, worauf er prompt wegging. Daraufhin erhob sich ein Gelächter, und dann kam die ganze Wahrheit ans Licht. Ein Herr erhob sich und erzählte eine Geschichte, die sich späterhin auch als wahr erwies. Jakob hatte ihn engagiert, um die Mine zu »salzen«, das heißt, er hatte eine Handvoll Goldstaub in den Kiesstreifen, den

wir zuerst auswuschen, zu mischen (der farbige Herr schwor, daß er das getan hätte, ohne sich etwas Böses dabei zu denken), worauf er prompt von Jakob um seinen Lohn betrogen worden war. Das war alles. Ich sank wie vom Schlag getroffen in meinen Stuhl zurück. Dann stand ein anständiger Mensch, der selbst Geld bei der Affäre verloren hatte, und den ich kaum kannte, im Auditorium auf und hielt eine Rede, die mir wenigstens einen Teil meines Vertrauens in die menschliche Natur zurückgab.

Er gab der allgemeinen Überzeugung Ausdruck, nach der ich, Allan Quatermain, nachdem ich wie ein Pferd für die Interessen der Aktionäre geschuftet und mich selbst bei diesem Unternehmen finanziell ruiniert hätte, unschuldig sei, und daß der wirkliche Betrüger Jakob wäre, der sich mit einer ganz netten Summe nach dem Kap davongemacht hätte. Er schloß mit der Aufforderung: »Drei Hochs auf unseren ehrlichen Freund und Leidensgenossen, Mister Allan Quatermain!«

Merkwürdigerweise wurden sie von dem Auditorium auch in herzlicher Weise ausgebracht. Ich dankte dem Sprecher mit Tränen in den Augen und bemerkte, ich wäre froh, den Raum, zwar arm, aber als ehrlicher Kerl – was mir mein Gewissen sowohl als auch ihre Freundlichkeit bestätige – verlassen zu dürfen.

So wurde denn eine gewundene Resolution gefaßt und die Versammlung löste sich auf. Nachdem ich dem Mann, der mir auf so anständige Weise in einer sehr unangenehmen Situation beigesprungen war, noch herzlich die Hände geschüttelt hatte, trottete ich mit dem leichtesten Herzen von der Welt heim. Mein Geld war zwar weg, das war ein Faktum, und durch meine allzu große Vertrauensseligkeit war ich zum allgemeinen Gespött geworden – denn ich hatte trotz des augenfälligen Schwindels etwas als Tatsache anerkannt, was ich aus Mangel an Erfahrung zu überprüfen nicht in der Lage war. Aber mein ehrlicher Name war gerettet, und das ist, wie ich in einem langen Leben erfahren habe, schließlich doch der beste und verläßlichste Aktivposten.

Als ich das Lokal, wo unsere Versammlung stattgefunden hatte, verlassen hatte, passierte ich eine noch unvollendete Seitenstraße mit nur wenigen in Gärten versteckten Häusern und einem ziemlich breiten und schlammigen Rinnstein am Rande des Fußsteiges. Bis auf zwei Menschen war die Straße leer, aber diese beiden zogen meine Aufmerksamkeit auf sich. Da war ein weißer Mann, in dem ich das untersetzte, halbbesoffene Individuum erkannt, das mich des Betruges an der Compagnie beschuldigt und sich dann davongemacht hatte, und ein vertrockneter alter Hottentott, der mich von weitem an einen gewissen Hans erinnerte.

Dieser Hans war, wie ich nachholen muß, ursprünglich ein Diener meines Vaters, eines Missionars in der Kapkolonie, aber späterhin mein Gefährte in vielen Abenteuern gewesen. Er und ich, wir zwei allein entkamen, als der Zulu Dingan Retif und seine Buren ermordete, und er war auch mein Begleiter auf der abenteuerlichen Fahrt nach der wundervollen Orchidee, der Heiligen Blume.

Hans hatte seine schwachen Seiten. Da war vor allem seine innige Neigung für Schnaps. Aber sonst war er ein mutiger und zuverlässiger alter Bursche. Dazu kam, daß er mit einer Liebe an mir hing, die noch über die Liebe einer Frau hinausging. Jetzt, nachdem er sich eine gewisse Summe Geld erworben hatte, war er als eine Art Miniaturhäuptling auf einer Farm unweit Durban ansässig, wo er hochgeehrt wegen seiner ruhmvollen Taten lebte.

Der weiße Mann und Hans, falls es wirklich Hans war, waren in einer erregten Auseinandersetzung auf Kapholländisch begriffen, von der mir der Abendwind einzelne Brocken zutrug.

»Du dreckiger, kleiner Hottentott,« schrie der weiße Mann, drohend einen Stock schwingend, »ich werde dir die Leber herausschneiden! Was soll das heißen, daß du hinter mir herschnüffelst wie ein Schakal?« Und schon schlug er nach Hans, der aber zur Seite sprang.

»Du Sohn einer fetten, weißen Sau,« schäumte Hans auf (in dem Moment, wo ich die Stimme hörte, erkannte ich Hans mit Bestimmtheit), »du hast dich unterstanden, den Baas einen Dieb zu nennen? – Ja, einen Dieb, du Wühler im Schlamm, du Schmutzfresser, du Eber der Gosse – den Baas – von dem ein Fingernagel mehr wert ist als du mitsamt deiner ganzen dreckigen Familie, er, dessen Ehre so klar, so rein ist wie das Sonnenlicht, und dessen Herz weißer ist als der weiße Sand der See.«

»Jawohl, so ist's,« grölte der weiße Mann, »er hat mein Geld von der Goldmine.«

»Du Wildsau, warum bist du denn weggerannt? Warum hast du nicht gewartet, um ihm das draußen vor der Tür zu wiederholen?«

»Warte, ich werde dir etwas zeigen von wegen Weglaufen, du kleiner, gelber Hund«, schrie der andere und versetzte Hans einen Faustschlag in die Rippen.

»Oh! Du willst mich laufen sehen, nicht wahr?« sagte Hans und glitt mit wundervoller Behendigkeit um ein paar Meter zurück. »So, pass' mal auf!«

Mit diesen Worten senkte er den Kopf und stürmte los wie ein wütender Büffel. Sein Wollkopf traf den Feind genau in der Magengrube. Der Weiße wurde in die Höhe geschleudert. Er flog rückwärts und landete mit einem Plumps im schlammigen Rinnstein, gerade dort, wo er am tiefsten war. Ich möchte hier bemerken, daß, wie die Schienbeine die schwächste Stelle eines Hottentotten, der Kopf bei weitem den härtesten und gefährlichsten Teil seines Körpers bildet. Solch ein Schädel hat tatsächlich die Wucht und Härte etwa einer Kanonenkugel; ich habe einmal gesehen, wie ein halbbeladener Wagen über den Kopf eines Hottentotten fuhr, ohne daß diesem mehr passierte als eine kurze Besinnungslosigkeit.

Nachdem Hans seinen Sturmbockangriff zu einem glücklichen Ende gebracht hatte, huschte er um die nächste Ecke und ward nicht mehr gesehen. Ich aber wartete aufgeregt ab, wie die Untat seinem weißen Gegner bekommen war. Zu meiner Erleichterung kroch dieser eine Minute später aus der Gosse, schlammbedeckt und von Wasser triefend. Langsam schlich er die Straße hinunter, den Kopf so tief auf die Brust gesenkt, daß es aussah, als wäre er zusammenklappbar, und die Hände auf den Magen gepreßt. Ich habe oft gehört, daß man die Hottentotten als auf der niedrigsten Stufe menschlicher Entwicklung stehend betrachtet. Sie können aber, wenn man sie nur gut behandelt, treue und anhängliche Freunde sein – eine Tatsache, für deren Richtigkeit ich binnen kurzem einen neuen Beweis bekommen sollte.

Nach Hause gekommen, setzte ich mich zunächst in den wackligen Lehnstuhl auf der Veranda meines Hauses. Sodann stopfte ich mir eine Pfeife und versank in eine Erstarrung, wie sie meist als Reaktion eintritt, wenn man mit knapper Mühe einer Gefahr entronnen ist. Eines stand zwar fest: niemand glaubte, daß ich ihn mit jener dreimal verfluchten Goldmine hätte betrügen wollen. Aber da waren noch ein paar andere knifflige Geschichten.

Ich grübelte über die biblische Erzählung von Jakob und Esau nach und entdeckte plötzlich in mir eine Sympathie für Esau. Ich war begierig, was wohl aus meinem Jakob werden würde. Wahrscheinlich würde er, wie sein biblischer Namensvetter, durch seine Geschäfte in Nahrungsmitteln, durch weitere mehr oder minder reelle Transaktionen zu Wohlstand und, wie van Koop in England, schließlich noch zu einem Adelstitel kommen. Jedenfalls hatte ich das Linsengericht in Gestalt der wertlosen, aber teuer bezahlten Aktien gegessen und auf der Jagd nach dem goldenen Kalbe hart gefrondet, während Bruder Jakob meine Erbschaft oder zumindest mein Geld hatte. Wahrscheinlich zählte er jetzt an Bord des Schiffes die Goldstücke und lachte sich schief bei dem Gedanken an die Versammlung der Aktionäre mit mir als Vorsitzenden. Nun, warum noch weitergrübeln! Ich hatte meinen ehrlichen Namen behalten – mochte er meine Ersparnisse besitzen. –

Aber ich hatte einen Sohn zu unterstützen. Und was sollte ich jetzt mit knapp dreihundert Pfund, einer Kollektion guter Gewehre und diesem kleinen Grundstück in Durban anfangen? Es blieb mir jetzt wieder nur eins übrig: mein altes Handwerk, die professionelle Jagd. Demnach mußte ich von neuem auf Abenteuer ausziehen, denen ich abgeschworen hatte, als mein trügerischer Stern über der Goldmine glänzend aufging.

Während ich die Vorteile und Nachteile der verschiedenen in Frage kommenden Jagdgebiete abwog, erregte meine Aufmerksamkeit eine Art Husten aus der Richtung hinter einem großen Gardeniabusch her. Es schien kein menschlicher Husten zu sein. Er erinnerte vielmehr an jene Töne, die eine gewisse kleine Antilopenart bei Nacht ausstößt, wahrscheinlich als Zeichen für ihren Gefährten. Hier konnte etwas Ähnliches natürlich nicht in Betracht kommen, denn auf einige Meilen im Umkreis gab es keine Antilopen. Und ich wußte, daß der Ton aus einer menschlichen Kehle kam. Hatte ich ihn nicht schon früher in so mancher Stunde der Gefahr vernommen?

»Komm näher, Hans«, sagte ich auf holländisch, und wie eine gelbe Schlange kroch sofort die verwitterte Gestalt des alten Hottentotten hinter dem Gardeniabusch hervor. Warum er gerade auf diese Methode der Annäherung verfallen war, statt einfach durch Gartentür und Gartenweg hereinzukommen, wußte ich nicht. Aber sie entsprach ganz seiner leisen und vorsichtigen Art, vererbt von hundert Generationen Vorfahren, die ihr Leben in steter Bedrohung durch mörderische Feinde verbracht hatten. Er warf sich vor mir nieder und starrte wie geistesabwesend in die feurige Scheibe der sinkenden Sonne, ohne mit einem Augenlid zu blinzeln. Geier verhalten sich so.

»Du siehst aus, als ob du gerauft hättest, Hans; dein Hut ist eingetrieben, du selbst bist mit Schlamm bespritzt und hast einen Striemen von einem Stockhieb an deiner rechten Seite.«

»Ja, Baas, du hast recht wie immer, Baas. Ich hatte Krach mit einem Mann um sechs Pence, die er mir schuldete, und habe ihn mit dem Kopf über den Haufen gerannt und vergessen, vorher meinen Hut abzunehmen. Nun ist er hin, und das tut mir leid, denn es war ein ganz neuer Hut, noch nicht zwei Jahre alt. Der Baas hat ihn mir gegeben. Er kaufte ihn in einem Laden in Utrecht, als wir von Pongoland zurückkamen.«

»Warum lügst du mich an?« fragte ich. »Du hast mit einem weißen Mann gerauft und um mehr als sechs Pence. Du hast ihn in die Gosse geworfen, und der Schlamm hat dich über und über angespritzt.«

»Ja, Baas, es ist so. Dein Dämon spricht wahr zu dir. Und doch kommt er ein bißchen vom Wege ab; denn ich habe mit dem weißen Mann für weniger als sechs Pence gerauft. Ich raufte mit ihm wegen Liebe, die überhaupt nichts wert ist.«

»Dann bist du ein noch größerer Narr, als ich gedacht habe, Hans. Was willst du jetzt?«

»Ich will ein Pfund borgen, Baas. Der weiße Mann wird mich vor den Polizeirichter schleppen, und ich werde mit einem Pfund bestraft werden, oder ich muß vierzehn Tage in den Koffer (Haft). Es ist wahr, daß der weiße Mann mich zuerst geschlagen hat, aber der Polizeirichter wird dem Wort eines armen, alten Hottentotten einem weißen Mann gegenüber nicht glauben, und ich habe keine Zeugen. Er wird sagen: ›Hans, du bist wieder betrunken gewesen. Hans, du bist ein Lügner und verdienst ausgepeitscht zu werden, was beim nächsten Mal geschehen wird. Zahle ein Pfund und zehn Schilling dazu, was der Preis für gute weiße Justiz ist, oder gehe für vierzehn Tage in den Koffer und mache da Körbe für die große Königin.‹ Baas, ich habe den Preis für die Justiz, der zehn Schilling ist, aber ich möchte das Pfund für die Strafe von dir borgen.«

»Hans, ich glaube, augenblicklich wärst du eher imstande, mir ein Pfund zu borgen als ich dir. Meine Tasche ist leer, Hans.«

»Steht es so, Baas? Nun, macht nichts! Wenn nötig, kann ich auch vierzehn Tage lang Körbe für die große weiße Königin machen, in die sie ihre Einkäufe hineintun kann, oder Matten, auf denen sie ihre Schuhe säubert. Der Koffer ist gar kein so schlechter Platz,

Baas. Man hat da Zeit, über die Justiz des weißen Mannes nachzudenken und dem Großen im Himmel zu danken. Denn die kleinen Sünden, die man nicht getan hat, sind herausgekommen und bestraft worden, während die großen Sünden, die man wirklich getan hat, so wie – na, egal – nicht herausgekommen sind.«

»Warum gehst du überhaupt in den Koffer, Hans, da du doch reich bist und eine Strafe bezahlen kannst, sogar wenn es hundert Pfund wären.«

»Vor ein oder zwei Monaten war ich reich, das stimmt, Baas, aber jetzt bin ich arm, mir ist nichts geblieben als zehn Schilling.«

»Hans,« sagte ich ernsthaft, »du hast wieder gespielt, du hast wieder getrunken, du hast dein Grundstück und dein Vieh verkauft, um Spielschulden zu bezahlen und um Schnaps zu kaufen.«

»Ja, Baas, und nutzlos verkauft, scheint es. Trotzdem ist es nicht wahr, daß ich getrunken habe. Ich habe das Land und das Vieh für sechshundertfünfzig Pfund verkauft, Baas, und mit dem Gelde andere Sachen gekauft.«

»Was hast du gekauft?« fragte ich.

Er wühlte erst in einer Tasche seines großen Rockes herum, dann in der anderen und brachte schließlich ein zerknittertes und schmutziges Stück Papier hervor, das fast so aussah wie eine Banknote. Ich nahm das Dokument und besah es näher. In der nächsten Minute vergingen mir fast die Sinne. Denn es bestätigte, daß Hans der Besitzer von, ich weiß nicht wieviel, Schuldscheinen der Bona-fide-Goldmine G. m. b. H. war. Also eben derselben Gesellschaft, deren unglücklicher Vorsitzender ich gewesen. Und für dieses Papier hatte Hans die Summe von über sechshundert soliden Pfund bezahlt.

»Hans,« fragte ich matt, »von wem hast du das gekauft?«

»Von dem Baas mit der krummen Nase, Baas. Sein Name war Jakob, wie der große Mann in der Bibel, von dem dein Vater, der Prediger, uns manchmal erzählte.«

»Und wer hat dir gesagt, daß du die Papiere kaufen sollst, Hans?«

»Sammy, Baas, der bei dir Koch war, als wir nach Pongoland gingen, der sich in der Maisgrube versteckte, als die Sklavenhändler Bezarstadt verbrannten, und der dann halbgeröstet herauskam wie ein Huhn aus dem Ofen. Der Baas Jakob war in Sammys Hotel abgestiegen und hatte ihm gesagt, daß, wenn er nicht Papiere wie dieses kaufte, von denen er sehr viele hatte, du, Baas, vor den Richter und in den Koffer kommen würdest. So hat Sammy einige gekauft, Baas, aber nicht viel, denn er hatte nur wenig Geld, und der Baas Jakob hat ihm für alles, was er gegessen und getrunken hat, mit ebensolchen Papieren bezahlt. Dann kam Sammy zu mir und zeigte mir, was ich zu tun hatte, und erinnerte mich, daß dein ehrwürdiger Vater, der Prediger, dich meiner Obhut übergeben hatte, bis einer von uns stürbe, ob du gesund oder krank wärest, ob es dir gut oder schlecht ginge – gerade wie eine weiße Frau. – So habe ich die Farm und das Vieh zu einem sehr geringen Preise an einen Freund von Baas Jakob verkauft, Baas, und das ist die ganze Geschichte.«

Ich hörte, und muß gestehen, ich weinte fast bei dem Gedanken an das Opfer, das dieser arme alte Hottentott auf die Vorspiegelungen eines Gauners hin für mich gebracht hatte.

»Hans,« fragte ich, als ich meine Selbstbeherrschung wiedergefunden hatte, »sage mir, wie war doch der neue Name, den der Zuluhäuptling Mavovo dir gab, bevor er starb; ich meine damals, als du Bezarstadt angezündet und Hassan und seine Sklavenjäger in ihrer eigenen Falle gefangen hattest?«

Hans, der plötzlich draußen auf See etwas sehr Interessantes entdeckt zu haben schien, vielleicht, weil er nicht Zeuge meiner Bewegung sein wollte, drehte sich langsam herum und antwortete: »Mavovo nannte mich Licht-im-Dunkel. Unter diesem Namen kennen mich die Kaffern, Baas.«

»Dann hat dich Mavovo recht genannt, Hans; denn du glänzest wirklich wie ein Licht im Dunkel meines Herzens. Ich, den du für so weise hältst, bin nur ein Dummkopf, Hans, der auf die Tricks eines gewöhnlichen Betrügers hereingefallen ist, genau so wie du und Sammy. Aber hat er mir gezeigt, wie gemein Menschen sein können, so hast du mir gezeigt, daß sie auch sehr gut sein können, und wenn ich das eine gegen das andere vergleiche, dann richtet sich mein Geist, der im Staube lag, wieder auf wie eine verdorrte Blume nach dem Regen. Licht-im-Dunkel, und wenn ich auch zehntausend Pfund hätte, ich könnte dich nicht bezahlen; denn das, was du mir gegeben hast, ist mehr wert als alles Gold der Welt und alles Land und alles Vieh. Aber mit Achtung und Liebe will ich versuchen, dich zu entschädigen.« Und ich hielt ihm meine Hand hin.

Er nahm sie und preßte sie gegen seine runzlige, alte Stirn. Dann antwortete er:

»Sprich nicht mehr davon, Baas, denn es macht mich elend, mich, der ich doch so glücklich bin. Wie oft hattest du mir vergeben, wenn ich Unheil anrichtete? Wie oft hast du mich nicht geprügelt, wenn ich hätte geprügelt werden sollen, wenn ich betrunken war oder andere Sachen ausgefressen hatte, ja, sogar als ich einmal dein Schießpulver stahl und es verschacherte, um mir Schnaps zu kaufen? Trotzdem ich übrigens wußte, daß das Pulver verdorben war. Habe ich dir dafür jemals gedankt? Außerdem habe ich dieses Papier gar nicht gekauft, um dir zu helfen; denn man sagte mir, solche Papiere könnten bald viel, viel mehr wert sein, als ich dafür gegeben hatte. Ich betrachtete es als Spiel, und du weißt, daß ich das Spiel so liebe. Und wenn ich Geld gewonnen hätte, hätte ich es dir etwa gegeben? Nein, ich würde es selber behalten und eine noch größere Farm und noch mehr Vieh dafür gekauft haben.«

»Hans,« sagte ich mahnend, »wenn du so unverschämt lügst, wirst du sicher in die Hölle kommen, wie es dir mein Vater so oft gesagt hat.«

»Nicht wenn ich für dich lüge, Baas. Außerdem würde es auch nicht viel ausmachen. Nur daß wir, Baas, voneinander durch den tiefen Abgrund getrennt wären. Aber es hätte das Gute, daß ich dann den Baas Jakob treffen würde, was ich sehr gern möchte.«

Ich wollte ihn diesen ein bißchen unchristlichen Gedankengang nicht weiter verfolgen lassen und fragte deshalb, warum er sich eigentlich glücklich fühle. »Oh, Baas,« antwortete er, mit seinen kleinen schwarzen Augen zwinkernd, »kannst du es nicht erraten? Jetzt hast du nur noch sehr wenig Geld, und ich habe überhaupt keins; deshalb ist es klar, daß wir irgend wohin gehen müssen, um wieder Geld zu bekommen. Ich freue mich darauf, Baas. Ich habe es satt, da draußen auf der Farm zu sitzen und Mais und Milchkühe zu züchten, zumal ich zu alt bin, um zu heiraten, Baas. Und du selbst bist es sicher müde, umsonst nach Gold zu suchen und betrübte Lieder in jenem Versammlungshaus zu singen, wie du es heute nachmittag getan hast. Der Große in den Himmeln wußte, um was es ging, als er uns den Baas Jakob in den Weg schickte. Er prügelt uns zu unserem Guten, Baas, wie er es immer tut. Wenn wir es nur immer verstünden.«

Nachdenklich erwiderte ich: »Das ist wahr, Hans, und ich danke dir für die Lektion, die zweite, die du mir heute gegeben hast. Aber wohin wollen wir gehen, Hans? Denke daran, es müssen Elefanten sein.«

Er nannte mir verschiedene Plätze. Es schien fast, als wäre er schon mit einer Liste hergekommen. Zuletzt warf er sich vor mir nieder, kaute ein Stück Tabak, das ich ihm gegeben hatte, und guckte mich von Zeit zu Zeit an, den Kopf auf die Seite biegend, wie ein mißtrauisches, spähendes Huhn.

»Hans,« sagte ich, »erinnerst du dich an eine Geschichte, die ich dir vor etwa einem Jahr erzählte, von einem Stamm, die Kendah genannt? In deren Land soll ein großer Friedhof von Elefanten existieren. Im Nordwesten der Seeinsel, auf der einst die Pongo wohnten, liegt er.«

»Ja, Baas.«

»Und du sagtest, glaube ich, daß du von solch einem Stamm niemals gehört hättest.«

»Nein, Baas, ich habe überhaupt nichts darüber gesagt. Aber dennoch habe ich sogar viel über diesen Stamm gehört.«

»Ja, aber warum hast du mir denn das nicht früher gesagt, du Idiot?« fragte ich ärgerlich.

»Wozu sollte das gut sein, Baas? Damals jagtest du Gold, nicht Elefanten. Warum sollte ich dich unglücklich machen und Atem verschwenden beim Schwatzen über Dinge, die so jenseits unserer Absichten lagen?«

»Rede kein dummes Zeug, Hans, und erzähle mir sofort, was du weißt«

»Folgendes, Baas: Als wir seinerzeit in Bezarstadt den Gorillagott getötet hatten und dein Freund, der Baas Stephan, krank lag und es nichts zu tun gab, unterhielt ich mich mit jedem, den ich traf. Und viele Leute gab es dort nicht, Baas. Aber da war eine sehr alte Frau, die nicht der Maziturasse angehörte und deren Mann und Kinder schon tot waren, die aber in der Stadt angesehen und gefürchtet war, weil sie Medizin aus Kräutern machte und die Zukunft weissagte. Sie war ganz blind, Baas, und liebte es sehr, mit mir einen Schwatz zu machen. Ich habe ihr also über den Pongo-Gorillagott erzählt, von dem sie schon einiges gehört hatte. Als ich mit meinem Bericht fertig war, sagte sie, daß dieser Gott unbedeutend sei, verglichen mit einem gewissen andern Gott, den sie in ihrer Jugend, gerade als sie heiratsfähig wurde, gesehen hatte, vor siebenmal zehn Jahren. Ich fragte sie nach dieser Geschichte, und da erzählte sie:

›Weit von hier, im Nordosten, lebt ein Volk, die Kendah genannt, die werden von einem Sultan regiert. Es ist ein sehr großes Volk, und es lebt in einem sehr fruchtbaren Lande. Aber rings um sein Gebiet liegen menschenleere Einöden, nur von Tieren bewohnt, und sie wollen nicht, daß jemand ihr Land betritt. So kommt es, daß niemand etwas über sie weiß. Gelangt aber wirklich einmal einer durch die Wildnis in ihr Land, so wird er getötet, und nie kehrt einer zurück, um von ihnen zu erzählen.‹«

»Und was sagte sie dir über das Volk der Kendah und ihren Gott?«

»Die Kendah haben nicht einen Gott, sondern zwei, und nicht einen Herrscher, sondern auch zwei. Sie haben einen guten Gott in der Gestalt eines Kindes (hier sah ich auf), der durch den Mund eines Orakelmediums spricht. Und immer ist eine Frau das Medium. Falls die Frau stirbt, kann der Gott nicht mehr sprechen, bis eine neue Frau gefunden ist, die bestimmte Zeichen auf ihrem Körper trägt. Dadurch wird offenbar, daß der Geist des Gottes in ihr seine Wohnung aufgeschlagen hat. Ehe die Frau stirbt, sagt sie den Priestern stets, in welchem Lande sie nach ihrer Nachfolgerin suchen müssen. Aber manchmal kann diese nicht gefunden werden und dann entsteht Unheil, weil ›das Kind‹ seine ›Zunge‹ verloren hat, und dann wird das Kendahvolk die Beute des anderen Gottes, der niemals stirbt.«

»Und wer ist jener Gott, Hans?«

»Jener Gott, Baas, ist ein Elefant (hier sah ich nochmals auf), ein sehr böser Elefant, dem Menschenopfer dargebracht werden. Ich glaube, Baas, der Teufel hat die Gestalt dieses Elefanten angenommen, wenigstens sagte auch die Frau so. Der Sultan ist ein Anbeter des Gottes Jana, der in dem Elefanten wohnt (jetzt stieß ich einen Pfiff aus), und auch die meisten des Volkes sind seine Anbeter. Denn, Baas, du mußt wissen, bei Beginn der Welt waren die Kendah zwei Völker; aber das hellfarbige Volk, das das Kind anbetete, kam vom Norden herunter und unterwarf das schwarze Volk. Sie brachten das Kind mit sich, oder wenigstens habe ich die Alte so verstanden, Baas. Es war vor tausend und tausend Jahren, als die Welt jung war. Seitdem leben die beiden Völker Seite an Seite nebeneinander hin wie zwei Ströme in demselben Bett, aber niemals haben sie sich gemischt. Jedes behält seine eigene Farbe, nur, sagte sie, jener Strom, der vom Norden kam, wird schwächer, und der vom Süden stärker.«

»Warum hat dann aber der starke Strom den schwächeren nicht verschlungen?«

»Weil die Schwachen noch immer die Reinen und die Weisen sind, Baas. So erklärte es die alte Frau. Denn sie beten das Gute an, die anderen aber den Teufel. Außerdem aber sind diese Menschen vom Norden mächtige Zauberer. Durch ihren Kinderfetisch sind sie imstande, Regen und fette Jahre zu machen und Krankheiten abzuhalten, wogegen Jana nur üble Geschenke gibt, die mit Grausamkeit und Krieg und ähnlichen schönen Dingen zu tun haben. Und als letzten Trumpf beherrschen die Priester des Kindes die Geheimnisse des Reichtums und der Weisheit, wogegen der Sultan und seine Anhänger nur über die Macht der Speere verfügen. Das war das Lied, das die alte Frau mir gesungen hat.«

»Warum hast du mir von diesen Dingen nichts erzählt, als wir in Bezarstadt waren, wo ich selber hätte mit der Alten sprechen können, Hans?«

»Aus zwei Gründen, Baas. Erstens fürchtete ich, du würdest dich aufmachen, um dieses Volk zu suchen, und ich war so müde vom Reisen und wollte zurück nach Natal und Ruhe haben. Und zweitens wurde die alte Frau kurz darauf krank und starb ganz schnell. So bewahrte ich das Geheimnis in meinem Kopf auf, bis es gebraucht würde. Jedoch, Baas, muß ich dir sagen, daß alle Mazitu diese alte Frau für die größte Lügnerin der Welt hielten.«

»Sie war nicht ganz eine Lügnerin, Hans. Höre, was ich erlebte«, und ich erzählte ihm von den Zauberkräften Hâruts und Mâruts, von dem Bild des Elefanten Jana, das ich gesehen zu haben glaubte, und von dem Angebot, das Hârut und Mârut mir seinerzeit machten. Hans lauschte gespannt, aber mit unbewegter, fast gleichgültiger Miene. Es ist nicht leicht, einen Hottentotten in Erstaunen zu versetzen. Denn diese Leute sind nicht imstande, das Mögliche und das, was die moderne Wissenschaft für unmöglich erklärt, scharf auseinanderzuhalten.

»Ja, Baas,« sagte er, als ich fertig war, »dann scheint ja die alte Frau doch nicht eine so große Lügnerin gewesen zu sein. Wann werden wir aufbrechen, um jenen Elfenbeinberg aus den toten Elefanten zu suchen, und welchen Weg willst du nehmen, über Kilwa oder durch Zululand? Du solltest dich bald entscheiden wegen der Regenzeit.«

Wir gingen noch lange Zeit auf und ab und besprachen die Sache, jedoch ohne zu einem Entschluß zu kommen; denn mit Taschen, so leer wie die meinen, schien das Problem fast unlösbar.

6. Kapitel
Lord Ragnalls Geschichte

Am folgenden Morgen setzten wir unsere Erörterungen über die Möglichkeiten fort, mit unseren beschränkten Mitteln Kendahland zu erreichen. Eine derartig lange und waghalsige Expedition hätte finanziell gut fundiert sein müssen. Aber woher Geld nehmen? Zuletzt kam ich zu dem Entschluß, daß es unter diesen Umständen am besten wäre, wenn Hans und ich allein mit einem schottischen, durch Ochsen gezogenen Wagen und mit einigen Zulujägern als Treibern uns auf den Weg machten. Den Wagen konnten wir mit Munition und den notwendigsten Dingen beladen.

In dieser Weise leicht ausgerüstet, konnten wir durch Zululand kommen und von dort nordwärts bis Bezarstadt, wo wir eines herzlichen Willkommens sicher waren, ziehen. Das Weiterkommen von dort mußten wir dem Zufall überlassen. Es war wahrscheinlich mit unerhörten Schwierigkeiten verbunden, die Gebiete zu erreichen, in denen die sagenhaften Kendahs wohnten, aber ich hoffte, in den wilden Ländern jenseits des Zululandes zum mindesten einige Elefanten schießen zu können.

Während wir noch sprachen, hörte ich den Kanonenschuß, der die Ankunft des englischen Postdampfers meldet. Wir gingen nach dem Gartenzaun und sahen von dort aus den Dampfer draußen an der Barre vor Anker liegen. Dann ging ich hinein, um ein paar Briefe zu schreiben. Unter vielen Seufzern war ich soeben mit einigen Briefen glücklich zu Ende gekommen, als ich draußen eine Unterhaltung hörte, wenn man das überhaupt Unterhaltung nennen konnte.

»Ikona Inkoosi« (ich weiß nicht, Häuptling), sagte irgendein Kaffer in stupid gleichgültigem Ton. Darauf antwortete eine Stimme, die mir sehr bekannt vorkam:

»Wir wollen wissen, wo der große Jäger wohnt.«

»Ikona«, sagte der Kaffer.

»Können Sie sich nicht seines Eingeborenennamens erinnern?« fragte eine andere Stimme, die mir ebenfalls merkwürdig bekannt erschien.

»Der große Jäger Machdumalsahne«, sagte die erste Stimme triumphierend. Und in demselben Moment zuckte in meinem Gehirn die Vision der prächtigen Salons von Schloß Ragnall auf und die Gestalt eines imponierenden Majordomus, der zwei weißgekleidete arabische Männer hereinführte.

»Herr Wild, bei allem, was lebt!« murmelte ich. »Was, um Himmels willen, macht denn der hier?«

»Wild, hier ist ein Haus unter den Bäumen, gehen Sie hinein und fragen Sie, wo —«

In diesem Augenblick öffnete ich das Tor und sagte ruhig:

»Wie geht es, Lord Ragnall? Wie geht es Ihnen, Herr Wild? Ich glaubte Sie an Ihren Stimmen zu erkennen und wollte nachsehen, ob ich recht hatte. Bitte, treten Sie ein; das heißt, wenn Sie überhaupt mich zu besuchen wünschen.«

Ich beobachtete die beiden, während ich sprach, und bemerkte, daß Wild genau so aussah wie damals, wenn er sich äußerlich in dieser fremden Umgebung auch ein bißchen merkwürdig ausnahm. Lord Ragnall aber hatte sich seit der Zeit, da wir uns das letzte mal sahen, sehr verändert. Es war immer noch eine glänzende Erscheinung, eine von jenen, die man niemals vergißt: aber jetzt war sein sympathisches Gesicht überschattet vom Ausdruck tiefen Leids. Ich fühlte sofort, er hatte jetzt kennengelernt; was Gram ist. Seine dunkel umränderten Augen und ein gewisser Zug von Müdigkeit und Resignation um seine Mundwinkel verrieten mir seinen Zustand.

»Ja, Quatermain,« sagte er, mir die Hand drückend, »Sie sind es, den ich besuchen will. Ich habe siebentausend Meilen hinter mir, und ich danke Gott, daß ich so glücklich gewesen bin, Sie zu finden. Ich fürchtete fast, Sie könnten tot sein oder auf der Jagd weit drinnen im Innern von Afrika, wo ich niemals imstande gewesen wäre, Sie aufzuspüren.«

»Eine Woche später würden Sie mich vielleicht auch nicht mehr hier gefunden haben, Lord Ragnall,« antwortete ich, »aber zu Ihrem Glück hat mich ein Unglück hier festgehalten.«

»Und ein Unglück hat auch mich hierher geführt, Herr Quatermain.«

Bevor ich Zeit hatte zu antworten, kam Hans, und wir gingen ins Haus.

»Sie kommen gerade zum Frühstück recht,« sagte ich, »und glücklicherweise gibt es guten Fisch und eine schöne Antilopenlende für Sie. Boy, lege noch zwei Gedecke auf.«

Nach dem Essen gingen wir vors Haus, um eine Pfeife zu rauchen, und ich fragte Lord Ragnall nach seinem Gepäck. Er sagte, er habe es auf dem Zollamt gelassen. »Schön,« erwiderte ich, »ich werde einen Eingeborenen und Wild hinunterschicken, um die Sachen zu holen, wenn Ihnen der etwas zweifelhafte Komfort genügt, den ich Ihnen bieten kann. Hier ist ein Raum für Sie, und Ihr Diener kann ein Zelt im Garten aufschlagen.« Nach einigem Zögern akzeptierte er mit Dank.

»Nun,« sagte ich, als das Tor hinter den beiden zufiel, »wollen Sie mir nicht sagen, was Sie nach Afrika geführt hat.«

»Unheil,« erwiderte er, »Unheil, wie es kein schlimmeres gibt.«

»Ist Ihre Frau tot, Lord Ragnall?«

»Ich weiß es nicht. Ich wünschte fast, sie wäre es; auf jeden Fall ist sie für mich verloren.«

Mir kam einen Moment lang der ausgefallene Gedanke, sie könnte mit einem andern Mann davongelaufen sein, was ja oft genug passiert. Aber glücklicherweise behielt ich diesen Gedanken für mich.

»Hören Sie: Vor ungefähr achtzehn Monaten bekam sie einen Sohn, ein sehr schönes Kind. Sie erholte sich gut von der Geburt, und wir waren glücklich, wie zwei Sterbliche nur glücklich sein können. Gott hatte uns in jeder Weise gesegnet, Quatermain; wir waren so restlos glücklich, daß – ich erinnere mich noch genau – sie sich einmal äußerte, unser großes Glück ließe sie fast Böses befürchten. An einem der letzten Septembertage, ich war auf der Jagd, machte sie in einem kleinen Ponywagen zusammen mit der Wärterin des Kindes, aber ohne männliche Begleitung, eine Spazierfahrt. Sie machte oft solche Ausflüge, denn das Pony war ein altes Tier und sanft wie ein Schaf.

Eine verfluchte Tücke des Schicksals fügte es, daß die Frauen auf ihrer Fahrt durch die kleine Stadt bei Schloß Ragnall, an die Sie sich wohl erinnern können, einer Wandermenagerie begegneten, die zu einem neuen Lagerplatz zog. An der Spitze der Karawane marschierte ein großer Elefantenbulle, der, wie ich später hörte, ein ganz bösartiges Vieh war und schon einen Mann getötet hatte. Der Ponywagen oder vielleicht ein roter Mantel, den meine Frau bei ihrer Vorliebe für lebhafte Farben trug, scheint das Biest gereizt zu haben. Er trompetete, das Pony scheute, riß den Wagen herum und warf ihn direkt vor dem Elefanten um. Doch wurde hierbei niemand verletzt. Dann« – hier machte der Lord eine Pause und sprach nur mit Anstrengung weiter, »spreizte dieser Teufel in Tiergestalt

die Ohren, er streckte seinen langen Rüssel aus, zog das Baby aus dem Arm der Wärterin, wälzte es hin und her und warf es hoch in die Luft. – Es fiel herab und zerschmetterte auf den Bordsteinen. Der Elefant schnüffelte an dem Körper des Kindes und tastete es mit der Spitze des Rüssels ab, als wolle er sich vergewissern, daß es wirklich tot sei. Dann trompetete er triumphierend, und ohne meiner Frau oder sonstwem irgendein Leid anzutun, marschierte er ruhig an dem zerbrochenen Wagen vorüber bis vor die Stadt, wo er festgemacht und erschossen wurde.«

»Welch ein grauenhaftes Vorkommnis«, sagte ich erschüttert.

»Ja, und doch kommt es noch schlimmer. Meine arme Frau verlor den Verstand, wohl vor Schreck und Entsetzen, denn eine Verletzung konnte an ihr nicht konstatiert werden. Sie hatte weder an ihrer Gesundheit Schaden gelitten, noch kamen etwa Tobsuchtsanfälle vor; aber sie saß oft stundenlang still vor sich hinlächelnd und mit den roten Steinen der Halskette spielend, die ihr damals jene Gaukler gegeben hatten. Manchmal sprach sie leise vor sich hin, dann richtete sie an das Baby Worte, als läge es vor ihr. Oh, Quatermain, es war ein Anblick, der einem das Herz brechen konnte!

Ich habe alles getan, was ich nur tun konnte. Ich zog die größten Nerven- und Irrenärzte Englands zu Rate. Die einzige Hoffnung, die sie mir gaben, war die, daß die Sinnesstörung einmal ebenso rasch verschwinden könnte, wie sie gekommen war. Sie meinten auch, eine vollständige Veränderung der Umgebung könne von Vorteil sein und schlugen Ägypten vor. Das war im Oktober. Ich machte mir nicht viel aus der Idee, ich weiß nicht warum, und ich hätte wahrscheinlich niemals meine Zustimmung gegeben, wenn nicht etwas Merkwürdiges geschehen wäre. Die letzte Konsultation der Ärzte fand im großen Salon von Ragnall statt. Nachher blieb meine Frau mit ihrer Mutter noch in dem Raum. Ich hatte mich mit den Ärzten in den Hintergrund zurückgezogen, wie ich annahm, außerhalb ihrer Hörweite. Doch auf einmal rief sie mich und sagte mit vollständig klarer und natürlicher Stimme:

›Ja, Georg, ich will nach Ägypten gehen. Ich möchte sehr gern nach Ägypten gehen‹, dann spielte sie wieder mit ihrer Halskette und redete zu dem imaginären Kind Am anderen Morgen, als ich in ihr Zimmer kam, fragte sie:

›Wann brechen wir auf? Laßt uns bald nach Ägypten fahren!‹

Die Ärzte waren über diese Zwischenfälle sehr erfreut und erklärten sie für ein Zeichen wiederkehrenden Interesses für die Angelegenheiten des Lebens und baten mich, ihre Wünsche nicht zu durchkreuzen.

Also gab ich nach, und wir gingen nach Ägypten, zusammen mit Lady Longden, die darauf bestand, uns zu begleiten. In Kairo mietete ich eine große Dahabiyeh und als Bedeckung eine Garde von vier Soldaten; dann fuhren wir den Nil herauf. Etwa einen Monat lang ging alles gut; zu meiner Freude gab meine Frau dann und wann Zeichen zurückkehrender Vernunft; sie interessierte sich bis zu einem gewissen Grade für Skulpturen und für Inschriften auf den Wänden der Tempel. Ich erinnere mich, daß sie noch – ein paar Tage vor der Katastrophe – auf eine der Hieroglyphen hinwies und sagte: ›Die heilige Mutter und das heilige Kind.‹ Und sie verneigte sich vor den Abbildungen wie vor einem Altarbild

Schließlich, nachdem wir den ersten Katarakt und die Insel Philä passiert hatten, kamen wir zum Felsentempel Abu-Simbel und machten unser Boot am gegenüberliegenden Ufer fest. Am folgenden Morgen besuchten wir den Tempel, bestaunten die vier Kolossalstatuen Ramses' des Großen, die an seiner Frontseite in den Felsen gemeißelt sind. Wir beobachteten das Leben auf dem Strom und gegen Sonnenuntergang in der Wüste eine Kavalkade von Arabern.

Meine Frau war an jenem Nachmittag ungewöhnlich still. Stunde um Stunde saß sie, ohne sich zu rühren, auf Deck, starrte auf die riesigen Figuren vor dem Tempel und in die weiten brennenden Flächen der Wüste. Ein einziges Mal nur hörte ich sie leise vor sich hinmurmeln: ›Jetzt bin ich zu Hause.‹ Wir aßen dann zu Abend, und da Neumond war, gingen wir ziemlich früh zu Bett und hörten noch lange die Sudanesen draußen ihre wenig anheimelnden Lieder singen.

Meine Frau und ihre Mutter schliefen zusammen in der Staatskabine am Heck der Dahabiyeh; meine kleine Kabine lag auf der einen, die der Krankenschwester auf der anderen Seite. Die Bemannung und die Wache waren vorn auf Deck untergebracht. Ein Landungssteg war nach dem Ufer zu ausgelegt, und oben stand die Wache, oder sie sollte wenigstens dort stehen. In der Nacht begann ein Chramsin zu wehen, aber nicht sehr heftig. Ich habe nicht darauf geachtet, denn ich schlief sehr tief. Und wie es schien, tat das auch jeder andere an Bord der Dahabiyeh, die Wache inbegriffen.

Das erste, woran ich mich jetzt weiter erinnere, war das Erscheinen von Lady Longden an meiner Türe.

Der Tag brach gerade an. In ängstlichem Ton fragte sie, ob Luna, meine Frau, bei mir sei. Es stellte sich heraus, daß sie, mit einem Pelzmantel bekleidet, ihre Kabine verlassen hatte, augenscheinlich schon vor längerer Zeit; denn das Bett, in dem sie gelegen hatte, war ganz kalt. Quatermain, wir suchten überall und überall; wir suchten vier Tage lang. Aber von jener Stunde bis auf den heutigen Tag ist keine Spur mehr von ihr gefunden worden.«

»Haben Sie irgendeine Vermutung?« fragte ich.

»Ja, wenigstens hatten alle Sachverständigen, die wir aufsuchten, eine Erklärung. Nämlich die, daß sie in der Dunkelheit ihre Kabine verließ, an Deck ging und entweder in den Nil gefallen oder gesprungen ist. Die starke Strömung würde ihren Körper selbstverständlich sofort weggetragen haben. Die ägyptische Polizei und andere Instanzen waren so überzeugt, daß die Tragödie sich so und nicht anders abgespielt habe, daß sogar eine Belohnung von tausend Pfund sie kaum veranlassen konnte, das Suchen nicht aufzugeben.«

»Sie sagten, ein Wind wehte, und so stelle ich mir vor, daß an den sandigen Ufern wohl alle Fußspuren verweht und verwischt waren?«

Er nickte, und ich fuhr fort: »Was meinen Sie nun selbst? Glauben Sie auch, daß sie ertrunken ist?«

Er durchkreuzte meine Frage mit einer Gegenfrage: »Was denken Sie?«

»Ich? Oh, trotzdem ich kein Recht habe, das auszusprechen, ich denke überhaupt nichts. Ich bin mir aber vollständig sicher, daß sie nicht ertrunken ist, sondern daß sie in dieser Minute noch lebt«

»Wo?«

»Was das betrifft, so würden Sie besser unsere Freunde Hârut und Mârut fragen«, antwortete ich.

»Worauf wollen Sie hinaus, Quatermain? Ich sehe da keinen Zusammenhang.«

»Im Gegenteil, ich meine, daß es sehr viele Zusammenhänge gibt. Der ganze englische Teil dieser Geschichte, den wir ja gemeinsam erlebt haben, und die dunklen Drohungen und Andeutungen jener mystischen Persönlichkeiten ergeben die erste und stärkste dieser Vermutungen. Weiter ist die Tatsache, daß das Chartern der Dahabiyeh in Ägypten lange bevor Sie selbst dahin kamen, bekannt war; denn ich nehme an, Sie mieteten sie unter Ihrem richtigen Namen, und der ist ja nicht gerade Smith oder Brown. Weiter ist zu beachten, daß Sie am Nachmittag kamelberittene Araber unweit des Schiffes sahen. Der schwere Schlaf, von dem, wie Sie selbst sagen, in jener Nacht jedermann an Bord befangen war, und der, wie ich überzeugt bin, von einem Schlafmittel herrührte, das in Ihr Essen gemischt worden war, gehört in diesen Zusammenhang. Ebenfalls die Nachlässigkeit, die jene Instanzen an den Tag legten, an die Sie sich wegen weiterer Nachforschungen wandten. Einer oder mehrere Beamten konnten bestochen worden sein, wie es ja im Orient gang und gäbe ist. Warum spielte sich schließlich das Ereignis ausgerechnet in einer Nacht ab, in der ein Wind wehte, der bald alle Spuren von Menschen und rasch laufenden Kamelen verwischt? Diese Momente sind für den Anfang genug, trotzdem ich nicht zweifle, daß ich noch mehr finde, wenn ich erst Zeit habe, darüber nachzudenken. Sie müssen des weiteren daran denken, daß, wie lang immer die Reise ist, jenes Land der Kendah ohne Zweifel von dem, der den Weg kennt, sowohl vom Sudan aus wie vom Osten und Süden Afrikas erreicht werden kann.«

»Demnach denken Sie, daß meine Frau von jenen Schuften Hârut und Mârut entführt worden ist?«

»Selbstverständlich, trotzdem ›Schufte‹ ein zu starker Ausdruck ist. Sie können ja, auf Grund ihrer Anschauungen ganz anständige Menschen sein. Denken Sie daran, daß sie einem Gott oder einem Fetisch dienen, oder vielmehr einem Gott in einem Fetisch. Und der ist für sie ohne Zweifel ein furchtbarer Herr, besonders wenn, wie ich gehört habe, jener Gott durch einen Rivalen bedroht wird.«

»Warum sagen Sie das, Quatermain?«

Statt einer Antwort erzählte ich ihm, was Hans von der alten Frau in Bezarstadt gehört hatte. Lord Ragnall lauschte mit größtem Interesse; dann sagte er in tiefer Bewegung:

»Das ist eine sehr eigenartige Geschichte. Aber ist es Ihnen aufgefallen, Quatermain, daß, wenn Ihre Voraussetzungen überhaupt zutreffen, eine der unheimlichsten Tatsachen die ist, daß unser armes Kind gerade durch die Bosheit eines Elefanten umgekommen ist?«

»Dieser Umstand ist mir sogar ganz besonders aufgefallen, Lord Ragnall. Andererseits sehe ich aber wieder nicht ein, warum es mehr als ein Zufall gewesen sein soll, weil der Elefant, der Ihr Kind tötete, doch sicherlich nicht der sogenannte Jana war. Mir vorzustellen, daß, wenn irgendwo im Herzen von Afrika Krieg zwischen einem Elefantengott und einem Kindgott ist,

ein anderer Elefant in England beeinflußt werden könnte, ein Kind zu töten, liegt für mich außerhalb jeder Vernunft.«

Ich wünschte den schrecklichen Eindruck jenes Vorkommnisses nicht noch zu steigern; aber wenn ich mich erinnerte, daß diese Priester Hârut und Mârut die Mutter des gemordeten Kindes für niemand anders hielten als für die Pythia ihres Orakels (doch auch diese Zusammenhänge gingen über mein Vorstellungsvermögen), und daß sie damit zum großen Feind des Elefantengottes wurde, muß ich bekennen, daß eine dunkle Furcht lähmend mein Herz erfüllte. Wenn wirklich irgendwelche magischen Kräfte in diese Sache hineinspielten – wer konnte dann sagen, wo diese Kräfte ihre Grenzen fänden? Doch da die Wissenschaft immer von neuem beweist, daß es so etwas wie afrikanische Zauberei nicht gäbe, war es doch zu töricht, solchen Gedanken nachzuhängen. Ich ließ sie daher fallen und bat Lord Ragnall, fortzufahren.

»Über einen Monat lang hielt ich mich in Ägypten auf und wartete auf die Emissäre, die zu den Häuptlingen verschiedener sudanesischer und Wüstenstämme geschickt worden waren. Sie kehrten mit der Nachricht zurück, daß von einer weißen, von Eingeborenen begleiteten Frau nichts gesehen worden sei. Auch habe man nichts davon gehört, daß eine solche Frau als Sklavin verkauft worden wäre. Mit Hilfe des britischen Gouverneurs und des ägyptischen Khediven brachte ich es sogar fertig, eine Anzahl Harems zu durchsuchen. Aber ohne jeden Erfolg. Nachdem ich weitere Ermittlungen in die Hände des englischen Konsulats und eines französischen Advokaten gelegt hatte, kehrte ich nach England zurück. Dort war natürlich auch keine Spur der Vermißten zu finden. So kam ich zur Überzeugung, daß ihre Knochen irgendwo auf dem Grunde des Nils lägen, und gab mich dann völlig der Verzweiflung hin.«

»Immer das Törichtste, was man tun kann«, bemerkte ich.

»Sie werden es mit noch mehr Recht sagen, wenn Sie mich zu Ende angehört haben, Quatermain. Kummer und Schlaflosigkeit zehrten so an mir, daß mein Gehirn in Unordnung geriet und ich, wie Hiob, Gott verfluchte und zu sterben beschloß. Bedenken Sie, daß nach dem Tode meines Kindes meine Frau für mich ja alles gewesen war. Ich würde mich auch getötet haben, wenn Wild nicht gewesen wäre. Ich schrieb eine Reihe Abschiedsbriefe. Gerade war ich mit dem letzten fertig, es war gegen zwölf, als ich ein Geräusch hörte. Ich sah auf. Wild stand vor mir. Ärgerlich fragte ich ihn, was er wolle. Er antwortete:

›Mylord, ich habe über unser Unglück nachgedacht und immer wieder nachgedacht, so viel, daß ich jetzt gar nicht mehr schlafen kann, und heute nacht, als Sie sagten, Sie brauchten mich nicht mehr, war ich müde und ging zeitig zu Bett, und da hatte ich einen Traum. Die abscheuliche Schlange, die ich damals, als die beiden Araber uns besuchten, in meiner Tasche gefunden hatte, schien mich zu verfolgen. Als ich wieder schlief, aber auch dieser Schlaf war Traum, stand sie auf ihrem Schwanz aufgerichtet am Ende meines Bettes und zischte, bis ich aufwachte. Dann sprach sie, und zwar auf gut englisch und nicht auf afrikanisch, wie man erwarten könnte: Wild, steh auf, zieh dich an, geh sofort zu Seiner Lordschaft und sage ihm, er müsse nach Natal reisen und Herrn Allan Quatermain aufsuchen. – Das Reptil öffnete und schloß seinen Mund beim Sprechen wie ein christlicher Mensch: Er wird ihm etwas zu sagen haben, was Bezug hat zu dem, was sein Herz jetzt mit sieben Teufeln ausfüllt. Mach' schnell, Wild, halte dich nicht damit auf, dein Oberhemd und deinen Kragen anzuziehen, er hat sich in sein Erkerzimmer eingeschlossen, aber du weißt ja, wie du hineinkommen kannst. Wenn er auf dich nicht hören will, so sage ihm, er soll sich in dem Zimmer umschauen, und er wird etwas finden, zum Zeichen, daß dies ein wahrer Traum ist. –

Damit verschwand die Schlange, und ich wachte schweißtriefend auf und tat, was sie mir geheißen hatte.‹

Das ist's, was Wild mir wörtlich sagte, Quatermain. Ich habe es niedergeschrieben, solange es in meinem Gedächtnis noch frisch war. Sehen Sie, hier steht es in meinem Notizbuch. Ich antwortete ihm damals ziemlich grob, wie ich fürchte, denn ein halb irrsinniger Mensch, der gerade dabei ist, unter solchen Umständen die Welt zu verlassen, zeigt sich nicht von der besten Seite. Ich erklärte ihm, daß ich seine ganze Schlangenträumerei lächerlich fände, und ich war schon dabei, ihn fortzuschicken, als mir einfiel, daß mindestens ein Fingerzeig nicht so ganz lächerlich war, nämlich der, mich mit Ihnen, der Sie ja bereits im ersten Teile dieses Dramas eine Rolle gespielt hatten, in Verbindung zu setzen.«

»Ja, so ganz lächerlich war es wohl nicht«, unterbrach ich.

»Ich muß gestehen, daß ich selbst ja schon hier und da daran gedacht hatte, mich an Sie zu wenden. Aber Sie waren so weit weg, und in meinem Gram konnte ich mich nicht so leicht wie sonst zu einem Entschluß aufraffen. So stand ich also damals in meinem Arbeitszimmer da und zerbrach mir den Kopf, was ich nur tun solle. Ich weiß nicht, ob Sie das Bild meiner Frau gesehen haben, das in einer Nische zwischen zwei Kaminen meines Arbeitszimmers hing?«

»Ja,« sagte ich, »ich erinnere mich daran, oder besser, ich erinnere mich an seine Existenz. Ich habe das Bild selbst nicht gesehen; es war ja von einem Vorhang verhüllt, und Wild erklärte mir, Sie wünschten nicht, daß irgend jemand außer Ihnen selbst es ansähe. Ich erinnere mich sogar, daß ich damals noch bemerkte, das Bild eines lebendigen Menschen zu verhüllen, erschiene mir von übler Vorbedeutung, trotzdem ich heute nicht mehr weiß, was mich auf diesen Gedanken brachte.«

»Sie haben ganz recht, Quatermain. Ich weiß selbst nicht, wie ich auf diese komische Idee kam. Man tut so manches, wenn man verliebt ist. Nach der Heirat wurde der Vorhang natürlich entfernt, doch nach meiner Rückkehr nach England konnte ich den Anblick der Verlorenen nicht ertragen, und ich ließ den Vorhang wieder anbringen. Als ich nun in dem Raum, wie gesagt, auf und ab lief, fiel mein Blick zufällig in jene Nische, und zu meinem größten Erstaunen war das Bild nicht mehr verhüllt. Der Vorhang war ganz korrekt zurückgeschlagen. Doch war er vorgezogen gewesen. Das konnte ich beschwören!

›Wie schön sie aussieht, nicht wahr, Mylord?‹ sagte Wild, ›und so Gott will, werden wir sie irgendwo in der Welt wiederfinden.‹

Ich habe ihm nichts erwidert, habe auch über den zurückgezogenen Vorhang nichts gesagt. Ich nahm an, daß, während ich der Form halber beim Abendbrot saß, eines der neuen Hausmädchen ihn aus Neugierde zurückgezogen haben mochte. Jedenfalls aber machte mich das plötzliche Wiedererscheinen dieses Gesichts in Verbindung mit den Worten Wilds, ich solle mich im Zimmer umschauen, in meinem Vorsatze betreffs der Pistole schwankend.

›Wild,‹ sagte ich, ›ich halte nicht viel von Ihrem Traum mit sprechenden Schlangen und so weiter, aber ich halte wenigstens so viel von ihm, daß es wohl angebracht wäre, Herrn Quatermain aufzusuchen. Heute ist Sonntag, und ich glaube, der Dampfer nach Afrika geht nächsten Freitag; gehen Sie morgen frühzeitig zur Stadt, und besorgen Sie Fahrkarten.‹

Ich habe dann noch eine Reihe guter Gewehre und anderer Waffen besorgt, Zeltausrüstungen und sonstiges gekauft, denn ich wußte ja nicht, wohin wir in Afrika vielleicht ziehen würden. Es wurde alles erledigt und – hier sind wir.«

»Ja,« antwortete ich nachdenklich, »hier sind Sie, und hier ist auch Ihr Gepäck, das so aussieht, als enthalte es die Marschausrüstung eines ganzen Regiments«, und ich zeigte auf den hochbeladenen Karren, der, gefolgt von einem langen Zuge Kaffern, die ebenfalls Gepäckstücke auf dem Kopfe trugen, unter Aufsicht Wilds gerade vor meiner Türe hielt.

Abends, nachdem das Gepäck in meinem kleinen Schuppen verstaut und Vorsorge für die Aufbewahrung der Konservenkisten getroffen worden war, gingen wir an das Auspacken der Gewehre und der Munition.

Es war eine wundervolle Kollektion von Waffen aller Arten. Von der schwersten Elefantenbüchse bis zur leichtesten Vogelflinte war alles da, was in jenen Zeiten für Geld überhaupt zu haben war. Der Anblick dieser schimmernden Herrlichkeiten versetzte den alten Hans in eine Aufregung, wie ich sie bei ihm kaum jemals beobachtet hatte.

»Mit Waffen wie diesen könnte der Baas den Teufel selber umbringen, aber doch möchte der Baas ›Intombi‹ mitnehmen (es war mein Lieblingsgewehr und seiner Gestalt nach fast ein Spielzeug, das mir in der Vergangenheit schon manchen guten Dienst geleistet hatte), denn, Baas, es läuft doch auf dasselbe hinaus, und die Frau, die man in seiner Jugend genommen hat, erweist sich schließlich treuer als die jungen hübschen Dinger, die ein Mann sich dann im Alter noch kauft. Auch kennt man alle ihre Fehler; aber wer kann sagen, wieviel in neuen Frauen versteckt sind, so schön sie auch immer tätowiert sind?« und er zeigte auf die glänzenden Gravierungen der Büchsen.

Ich übersetzte diese Worte Lord Ragnall. Er mußte darüber lachen, und ich freute mich darüber, denn bis jetzt hatte ich ihn noch nicht ein einziges Mal vergnügt gesehen. Ich muß hinzufügen, daß außer Sportgewehren nicht weniger als fünfzig Militärgewehre vorhanden waren, weitgebohrte Sniders, eine Waffe, die damals gerade auf den Markt kam, und in Blechkasten verpackt ein großes Quantum Munition.

Bevor wir zu Bett gingen, erzählte ich ihm meine Abenteuer als Vorsitzender der Bona-fide-Goldmine und von deren traurigem Ende.

»Die Moral von der Geschichte ist, daß jemand,« so meinte Lord Ragnall, »der die eine Sache versteht, deswegen noch lange nicht auch eine andere zu verstehen braucht.«

Dann zog er noch einige genauere Erkundigungen über die Minengeschichte ein und machte sich Notizen. Ich wunderte mich, doch ich dachte mir, er wolle sich, bevor er mit mir in ein näheres kameradschaftliches Verhältnis trat, wie es eine gemeinsame Expedition in Afrika eben mit sich bringt, über meine Verhältnisse informieren. –

Eines Morgens fand ich auf meinem Tisch einen ganzen Berg von Briefen, bei deren Anblick ich aufstöhnte wie ein angeschossener Löwe, denn für mich war es sicher, daß sie nur von rasenden Aktionären stammen konnten. Neugierde und der Wunsch, auch dem Schlimmsten ins Auge zu sehen und mit dieser ganzen Sache einmal zu Ende zu kommen, veranlaßten mich, den ersten Brief zu öffnen. Er stammte zufälligerweise gerade von jenem Aktienbesitzer, der damals in der Versammlung so wacker für mich eingetreten war. Als ich mich durch das Schreiben hindurchgelesen hatte, schwammen mir die Augen, und mir wurde ganz schwach zumute. Denn der Brief lautete:

»Ehrenwerter Herr! Ich wußte, daß ich mein Geld auf das rechte Pferd setzte, als ich Sie seinerzeit für eins der Verläßlichsten erklärte, die jemals gelaufen sind. Ich habe den Scheck Ihres Anwalts bekommen und bin damit für jeden Pfennig, den ich in der Bona-fide-Goldmine investiert hatte, entschädigt. Ich kann nur sagen, daß er ungewöhnlich verwendbar für mich ist, denn jene Geschichte hatte mich einfach blank gemacht. Gott segne Sie, Herr Quatermain.«

Ich öffnete einen anderen Brief, dann noch einen und noch einen. Sie liefen alle auf dasselbe hinaus. Ganz verstört rannte ich auf die Veranda und fand dort Hans mit einer Epistel in der Hand, die er mich ihm vorzulesen bat. Ich tat es. Sie kam von einem bekannten Anwaltsbüro und besagte, daß auch für Hans sechshundertfünfzig Pfund – sie ständen bei dem Anwalt zu seiner Verfügung – eingezahlt worden waren.

So, und beigefügt war ein Scheck über sechshundertfünfzig Pfund Sterling! Ich erklärte Hans die Sache, übersetzte das Dokument und fügte hinzu:

»Siehst du, jetzt hast du dein Geld wiederbekommen, aber, Hans, ich habe es dir nicht geschickt. Ich weiß nicht, woher es kommt.«

»Ist es wirklich Geld, Baas?« fragte Hans und betrachtete mißtrauisch mit schiefem Kopf das Papier von allen Seiten. »Es sieht nämlich genau so aus wie das andere Stück Papier, für das ich noch Geld zuzuzahlen hatte.«

Ich wiederholte ihm die Erklärung und meine Unkenntnis über die Herkunft des Geldes.

»Schön, Baas,« sagte er, »wenn du es nicht geschickt hast, so hat es jemand anderes geschickt – vielleicht dein Vater, der ehrwürdige Prediger, der gesehen hat, daß du in Schwierigkeiten geraten bist und der deinen Namen wieder reinwaschen will. Jedenfalls, Baas, behalte das Papier lieber in deinem Notizbuch, sonst könnte es sein, daß ich in Versuchung käme, Vierkantschnaps dafür zu kaufen.«

»Nein,« antwortete ich, »du kannst jetzt dein Land zurückkaufen und hast es nicht nötig, mit uns nach Kendahland zu ziehen.«

Hans dachte einen Augenblick nach; dann begann er langsam das Papier zu zerreißen. Ich hatte gerade noch Zeit, es ihm wegzunehmen.

»Wenn der Baas mich wegschicken will wegen dieses Papieres, so will ich es lieber zerreißen und aufessen.«

»Blöder alter Esel«, sagte ich, als ich das Papier glücklich in den Händen hielt.

Dann wurde unsere Konversation unterbrochen; denn auf der Bildfläche erschien Sammy, mein alter Koch, und begann in seiner prunkhaften Sprache eine längere Rede:

»Die vollständige Liquidierung meiner Forderungen, Herr Quatermain, bewegt mich zu tiefster Dankbarkeit, trotzdem ich andererseits wünschte, etwas in das Essen jenes Schurken Jakob getan zu haben, der uns alle so gemein betrog, etwas, was ihm innere Schmerzen ernstlicher, wenn auch nicht gefährlicher Art verursacht hätte. Mein Anteil an der Goldmine war ja nicht übermäßig hoch, aber die unbezahlte Rechnung des besagten Jakob und seiner Freunde –«

Hier drehte ich mich um und ergriff die Flucht. Denn ich sah gerade einen anderen Aktionär im Galopp vor meinem Tore ankommen und hinter ihm noch zwei in einer Droschke. Ich schloß mich in mein Zimmer ein und fing an, den Haufen Briefe wegzuräumen. Dabei entdeckte ich einen, der noch ungeöffnet dalag. Halb mechanisch nahm ich ihn aus dem Umschlag und starrte auf seinen Inhalt. Er war Wort für Wort derselbe

wie jener an Herrn Hans, Hottentott, adressierte. Nur stand am Schluß mein Name, und der Scheck lautete auf den Betrag von eintausendfünfhundert Pfund, bis auf den letzten Pence die Summe, die ich in dem Unternehmen angelegt hatte.

Ich hatte ein Gefühl, als läge mein Gehirn in einem Schmelztiegel. Still eilte ich hinten aus meinem Hause heraus und lief in den Busch, der in jenen Tagen noch auf dem Abhang des Hügels stand. Hier setzte ich mich nieder, wie ich oft getan hatte, wenn es irgendeinen Knoten zu lösen gab, und beobachtete einen Emmerald-Kuckuck, der wie ein funkelndes Kleinod von Baum zu Baum schwirrte, während ich dieses ganze Großmuttermärchen in meinem Kopf herumwälzte. Es wurde mir selbstverständlich bald klar, daß nur Lord Ragnall als der Prinz dieses Märchens in Frage käme. Ich wußte ja, daß er im Rufe stand, über phänomenale Reichtümer zu verfügen, und daß im Vergleich dazu das Gesamtkapital der Gesellschaft alles in allem nur klein war. Aber die Frage war: Konnte ich dieses Geschenk annehmen?

Ins Haus zurückgekehrt, bat ich ihn mit matter Stimme um eine Unterredung.

»Schießen Sie los, mein Freund, und alles ist in Ordnung«, sagte er heiter.

Darauf hielt ich ihm eine ziemlich konfuse Rede, wirbelte Beteuerungen meiner Dankbarkeit und allerlei Einwendungen durcheinander, und zum Schluß unterbrach er mich und bemerkte:

»Mein Freund, wenn Sie mir erlauben wollen, Sie so zu nennen, es ist ganz richtig, daß ich die Geschichte geregelt habe. Und ebenso richtig ist es, daß sie für mich eine geringfügige Angelegenheit ist und, gerade herausgesagt, noch nicht ein Monatseinkommen bedeutet. Außerdem habe ich in eigenem Interesse gehandelt. Denn mir liegt viel daran, daß Sie auf unser gewagtes Unternehmen mit absolut freiem Bewußtsein ausziehen, unbeschwert durch Geldsorgen. Nur dann werden Sie imstande sein, mir gute Dienste zu leisten. Deshalb bitte ich Sie, kein Wort mehr über diese Sache zu verlieren. Nur eins muß ich noch hinzufügen, nämlich daß ich selbst ein paar Aktien gekauft habe, weil sie mir die Eigenschaft eines Aktionärs und damit die Möglichkeit geben, mir einmal diesen ehrenwerten Herrn Jakob zu langen!«

Ich will hier gleich bemerken, daß es ihm niemals glückte, sich Herrn Jakob zu »langen«. Dieser verschwand in der Kapkolonie, mag sein, daß er sich dort den Namen eines anderen Erzvaters zulegte.

Ich erklärte schließlich Lord Ragnall, daß ich die Summe von eintausendfünfhundert Pfund nur unter der Bedingung annehme, wenn ich sie als Vorschuß auf mein Gehalt – und zwar als einen recht schönen Vorschuß! – betrachten dürfe.

»Ich muß gestehen, Quatermain, daß ich es so nicht aufgefaßt habe. Aber wir wollen über Geldangelegenheiten nicht mehr so viele Worte verlieren; wir können unsere Rechnungen ja noch immer begleichen, wenn wir überhaupt jemals dazukommen. Ich meine, wir haben jetzt von wichtigeren Dingen zu reden.«

So gingen wir daran, den genauen Marschweg der Expedition festzulegen. Da die Kosten keine Rolle spielten, standen uns verschiedene Wege offen. Wir konnten an der Küste bis Kilwa marschieren. Wir konnten auch durch Zululand vorgehen. Welche Straße wir aber auch immer wählten, die große Frage blieb die, ob wir die Expedition mit einer kleinen Armee ausgerüsteter und disziplinierter Soldaten unternehmen sollten, um gegebenenfalls unseren Weg durch Kendahland mit Gewalt zu erzwingen – oder ob es nicht besser war, auf die auffällige Bedeckung zu verzichten und uns nur auf unseren Mutterwitz und unser gutes Glück zu verlassen. Jede von diesen Möglichkeiten hatte ebensoviel für wie gegen sich. Wir kamen an jenem Abend noch zu keinem endgültigen Entschluß. Also wurde die Unterhaltung am nächsten Tage fortgesetzt, doch mit dem gleichen negativen Ergebnis, weil Lord Ragnall die so verantwortungsvolle Entscheidung zuletzt immer mir überließ.

Schließlich wußte ich mir keinen anderen Rat mehr, als das Fenster zu öffnen und zweimal in einem bestimmten tiefen Tone zu pfeifen. Eine Minute darauf schlurfte Hans herein, schüttelte das Regenwasser von seinem neuen Drillanzug und hockte sich vor uns auf den Boden nieder. Dann zerrieb und entzündete er ein Stück Plattentabak, das ich ihm hinwarf, und fragte:

»Der Baas hat mich gerufen. Was will der Baas von Hans?«

»Licht-im-Dunkel!« sagte ich unter Anspielung auf seinen Eingeborenennamen und setzte ihm die ganze Sache auseinander. Er lauschte, ohne mich mit einem Wort zu unterbrechen. Dann bat er um ein kleines Glas Schnaps, das ich ihm, wenn auch mit einigen Bedenken, bewilligte. Er schüttete es herunter und entwickelte folgende Ansicht:

»Ich glaube, der Baas wird gut tun, nicht nach Kilwa zu gehen; denn das würde auf ein Schiff warten heißen; auch könnten dort jetzt wieder Sklavenhändler sein, deren Herz nicht gerade von Liebe für ihn erfüllt ist. Dagegen liegt die Straße durch Zululand offen, wenn sie auch lang ist, und dort ist der Name Macumazana wohlbekannt. Ich denke auch, daß der Baas gut tun würde, nicht zuviel Männer mitzunehmen, die nur den Marsch verzögern; ein Wagen oder zwei und einige Treiber, die zurückgeschickt werden können, wenn es nicht weitergeht, das ist genug. Von Zululand können Boten zu den Mazitu geschickt werden, die dich lieben, Baas, und Bausi, oder wer immer dort jetzt König ist, wird uns Träger entgegensenden. Bis wir sie treffen, könnten wir leicht andere Träger in Zululand anwerben. Die alte Frau in der Bezarstadt sagte mir auch, wie du dich erinnern wirst, daß die Kendah ein sehr großes Volk sind, die abgeschlossen leben und niemand erlauben, ihr Land zu betreten. Daher würde keine Macht, in welcher Stärke immer du sie mitnähmst, und die du übrigens auf einer Straße ohne Wasser auch nicht tränken könntest, stark genug sein, die Tore von Kendahland über den Haufen zu rennen wie ein Elefant. So scheint es besser, zu versuchen, durch sie hindurchzukriechen wie eine kluge Schlange. Vielleicht sind die Tore aber auch gar nicht geschlossen. Sagtest du nicht, daß zwei ihrer großen Medizinmänner dir versprachen, dich zu treffen und dich zu ihren Wohnsitzen zu begleiten?«

»Ja,« unterbrach ich ihn, »ich möchte fast sagen, es wird leichter sein, nach Kendahland hineinzukommen als wieder heraus.«

»Schließlich noch eins, Baas. Die schwarzen Kendah, von denen ich dir erzählt habe, könnten, wenn du mit vielen bewaffneten Männern kommst, denken, daß du mit ihnen Krieg anfangen willst, was immer die weißen Kendah auch dagegen sagen, und sie sind imstande, uns alle zu töten. Wogegen sie uns vielleicht in Frieden ziehen lassen, wenn wir nur wenige sind. Ich denke, das ist alles, Baas. Mag der Baas und der Lord Igeza mir vergeben, wenn meine Worte Torheit waren.«

»Igeza« war der Name, den die Eingeborenen Lord Ragnall gegeben hatten. Das Wort bedeutet in der Zulusprache eine hübsche und ansehnliche Person. Wild nannten sie »Bona«. Bona bedeutet auf Zulu »die Brust herausdrücken«. Es mag sein, daß der Name Wild zur Charakterisierung seiner stolzen und ein bißchen feierlichen, äußeren Erscheinung gegeben worden war. Jedenfalls nannten Lord Ragnall, Hans und ich den prächtigen Wild im traulichen Umgang von jetzt an »Bohne«. Sein Herr sagte, der Name passe ausgezeichnet zu ihm, weil er so grün sei.

»Dein Rat scheint weise, Hans, geh nun. Nein, keinen Schnaps mehr«, bedeutete ich dem Hottentotten. Der Rat war in der Tat so ausgezeichnet, daß wir ihn bis in die letzten Einzelheiten befolgten.

So geschah es denn, daß wir ungefähr vierzehn Tage später – wie sehr wir uns auch beeilten, die Vorbereitungen forderten doch ihre Zeit – durch die sandigen Straßen, die von Durban ausliefen, nach dem Zululand aufbrachen. Gepäck und Vorräte waren in zwei halb mit Planen bedeckte Wagen verstaut; ausgezeichnet konstruierte Fahrzeuge, wie überhaupt unsere gesamte Ausrüstung das Beste darstellte, was für Geld zu haben war. Das hintere Ende der Wagen bildete in der Nacht unseren Schlafplatz. Hans saß auf einem Kutschersitze; Lord Ragnall, Wild und ich ritten »gesalzene« Pferde, also solche, die die Viehseuche bereits durchgemacht hatten und von denen man annahm, daß sie hinfort gegen neue Anfälle immun wären. Es waren kostbare und zuverlässige Tiere, die für Jagdzüge besonders abgerichtet worden waren.

Bei unserem Aufbruch passierte noch etwas Merkwürdiges. Wild, der sich allen Belehrungen zum Trotz darauf versteift hatte, seinen schwarzen Begräbnisgehrock anzubehalten, versuchte mit hartnäckiger Ausdauer, sein Pferd von der falschen Seite zu besteigen. Das Pferd spitzte die Ohren und schien über diesen merkwürdigen Reiter äußerst verwundert zu sein. Er kam schließlich auch hinauf. Aber nach einer Weile begann das Pferd auf der Hinterhand zu tanzen, und Wild sägte verzweifelt an den Zügeln. Auf einmal hörten wir einen Schrei, sahen das Tier mit den Vorderhufen in die Luft schlagen, und im selben Moment Wild in hohem Bogen herunter auf die Straße fliegen. Das Schlimmste befürchtend galoppierten wir hin. Aber zu unserer Beruhigung sprang er beim Näherkommen aus seiner sitzenden Stellung auf, die Hände auf die Verlängerung des Rückens gepreßt, drehte sich mit wahnsinniger Geschwindigkeit um sich selbst und schrie, die Augen verdrehend:

»Nehmt sie weg! Tötet sie! Schnell!«

Eine Sekunde später begriffen wir, was er meinte. Das Pferd hatte vor einer schlafenden Puffotter gescheut, die sich auf der wenig begangenen Straße im Sande sonnte. Und auf eben diese Puffotter hatte sich Wild nach seinem Fluge durch die Luft mit solcher Gewalt niedergesetzt – er wog einhundertfünfundachtzig Pfund! –, daß das Geschöpf einfach breitgequetscht war und sich nicht mehr rührte. Er selbst in seiner Aufregung bemerkte das natürlich nicht und war der Meinung, daß sie noch immer hinten an ihm hing wie eine Bulldogge.

»Schlangen! Mylord,« rief er aus, nachdem wir ihn zu guter Letzt überzeugt hatten, daß die Schlange sofort, ohne ihn zu beißen, verendet war, »ich hasse sie; sie verfolgen mich. Wenn ich jemals aus diesem Unternehmen mit heiler Haut davonkomme, werde ich auf und davon gehen und in Irland leben, Mylord, wo es keine Schlangen geben soll. Aber es scheint nicht, als ob ich so ohne weiteres davonkommen würde,« setzte er trübe hinzu, »denn ist das nicht ein schreckliches Vorzeichen?«

»Im Gegenteil,« bemerkte ich, »es ist ein glänzendes Vorzeichen; denn Sie haben die Schlange getötet und nicht die Schlange Sie.«

Nach diesem Ereignis gaben die Kaffern Wild einen zweiten, sehr langen Namen, der ungefähr lautete: »Der-welcher-auf-Schlangen-niedersitzt-und-sie-breitmacht.«

Ich blieb zunächst eine Weile hinter den anderen zurück, um meinem alten Griqua-Gärtner Jack, der beim Abschiednehmen gerührt schnüffelte, noch einige Anweisungen zu geben, und um noch einen letzten Blick auf mein kleines Haus zu werfen. Ich fürchtete, es würde das letzte mal sein; denn ich war mir wohl bewußt, daß ich jetzt wieder einmal zu einer gewagten Unternehmung auszog, ich, der ich geschworen hatte, mich niemals mehr auf solche Abenteuer einzulassen.

»Ich fürchte, dies ist eine ziemlich traurige Stunde für Sie«, sagte Lord Ragnall in seiner gütigen Art. »Sie lassen doch Ihren kleinen Jungen und Ihr Haus zurück und gehen unbekannten Gefahren entgegen!«

»Sie ist nicht so traurig wie manche andere, die ich erlebt habe,« antwortete ich, »und Gefahren sind mein täglich Brot, im wahrsten Sinne des Wortes. Außerdem, was sie für mich ist, ist sie ja auch für Sie.«

»Nein, Quatermain, für mich ist es eine Stunde der Hoffnung; einer schwachen Hoffnung, wie ich zugeben muß, aber es ist die einzige, die mir geblieben ist. Denn die letzten Briefe aus Ägypten und England berichten, daß keine Spuren gefunden, und daß deshalb alle weiteren Nachforschungen eingestellt worden sind. Ja, ich folge dem letzten Stern an meinem Himmel, und wenn er untergeht, hoffe ich, daß ich zugleich untergehen werde. Deshalb bin ich augenblicklich glücklicher, als ich es monatelang war. Dank Ihnen!« Und er streckte mir die Hand entgegen – zum Zeichen unserer Freundschaft und unseres gegenseitigen Vertrauens.

7. Kapitel
Die Begegnung in der Wüste

Ich will mir eine Beschreibung der Einzelheiten unserer Reise nach Kendahland, wenigstens was den ersten Teil derselben betrifft, ersparen. Es mag genügen, wenn ich sage, daß Zululand gerade damals aus innerpolitischen Gründen in ziemlicher Unruhe war, daß wir aber trotzdem durchkamen und uns sogar weitgehendste Hilfe geleistet wurde. Denn mein Name hatte in jenem wilden Lande einen guten Klang. Ich schickte dann von dort aus drei Boten, hagere, leichtfüßige Kaffernmischlinge, zu dem König der Mazitu, um ihn zu benachrichtigen, daß seine alten Freunde, Macumazana und der gelbe Mann, Herr Licht-im-Dunkel und Herr des Feuers, auf dem Wege waren, ihn aufzusuchen.

Da ich mir darüber im klaren war, daß die Wagen nicht bis über einen gewissen Punkt hinauskämen, nämlich den Lubafluß, der für jedwelches Ding auf Rädern unpassierbar ist, ließ ich den König gleichzeitig bitten, uns hundert Träger mit der nötigen Bedeckung an eine bestimmte Stelle des Flußufers entgegenzuschicken.

Nach vierzehn Tagen Rast im nördlichen Teile Zululands, die wir der wegemüden Ochsen halber halten mußten, treckten wir weiter.

Wir nahmen eine Anzahl Zuluträger mit. Diese Maßnahme erwies sich späterhin als sehr nützlich, trotzdem es große Schwierigkeiten kostete, Leute in einem Lande, wo es nichts zu kaufen gab, auf ihre gewohnte Weise zu beköstigen. Im Laufe der Tage verendete ein Ochse nach dem andern an den Stichen der Tsetsefliege, so daß wir schließlich gezwungen waren, einen Wagen im Stich zu lassen und seine Ladung den Zulus auf die Köpfe zu packen. Endlich erreichten wir den Fluß und schlugen unser Lager an seinem Ufer in der Nähe von drei seltsam geformten Felsen auf, die von den Eingeborenen die »drei Medizinmänner« genannt werden. Das war der Platz, wohin die Träger zu schicken ich den König gebeten hatte. Wir blieben hier

vier Tage liegen, da im Innern des Landes niedergegangene Regen den Fluß völlig unpassierbar machten. Morgen für Morgen erkletterte ich den höchsten der »drei Medizinmänner« und suchte mit einem Glas das buschbestandene Land jenseits des breit und gelbfarbig dahinströmenden Flusses nach den erwarteten Mazitu ab. Aber kein lebendes Wesen war in der Einöde zu sehen.

Ich war deshalb erfreut, als am fünften Morgen noch vor Tagesanbruch Hans in den Wagen gekrochen kam, in dem Lord Ragnall und ich schliefen, um uns zu benachrichtigen, daß er auf der anderen Seite des Flusses Stimmen gehört hätte.

Beim ersten Morgengrauen kletterten wir auf die Felsen und spähten in den Nebel hinunter. Als er sich endlich gelichtet hatte, sahen wir drüben einen Haufen Menschen stehen, die ich an ihren Speeren und an ihrer Tracht als Mazitu erkannte. Sie sahen mich, erhoben ein Begrüßungsgeheul und sprangen sofort truppweise ins Wasser, worauf unsere verbohrten Zulus prompt ihre Speere nahmen und sich in Schlachtordnung aufbauten. Ich rutschte, so schnell es nur ging, vom »großen Medizinmann« zum Ufer hinunter. Unterdessen waren die Mazitu schon fast herüber, und zu meiner Freude erblickte ich als einen der ersten unter ihnen keinen andern als meinen alten Freund, ihren Häuptling Babemba, einen einäugigen Mann, der in manchen Abenteuern mein Gefährte gewesen war. Mit mächtigen Sprüngen setzte er durchs Wasser und schrie, noch während er das Ufer heraufklomm:

»Oh, Macumazana, wenig habe ich gehofft, daß ich jemals dein Gesicht wiedersehen würde, sei willkommen, tausendmal willkommen! Und willkommen auch du, Licht-im-Dunkel, Herr-des-Feuers!«

Ich machte Babemba mit Ragnall und Wild durch Nennung ihrer Eingeborenennamen bekannt.

Er sah sie einen Augenblick prüfend an, dann sagte er:

»Dieser«, indem er auf Ragnall zeigte, »ist ein großer Herr, aber dieser«, die Hand nach Wild ausstreckend, der viel sorgfältiger gekleidet war als sein Herr, »ist nichts als ein Hahn in der Aschengrube, aufgeputzt mit eines Adlers Federn«, eine Bemerkung, die ich unübersetzt ließ, die aber von Hans mit vergnügtem Glucksen beantwortet wurde.

Während wir hastig unser Frühstück einnahmen, das von dem »Hahn in der Aschengrube« bereitet worden war, der nebenbei außer anderen Vorzügen auch den hatte, ein ganz ausgezeichneter Koch zu sein, erzählten sie mir ihre Neuigkeiten. Bausi, der König, war tot; einer seiner Söhne war ihm gefolgt, der ebenfalls Bausi hieß. Die Bezarstadt war nach dem großen Zerstörungsfeuer wieder aufgebaut und viel stärker befestigt worden denn je zuvor. Weder von den Sklavenhändlern noch von den Pongo hatten sie wieder etwas gesehen, trotzdem sie behaupteten, daß ihre Geister oder vielleicht die ihrer Opfer noch immer auf der Insel im See spukten. Das war alles, außer der traurigen Nachricht vom Tode der zwei Läufer, die uns der dritte, der mit den Mazitu zurückgekommen war, überbrachte.

Nach dem Frühstück hielt ich unseren Zulus die Abschiedsrede. Jeder bekam ein hübsches Geschenk, und ich übergab die Wagen und die Diener, die uns nicht weiter begleiten wollten, ihrer Obhut. Sie sangen ein Abschiedslied, salutierten mit den Speeren und zogen davon, immer noch rauf- und mordlustig auf ihre Mazitufeinde zurückblickend.

Als der letzte Schimmer der weißen Wagenplanen in der Steppe verschwunden war, gingen wir daran, unsere Güter über den Fluß zu schaffen. Das ging mit Hilfe der Mazitu, die für mich wie Freunde und nicht wie bezahlte Diener arbeiteten, rasch und gut vonstatten; doch hatten wir am jenseitigen Ufer zwei volle Tage lang damit zu tun, die Sachen in Einzellasten zu verpacken.

Schließlich aber war alles in Ordnung, und wir setzten uns in Marsch. Über unsere Reise bis Bezarstadt ist nichts zu sagen, als daß wir dort vor den Toren feierlichst eingeholt wurden. An der Spitze der Prozession marschierte Bausi II. selbst; wir trafen auf eben jenem Hügel zusammen, den wir seinerzeit in der großen Schlacht besetzt gehalten hatten und in dem die Knochen des tapferen Mavovo und meiner anderen Jäger begraben lagen.

Die Mazitu veranstalteten in der folgenden Nacht uns zu Ehren ein Fest. Wir saßen währenddem in dem großen neuen »Haus der Gäste« und hielten eine »Indaba« unter Vorsitz Bausis II., eines jungen Mannes von angenehmen Gesichtszügen, und des alten Babemba. Auf die Frage des Königs, wie lange wir ihre Gäste zu bleiben gedächten, antwortete ich, daß wir nur ein paar Tage rasten und dann weiter nach dem Norden ziehen wollten, um das Land eines Volkes, die Kendah genannt, zu suchen, und ich bat ihn gleichzeitig, mir Träger, wenigstens bis zur Grenze seines eigenen Landes, zur Verfügung zu stellen. Bei der Nennung des

Namens der Kendah trat ein Ausdruck des Erstaunens auf ihre Gesichter, und Babemba sagte:

»Bist du von Tollheit ergriffen, Macumazana, daß du so etwas unternimmst? Sicher, dein Kopf ist krank.«

»Was weißt du denn überhaupt von ihnen?«, forschte ich. »Aber warte, ehe du antwortest, will ich sagen, was ich weiß«, und ich wiederholte, was ich von Hans gehört hatte und von Hârut und Mârut, ließ aber alles aus, was mit den privaten Angelegenheiten Lord Ragnalls zu tun hatte.

»Es stimmt alles«, sagte Babemba, als ich geendet hatte. »Höre! Diese Kendah sind ein schreckliches Volk und zahllos an Köpfen und von allen Völkern das blutgierigste und wildeste. Ihr König wird ›Simba‹ genannt, das heißt Löwe. Der König heißt immer ›Simba‹, und das ist schon so seit Hunderten von Jahren. Er ist ein schwarzer Kendah, und deren Gott ist der Elefant Jana. Aber wie Licht-im-Dunkel es auch sagt, gibt es auch weiße Kendah, und zwar sind dies arabische Männer; sie sind die Priester und Händler dieses Volkes. Die Kendah erlauben keinem Fremden, in ihr Land zu kommen; wenn einer kommt, dann töten sie ihn unter Martern, oder sie blenden ihn und jagen ihn hinaus in die Wüste, die ihr Land umgibt, damit er dort stirbt. Die Weißen Kendah sind Züchter jener Tiere, die man Kamele nennt und die sie an die Araber des Nordens verkaufen. Komme ihnen nicht zu nahe, Macumazana, denn falls du die Wüste gekreuzt hast, ohne daß sie dich tötet, werden dich die schwarzen Kendah töten, und wenn du denen entrinnst, dann wird dich ihr König Simba töten, und entkommst du dem, dann wird dich ihr Gott Jana töten. Und solltest du auch unter dessen Rüssel und Füßen nicht umkommen, dann werden dich die weißen Priester mit ihrer Zauberkraft um so sicherer töten. Oh, bevor du in die Gesichter dieser Priester siehst, wirst du viele Male dem Tod begegnen, Macumazana!«

»Warum haben sie mich denn aufgefordert, sie zu besuchen, Babemba?«

»Ich weiß es nicht, Macumazana, vielleicht wollen sie dich dem Elefanten Jana zum Opfer bringen, dem kein Speer der Welt eine Wunde schlagen kann; nein, nicht einmal die Kugeln aus deinem Gewehr, die einen Baum zerschmettern, können ihn verwunden.«

»Ich bin willens, das einmal auszuprobieren,« antwortete ich selbstbewußt, »und wir müssen auf jeden

Fall hingehen, um diese Dinge mit unseren eigenen Augen zu sehen.«

»Ja,« wiederholte Ragnall, »wir müssen sicherlich hingehen«, und sogar Wild nickte mit dem Kopf, trotzdem es aussah, als ob er lieber nicht hinginge.

»Fragen Sie ihn, bitte, ob es dort Schlangen gibt«, sagte er. Ich übersetzte wirklich die Frage, um Zeit zu gewinnen, über wichtigere Dinge nachzudenken. »Ja, Bona, ja, ›Hahn der Aschengrube‹,« entgegnete Babemba, »meines Onkels Kendahweib sagte mir, daß einer der Wächter des Heiligtums der weißen Kendah eine Schlange ist, wie die Welt noch keine gesehen hat.«

Wir kamen dann auf die Frage der Träger zurück. Nach einigem Zögern versprach Bausi II., uns eine genügende Anzahl zur Verfügung zu stellen; doch mußten wir feierlich versprechen, sie an der Grenze der Wüste zurückzuschicken, »auf daß sie eurem Schicksal entgehen mögen«, wie er äußerst aufmunternd hinzusetzte.

Vier Tage später brachen wir, begleitet von etwa hundertzwanzig ausgesuchten Leuten, auf. Der alte Babemba selbst führte sie an, denn er wünschte, wie er erklärte, der letzte zu sein, der uns lebendig in dieser Welt erblicke.

»Außerordentlich trostvoll«, sagte ich, drehte mich auf dem Absatz um und fragte Ragnall geradeheraus, ob er die Sache aufgeben wollte; denn um die Wahrheit zu sagen, meine Nerven waren überreizt.

»Ich muß gehen,« antwortete er einfach, »aber das ist kein Grund, daß Sie und Hans auch mitgehen müssen oder auch Wild.«

»Oh, ich gehe, wohin Sie gehen,« sagte ich, »und wohin ich gehe, geht auch Hans. Wild muß selbst für sich entscheiden.«

Das tat er denn auch, und da er ein anständiger und treuer Bursche war, selbstverständlich in bejahendem Sinne.

So schieden wir denn von den Mazitu. Ungefähr einen Monat lang marschierten wir durch alle möglichen Landstriche. Nachdem wir den großen See mit der Insel der Pongo passiert hatten, wandten wir uns nördlich, auf einem Wege, den Babemba kannte. Dann durchzogen wir, uns nach den Sternen orientierend, ein Land mit spärlichen Bewohnern, elenden Menschen, die in halb verfallenen kleinen Dörfern hausten und

vom Ackerbau kaum die primitivsten Kenntnisse zu besitzen schienen.

Nach und nach wurde das Land immer öder und menschenleerer und verlor sich zuletzt in nackter Wüste. Am Rande dieser Wüste, die sich ohne erkennbare Grenzen vor uns ausdehnte, lag eine schöne kleine Oase, in der eine schäumende Quelle entsprang, deren Bach sich draußen allerdings bald im Sande verlor. Wir hätten, selbst wenn wir auch weiterhin noch Wasser gefunden hätten, nicht weitermarschieren können, da die Mazitu erklärten, keinen Fuß in die Wüste setzen zu wollen. So blieb uns nichts anderes übrig, als in der Oase ein Lager aufzuschlagen und zu warten.

Es zeigte sich bald, daß dieser Flecken Erde ein Jägerparadies sondergleichen war.

Vierzehn Tage lang vertrieben wir Weißen uns die Zeit mit Jagen, die Schwarzen mit Fleischessen, bis wir alle dieser Beschäftigung müde wurden. Zweimal ritten wir so weit in die Wüste hinaus, als unsere Pferde uns zu tragen vermochten, ohne etwas anderes zu erblicken als flache, sandige Ebenen, übersät mit braunen, im Laufe der Jahrhunderte von Wind und Sand glänzend blank polierten Steinen, und ohne daß wir auf die geringste Spur von Wasser oder Menschen gestoßen wären.

Nach unserem zweiten Ausflug erklärte der alte Babemba, daß er seine Leute nicht länger halten könnte, da sie krank vor Heimweh wären, und fragte uns, was wir eigentlich tun wollten und warum wir hier säßen »wie Steine«. Ich antwortete ihm, daß wir auf das Erscheinen von Kendahleuten warteten, die mir gesagt hätten, ich sollte hier bleiben und Wild schießen, bis sie kämen, um uns zu führen. Er entgegnete, daß die Kendah, soweit er unterrichtet wäre, in einem noch Hunderte von Meilen entfernten Lande wohnten und mein Vorhaben, da sie ja von unserem Eintreffen gar nichts wüßten, somit töricht wäre.

Ich gab zurück, daß mir das nicht so ganz sicher erscheine, denn die Kendah schienen ungewöhnliche Mittel zu besitzen, um sich auch über in weiter Entfernung sich abspielende Geschehnisse zu informieren.

»Dann, Macumazana, fürchte ich, daß ihr hier allein warten müßt, bis es sich herausstellt, wer von uns beiden im Recht ist«, entgegnete er mürrisch.

Ich fragte Lord Ragnall, was er zu tun beabsichtige, und wies darauf hin, daß ein Vordringen in die Wüste den Tod bedeute, zumal wir ja nicht wußten, in welcher Richtung wir zu gehen hatten. Andererseits aber lief ein Zurückgehen, noch dazu ohne Vorräte, die wir in Ermangelung von Trägern ja zurücklassen mußten, ungefähr auf das gleiche hinaus. Doch wäre es an ihm, eine Entscheidung zu treffen.

Meine Frage setzte ihn in Verlegenheit. Er hielt mir nochmals vor Augen, welche Gründe er hatte, alles daran zu setzen, um nach Kendahland zu kommen, und schloß mit der Erklärung, daß er hier bliebe, mochte werden, was da wolle.

»Und das heißt, daß wir alle hier bleiben, Ragnall. Denn Wild wird Sie nicht verlassen und Hans mich nicht, trotzdem er uns alle miteinander für verrückt erklärt. Er betont immer wieder, daß ich doch ausgezogen wäre, um Elefanten zu suchen, und hier wären ja genug.«

»Ich könnte auch allein hier bleiben, Quatermain«, fuhr der Lord fort, – aber ich blickte ihn auf eine Weise an, daß er seinen Satz nicht beendete.

Schließlich einigten wir uns auf ein Kompromiß. Babemba war einverstanden, mit seinen Mazitu noch drei Tage zu warten. Wenn sich innerhalb dieser Zeit nichts ereignete, so wollten wir mit ihm nach einem Landstrich zurückkehren, wo es Wasser gab, etwa fünfzig Meilen hinter uns, und wo es ebenfalls von Elefanten wimmelte. Dort wollten wir dann so viel Elfenbein jagen, als die Mazitu nur tragen konnten, und dann mit ihnen zurückmarschieren in ihre Heimat.

Die drei Tage gingen vorüber. Mit jeder Stunde hob sich meine Stimmung, ebenso die Wilds und Hans', während Lord Ragnall immer deprimierter wurde. Den dritten Nachmittag verbrachten wir mit dem Einpacken der Lasten. Innerlich jubilierten wir. Am nächsten Morgen sollten wir den Rückweg antreten. Mit großer innerer Erleichterung und mit dem Gefühl, einem besonders ausgefallenen Abenteuer glücklich entgangen zu sein, legte ich mich dann am Abend unter mein Schutzdach von Zweigen. Nach und nach war ich zu der Überzeugung gekommen, daß wir, selbst wenn wir Kendahland noch auf irgendeine Weise erreichten, doch so gut wie gar keine Chancen hatten, Lord Ragnalls verschwundene Gattin wiederzufinden, und daß die Vorsehung uns davor behütete, durch Verdursten in der Wüste umzukommen oder durch das Betreten jenes verrufenen Landes eine Art Selbstmord zu begehen.

Doch gerade das wollte die Vorsehung nicht. Es war genau zwei Uhr nachts, als Hans, der hinter meiner Laubhütte schlief, mich weckte und mit leichtem Beben in der Stimme zu mir sagte:

»Öffne deine Augen und schaue, Baas! Da draußen sind zwei Gespenster, die mit dir reden wollen, Baas.«

Ich erhob mich vorsichtig und spähte ins Mondlicht hinaus. Da draußen, etwa fünf Schritte vor dem offenen Ende der Hütte, saßen wirklich zwei »Gespenster«, weißgekleidete Gestalten, stumm und unbeweglich am Boden hockend. Zuerst fürchtete ich mich ein wenig, dann dachte ich an Diebe und fühlte unter der Wolldecke, die mir als Kopfpolster diente, nach meinem Revolver. Doch eben als meine Hand den Revolver berührte, sagte draußen eine tiefe Stimme:

»Ist es deine Gewohnheit, Macumazana, Nächtlich-Wachender, deine Gäste mit Kugeln zu begrüßen?«

Welcher Mensch möchte auf der Welt wohl fähig sein, im nächtlichen Dunkel zu sehen, wie ein von einer Decke verhüllter Mann nach einem Revolver griff – außer dem Besitzer jener Stimme, die ich einst in einem gewissen Salon in England gehört hatte und immer noch zu hören glaubte?

»Ja, Hârut,« antwortete ich und markierte ein gleichgültiges Gähnen, »wenn nämlich die Gäste auf eine so verdächtige Weise und mitten in der Nacht ankommen. Aber da ihr gekommen seid, so teilt mir freundlichst mit, warum ihr uns solange habt warten lassen. Ist das eure Art, Versprechen einzuhalten?«

»Oh, Lord Macumazana,« antwortete Hârut bestürzt, »ich lege mich dir demütig zu Füßen und bitte um Verzeihung. Aber wirklich, wir brachen sofort auf, sobald wir in der Bezarstadt Nachricht von deiner Ankunft erhielten, oder vielmehr, wir standen im Begriff aufzubrechen, um unser Versprechen zu halten. Aber wir sind sterblich, Macumazana, und widrige Zufälle traten ein; so mußten, nachdem wir das Gewicht deines Gepäcks berechnet hatten, erst Lastkamele zusammengetrieben werden, und diese Kamele grasten in einer entfernten Oase; dann war es auch nötig, Leute wegzuschicken, um in der Wüste Brunnen zu graben, damit die Kamele getränkt werden könnten, und anderes mehr. Daher die Verzögerung. Doch du wirst zugeben, daß wir noch zur rechten Zeit gekommen sind, fünf oder wenigstens vier Stunden, bevor jene Sonne aufgeht, die euch auf eurem Heimwege leuchten sollte.«

»Ja, das stimmt, Propheten oder Schwindler, was immer ihr auch sein möget«, rief ich in einer begreiflichen Aufregung aus, denn ihr mysteriöses Wissen um meine Privatangelegenheiten, das sie mir ja wieder einmal bewiesen hatten, genügte schließlich, um sogar einen Heiligen wütend zu machen. »Da ihr nun einmal hier seid, so kommt herein und trinkt etwas, denn ob ihr nun Menschen oder Teufel seid, es muß euch da draußen in Tau und Kühle der Nacht ja mordskalt auf der Haut sein.«

Sie traten also ein, und da sie keine Mohammedaner waren, genehmigten sie auch einen Schluck Schnaps aus einer Flasche, die ich außerhalb von Hans' Reichweite in einer verschlossenen Kiste aufbewahrte.

»Auf eure Gesundheit, Hârut und Mârut«, sagte ich und nahm meinerseits einen herzhaften Zug aus der Blechtasse, und ich muß gestehen, daß ich mich an diesem unheimlichen nächtlichen Gelage ganz gern beteiligte, um Zeit zum Nachdenken zu gewinnen und meine Nerven zu beruhigen.

»Auf deine Gesundheit, Lord Macumazana«, sagten sie, tranken und setzten die verbeulten alten Becher mit so viel Ehrerbietung auf die ausgebreitete Decke, als wären es heilige Gefäße.

Nachdem ich mir eine andere Decke über die Schultern geworfen hatte – die Nacht war empfindlich kühl –, beleuchtete ich die beiden Ankömmlinge mit der Laterne, die Hans mit nachdenklich schiefgeneigtem Kopfe angezündet hatte.

Da waren sie, Hârut und Mârut, wie sie leibten und lebten, und in ihrer äußeren Erscheinung noch vollkommen dieselben wie auf Schloß Ragnall.

»Was treibt ihr hier, und wie seid ihr damals aus England herausgekommen, nachdem ihr versucht hattet, die Dame zu entführen? Und was habt ihr mit der Dame gemacht, nachdem ihr sie von dem Nilboot bei Abu-Simbel glücklich heruntergelockt hattet? Im Namen eures heiligen Kindes oder des Schaitans der Mohammedaner oder der Set der Ägypter, an wen immer ihr nun glauben mögt, antwortet mir, oder ich mache ein Ende mit euch beiden! Ich kann das hier tun, ohne daß viel danach gefragt wird!« sagte ich, und Erbitterung und Neugierde wirbelten in meinem Herzen durcheinander, und ich legte den Revolver auf sie an.

»Vergib uns,« sagte Hârut mit einem ernsten Lächeln, »aber wenn du tun würdest, wie du drohst, Lord Macumazana, so würde es dir schwer fallen, so manche Frage zu beantworten. Sei also so gut und lege jenen Todbringer auf seinen Platz zurück, und sage uns, bevor wir dir antworten, was du von der Set der Ägypter weißt.«

»So viel oder so wenig wie ihr«, erwiderte ich.

Beide verbeugten sich, als hätte diese Antwort sie vollständig zufriedengestellt. Dann fuhr Hârut fort: »Als Antwort auf deine Frage, Macumazana. Wir verließen England auf einem Dampfschiff und erreichten nach langer Reise unser eigenes Land. Wir verstehen nicht deine Anspielungen auf einen Platz, der Abu-Simbel genannt wird, wo wir niemals gewesen sind und niemals eine Frau fortgenommen haben. Was sollten wir auch mit weißen Frauen anfangen, da wir selbst schon viel zu viele haben?«

»Das weiß ich nicht,« antwortete ich, »aber das weiß ich, daß ihr die beiden größten Lügner seid, denen ich jemals begegnet bin.«

Auf diese Worte hin, die jeder andere als eine Beschimpfung aufgefaßt hätte, verneigten sich die beiden Weißmäntel wiederum, als hätte ich ihnen das größte Kompliment gesagt. Dann sagte Hârut:

»Laß uns die Frauenfrage beiseite tun und von den Angelegenheiten sprechen, die uns Männer angehen. Du bist hier, wie wir es dir seinerzeit vorausgesagt haben. Damals wolltest du uns nicht glauben. Und wir sind hier, um dich zu treffen, wie wir es dir ebenfalls vorausgesagt haben. Woher wir wußten, daß du kämst, und auf welche Weise wir selbst hierher gelangten, tut nichts zur Sache. Glaube, was du willst. Bist du bereit, mit uns aufzubrechen, Lord Macumazana, und den Kampf gegen die bösen Elefanten Jana, der unser Land verheert, aufzunehmen und damit die große Belohnung von Elfenbein zu gewinnen? – Wenn ja, – dein Kamel wartet.«

»Ein Kamel kann nicht vier Männer tragen«, antwortete ich ausweichend.

»Was Tapferkeit und Entschlossenheit anlangt, bist du sicherlich mehr als viele Männer, Macumazana, aber an Körper bist du nur einer und nicht vier.«

»Wenn ihr denkt, daß ich allein mit euch gehe, irrt ihr euch sehr, Hârut und Mârut«, erklärte ich. »Hier ist mein Diener, ohne den ich mich nicht rühre«, und ich zeigte auf Hans, den sie mit ernsten Mienen betrachteten, »und hier ist auch Lord Ragnall, der in diesem Lande ›Igeza‹ genannt wird, und sein Diener, der ›Bona‹ heißt, der Mann, aus dem ihr Schlangen zogt, damals, in jenem Hause in England. Auch diese müssen uns begleiten.«

Es kam mir vor, als ob die ruhigen, leidenschaftslosen Gesichter der beiden einen Ausdruck von Verlegenheit zeigten. Sie flüsterten in einer mir unbekannten Sprache miteinander, dann sagte Hârut:

»Unser Land ist voller Geheimnisse und nur für dich offen, Macumazana, und überdies nur zu dem einen Zweck, den Elefanten Jana zu töten, wofür wir dir auch eine große Belohnung versprochen haben. Die anderen wünschen wir bei uns nicht zu sehen.«

»Dann könnt ihr euren Elefanten selbst töten, Hârut und Mârut, denn allein gehe ich nicht einen Schritt mit euch. Warum sollte ich es auch, da hier so viel Elfenbein zu holen ist, wie ich mir nur wünschen kann? Ich brauche ja nur hier Elefanten zu schießen.«

»Wie, wenn wir dich einfach mitnehmen, Macumazana?«

»Wie, wenn ich euch beide niederschieße, Hârut und Mârut? Narren, die ihr seid! Mir stehen hier viele tapfere Männer zur Verfügung, und falls ihr oder eure Begleiter den Kampf haben wollt, so könnt ihr ihn haben! Hans, rufe die Mazitu zu den Waffen und hole Igeza und Bona.«

»Warte, Lord,« sagte Hârut, »lege jene Waffe nieder. Wir wollen unsere Bundesgenossenschaft nicht mit Blutvergießen beginnen, trotzdem wir sicherer vor dir sind als du denkst. Gut, deine Kameraden sollen dich nach Kendahland begleiten, aber lasse sie wissen, daß sie es auf eigene Gefahr hin tun. Wisse auch, daß uns Kunde davon ward, daß einige von ihnen unsere Lande nur als Geister und nicht mehr als Menschen verlassen werden.«

»Soll das heißen, daß ihr sie ermorden wollt?«

»Nein. Es heißt nur, daß dort Stärkere sind als wir oder irgendein anderer Mensch auf der Welt, und diese verlangen ihre Leben als Opfer. Nicht das deinige, Macumazana, das ist unbedingt ungefährdet, aber das Leben von zwei anderen. Welche es sind, wissen wir nicht.«

»Wirklich, Hârut und Mârut? Und was gibt mir die Gewißheit, daß wir vor euch wenigstens sicher sind, und daß ihr uns nicht nur nach eurem Lande lockt, um uns dort verräterisch umzubringen und unser Eigentum zu stehlen?«

»Die Gewißheit gibt dir unser Eid. Und dieser Eid darf nicht gebrochen werden; wir schwören ihn bei dem Kind des Himmels«, sagten beide einstimmig und mit tiefem Ernst und verneigten sich dabei, bis ihre Stirnen fast den Boden berührten.

Ich zuckte die Achseln und lächelte.

»Du glaubst uns nicht,« fuhr Hârut fort, »du, der du allerdings nicht wissen kannst, was denen widerfährt, die diesen Eid brechen. Aber komm mit uns, und sieh dir etwas an. Fünf Schritte von deiner Hütte ist ein großer Ameisenhügel. Geh und steige auf diesen Ameisenhügel.«

Vielleicht war es unüberlegt, aber meine Neugierde trieb mich, dieser Aufforderung Folge zu leisten. Von Hans gefolgt, der mein geladenes Gewehr trug, kletterte ich auf den Hügel, der, weil keine Bäume in der Nähe standen, einen guten Rundblick über die Wüste gestattete.

»Schau nach dem Norden«, sagte Hârut unten am Fuße des Hügels.

Ich blickte in die angegebene Richtung, und da, im hellen Mondenschein, etwa fünfhundert Meter entfernt, sah ich auf dem Kamm eines langgestreckten Sandhügels Glied bei Glied gegen zweihundert kniende Kamele. Und neben jedem Kamel stand eine weißgekleidete Gestalt mit einer langen Lanze in der Hand, unter deren Blatt ein kleines Fähnchen flatterte. Ich starrte eine Weile hin, im Zweifel, ob ich einer Illusion zum Opfer gefallen oder ob das Wirklichkeit wäre. Dann, nachdem ich mich überzeugt hatte, daß es wirkliche Kamele und wirkliche Menschen und keine Trugbilder und Gauklerkünste waren, stieg ich von dem Ameisenhügel herab.

»Du wirst zugeben, Macumazana,« sagte Hârut höflich, »daß es uns mit einer solchen Macht leicht gewesen wäre, ein schlafendes Lager zu überrumpeln. Aber diese Leute sind hergekommen, um eure Eskorte zu sein und nicht, um euch zu töten oder in Sklaverei zu schleppen. Und, Macumazana, wir haben dir den Eid geschworen, der nicht gebrochen wird. Jetzt gehen wir zu unseren Leuten. Am Morgen, nachdem du gegessen hast, werden wir unbewaffnet und allein zurückkommen.«

Dann glitten sie wie Schatten davon.

8. Kapitel
Durch die Wüste zu den schwarzen Kendah

Zehn Minuten später wußte jedermann im Lager, was sich ereignet hatte, und war im Nu wach und unter Waffen. Anfänglich gab es einige Anzeichen von Panik. Aber mit Hilfe von Babemba beruhigten wir die Leute, indem wir ihnen, um sie zu beschäftigen, befahlen, das Lager in Verteidigungszustand zu setzen. Vom ersten Moment an sahen wir, daß außer für uns drei, die wir Pferde hatten, ein Entkommen von hier unmöglich war. Dieses Heer von Kamelreitern hätte jeden unserer Leute innerhalb einer Meile eingeholt.

Nachdem wir Babemba eingeschärft hatten, auf seine Leute gut Obacht zu geben, hielten wir drei Weißen und Hans einen Rat ab. Ich wiederholte jedes Wort, das zwischen Hârut und Mârut und mir gewechselt worden war. Ich betonte auch, daß sie strikte leugneten, mit dem Verschwinden Lady Ragnalls am Nil etwas zu tun zu haben.

»Was soll jetzt geschehen?« fragte ich. »Mein Schicksal ist besiegelt; denn aus Gründen, die wir wahrscheinlich nicht ganz durchschauen, bestehen diese Leute darauf, mich mit sich in ihr Land zu nehmen. Sie haben dazu auch tatsächlich ein gewisses Recht, und zwar durch das Versprechen, das ich ihnen seinerzeit törichterweise gegeben habe. Aber sie wollen niemand sonst mitnehmen. Deshalb sehe ich eigentlich nicht ein, was Sie, Ragnall, und Sie, Wild, und dich, Hans, abhalten sollte, mit den Mazitu heimzukehren.«

»Oh, Baas,« sagte Hans, der englisch genug verstand, trotzdem er es selten sprach, »warum quälst du mich immerfort mit solchen ›Praatjes‹ (Geschwätz); was immer du tust, werde auch ich tun, und warum du es tust, geht mich nichts an. Außer es ist nicht zu deinem eigenen Besten, Baas!«

Ich sah Ragnall unschlüssig an.

»Ich gehe mit«, sagte er kurz.

»Trotzdem diese Männer ableugnen, irgend etwas mit Ihrer Frau zu tun zu haben? Wenn ihre Worte wahr sind, was wollen Sie dann mit dieser Reise erreichen?«

»Mindestens eine wertvolle Erfahrung; das ist alles. Und im übrigen, immer vorausgesetzt, daß ihre Worte wirklich wahr sind, bin ich Fatalist. Meine Zukunft ist mir vollständig gleichgültig. Doch ich glaube jenen Leuten nicht ein Wort. Eine innere Stimme sagt mir, daß sie sehr vieles wissen, was sie nicht gern aussprechen, über meine Frau nämlich. Aus diesem Grunde liegt ihnen soviel daran, daß ich nicht mitkomme.«

»Sie müssen selbst für sich entscheiden,« antwortete ich, von bangen Zweifeln erfüllt, »und ich hoffe, daß Sie sich für das Richtige entscheiden. Nun, Wild, was haben Sie beschlossen?«

»Ich habe mich bereits entschieden. Ich will also mitkommen und alles weitere Gott überlassen.«

»Das müssen wir alle«, bemerkte ich. »Gut, das wäre also abgemacht; laßt uns nach Babemba senden und ihm Bescheid sagen.«

Das geschah, und der alte Bursche nahm die Nachricht mit mehr Gleichmut entgegen, als ich erwartet hatte. Er heftete sein einziges Auge auf mich und sagte:

»Macumazana, diese Worte habe ich von dir erwartet. Mögen die Götter, die du anbetest, dich niemals verlassen. Fahr wohl!« Und ohne Antwort abzuwarten ging er davon, und Tränen rannen aus seinem einzigen Auge.

Zehn Minuten später waren auch die Mazituträger abmarschiert, und wir saßen nun allein in dem still gewordenen Lager, umringt von unserem Gepäck – und kamen uns ziemlich verlassen vor. Wir waren eben dabei, unsere persönlichen Habseligkeiten zu verpacken, als Hans, der an der Quelle nebenan den Kaffeekessel auswusch, uns zurief:

»Die Gespenster kommen, Baas, das ganze Regiment!« Wir liefen hinaus, und richtig, in fast militärischer Ordnung fegten die Roten der Kamelreiter den Hügel herab gerade auf uns zu. Es war ein fremdartiger, aber schöner Anblick, die Tiere mit ihren schwingenden Hälsen und ihren weit ausgreifenden, schwebenden Schritten zu beobachten. Etwa fünfzig Meter vor uns hielten sie. Zwei der weißgekleideten Gestalten kamen auf uns zu, blieben vor uns stehen und verbeugten sich. Es waren Hârut und Mârut.

»Guten Morgen, Lord,« sagte Hârut zu Ragnall in seinem gebrochenen Englisch, »so kommst du also mit Macumazana, zu besuchen unser ärmlich Haus, wie wir besuchten damals dein schönes in England. Du denken, wir nahmen die schöne Lady, dein Frau die wir gaben altes Halsband. Das nicht so. Kein weiße Lady jemals in Kendahland. Wir hören Geschichte von Macumazana, und glauben, daß Lady in Nil ertrunken. Das sehr traurig für dich, aber Götter wissen, was tun. Sie lassen, wenn sie wollen lassen, und nehmen, wenn sie wollen nehmen. Du finden sie einen Tag wieder, schöner noch und wieder mit ihre Verstand.«

Hier sah ich ihn scharf an. Ich hatte ihm kein Wort davon gesagt, daß Lady Ragnall den Verstand verloren hatte. Wie konnte er also davon etwas wissen? War es da aber nicht das beste, vorläufig den Mund zu halten? Übrigens hatte ich den Eindruck, daß auch Hârut selbst seinen Schnitzer sofort einsah; denn er ließ das Thema Lady Ragnall plötzlich fallen und fuhr fort:

»Du aber willkommen, o Lord. Aber es ist recht, daß ich dir sage, diese Reise sehr gefährliche Reise; denn Elefant Jana nicht lieben fremde Gesichter, und«, hier sprach er ganz langsam und mit besonderer Betonung, »alle Elefanten Brüder! Was einer haßt, hassen alle in ganzer Welt! Ich sehe an dein Gesicht, daß du schon Leid gehabt von Elefant, du oder jemand, der zu dir gehört. Auch einige von Kendahvolk sehr wilde Leute und lieben Kampf, und vielleicht gibt Krieg im Lande, während du da, und im Krieg manchmal Leute sterben.«

»Schön, mein Freund,« sagte Ragnall, »ich bin auf alles gefaßt. Entweder wir alle gehen in euer Land, wie es dir Macumazana erklärt hat, oder niemand von uns geht.«

»Wir verstehen. Das unser Abmachung, und wir nicht brechen Wort«, entgegnete Hârut.

Dann wandte er sein wohlwollendes Auge auf Wild und sagte: »So, du kommen auch, Herr Bona, das deine Name hier, eh? Gut, du lernen viele Dinge in Kendahland über Schlangen. Mein Bruder sagen mir, du treffen eine Schlange schon drunten in Land Natal, aber sitzen auf ihm so fest, daß er wurde ganz breit und nicht beißen dich. Nun wir dir zeigen viel besserer Schlange in Kendahland, aber du nicht sitzen auf ihm, Herr Bona.«

Ich weiß nicht warum, aber für mich lag in diesen Scherzen so etwas wie eine schreckliche Drohung. Ein Gefühl überkam mich, ähnlich dem, wenn man eine Katze mit einer Maus spielen sieht. Warfen da kommende fürchterliche Geschehnisse ihre Schatten voraus? Wie konnten denn diese Menschen etwas von Ereignissen wissen, die sie nicht erlebt hatten, von denen ihnen niemand etwas erzählt haben konnte? Verlieh jener merkwürdige »Tabak« wirklich so etwas wie die Gabe des Fernsehens, oder besaßen sie andere geheimnisvolle Mittel, um sich von räumlich entfernten Geschehnissen Kenntnis zu verschaffen? Ich warf einen verstohlenen Blick auf den armen Wild. Er war blaß geworden, und ich merkte, daß er ähnlich empfand wie ich. Sogar Hans war betroffen; denn er flüsterte mir auf holländisch zu: »Das sind keine Menschen; das sind Teufel, Baas, und unsere Reise ist eine Reise in die Hölle.«

Nur Ragnall saß ernst, nachdenklich und augenscheinlich in keiner Weise aus der Fassung gebracht

da. Er hatte fast etwas Sphinxhaftes in seinem scharfgeschnittenen, ruhigen Gesicht. Ich war sicher, daß auch Hârut und Mârut die Kraft und Entschlossenheit dieses Mannes festgestellt hatten und diesen Faktor demgemäß in ihre Rechnung einkalkulierten. In gewissem Sinne gab dies Hârut auch zu, indem er plötzlich in verändertem Tone und auf Bantu zu mir sagte:

»Du bist ein guter Leser der Menschenherzen, o Macumazana, fast ein so guter wie ich selbst. Aber bedenke, daß es ein Wesen gibt, das in die Bücher des Herzens schreibt, ein Wesen, das Meister von uns allen ist, die wir nur lesen können. Und das, was dieses Wesen schreibt, muß geschehen, wie sehr wir uns vielleicht auch sträuben. Denn in seiner Hand liegt die Zukunft.«

»Richtig,« antwortete ich kühl, »und eben aus diesem Grunde gehe ich mit euch nach Kendahland, und ich fürchte euch nicht im geringsten.«

»So ist es, und so wird es sein,« antwortete er, »und nun, Herren, seid ihr reisefertig? Denn der Weg ist weit, und wer weiß, was alles passiert, ehe wir sein Ende sehen!«

Wir ritten mit folgender Marschordnung: ungefähr eine Meile vor der Hauptkolonne galoppierte eine Vorhut, bestehend aus acht bis zehn ausgesuchten Leuten, denen man die schnellsten aller vorhandenen Tiere zugeteilt hatte. Zwei- bis dreihundert Meter dahinter folgten in Doppelreihen etwa fünfzig Kendahleute, und hinter diesen die Gepäckleute, beritten wie alle übrigen, die die Lastkamele an Stricken hinter sich herführten. Dann kamen wir drei Weißen und Hans, jeder auf einem so ausgezeichneten Kamel, wie es nur die Afrikaner zu züchten verstehen. Rechts und links, in ungefähr einer halben Meile Entfernung, trabten noch andere Kavalkaden der Kendah als Flankendeckung. Den Schluß bildete eine Nachhut von Reservekamelen.

Alles war von dem Gesichtspunkte aus arrangiert, uns jeden Gedanken an Flucht von vornherein als unmöglich erscheinen zu lassen. Unsere Wächter Hârut und Mârut ritten dicht hinter uns, so daß sie jedes Wort verstanden, das wir miteinander wechselten.

Tag um Tag glitten wir über sandige Ebenen hin, sahen die Sonne aufgehen, sahen sie höher steigen und wieder hinten am Horizont verschwinden, und Nacht um Nacht verzehrten wir unsere einfache Mahlzeit, schliefen unter den glitzernden Sternen, bis ein neuer Morgen an dem glühenden östlichen Himmel aufstieg.

Mit der Eskorte unterhielten wir so gut wie keine Beziehungen. Man hatte wahrscheinlich verboten, mit uns zu sprechen.

Auch mit Hârut und Mârut wechselten wir nur wenige Worte. Und auch diese bezogen sich ausschließlich auf die Zwischenfälle der Reise. So legten wir nach meiner Berechnung zwischen fünf- und sechshundert Meilen zurück. Das ganze Gebiet, das wir durchkreuzten, war eine vollkommen tote Wüste. Nichts Lebendiges existierte, nur ein paar kleine Nagetiere, einige Insekten. Und die Vögel zogen hoch über unseren Häuptern fruchtbareren Gegenden entgegen.

Endlich aber begann sich der Landschaftscharakter zu verändern. In tiefer gelegenen Strichen erschien Gras, dann Büsche, schließlich vereinzelt Bäume. Eines Tages tauchten auch zwischen den Bäumen die ersten größeren Tiere, einige Antilopen, auf. Ich winkte der Karawane, zu halten, pirschte mich heran und erlegte mit zwei Schüssen ebenso viele feiste Böcke. Es war ein Ereignis, das unsere Eskorte fast starr vor Verwunderung machte. Daraus zog ich den Schluß, diese Leute hätten noch nie ein Gewehr zu Gesicht bekommen oder seine Wirkung beobachtet.

In der darauffolgenden Nacht verzehrten wir mit großem Wohlbehagen das frische Fleisch, das erste seit unserem Einmarsch in Kendahland. Außerdem stellte ich fest, daß Anlage und Gruppierung unseres Lagers anders geregelt wurde wie bisher. Es war schmaler und zusammengedrängter. Die Kamele liefen nicht frei herum, um zu grasen, wo es ihnen paßte, sondern sie wurden auf einer verhältnismäßig kleinen Fläche zusammengepflockt, auf deren Umkreis die Treiber sich in Gruppen lagerten. Ferner wurden die Vorräte und die Gepäckstücke in der Nähe unserer Zelte, also in der Mitte des Lagers, untergebracht und Wachen danebengesetzt. Ich fragte Hârut und Mârut, als sie mit uns aßen, nach dem Grunde dieser Maßnahmen.

»Der Grund ist der, daß wir an der Grenze von Kendahland angelangt sind,« antwortete der alte Hârut, »noch vier Tage Marsch, und wir werden mitten im Land stehen, Macumazana.«

»Ja, aber trefft ihr denn Vorsichtsmaßregeln gegen eure eigenen Leute? Die kommen doch nur, um euch Willkommen zu bieten?«

»Mit Speeren vielleicht, Macumazana! Du weißt doch, daß die Kendah aus zwei Stämmen bestehen. Wir gehören zu den weißen Kendah, aber es gibt auch schwarze Kendah, die um vieles zahlreicher sind als

wir, trotzdem wir sie, als wir vor grauen Zeiten dieses Land besetzten, unterworfen haben. Die weißen Kendah bewohnen ihr eigenes Gebiet; aber da es keine andere Straße gibt, müssen wir das Land der schwarzen Kendah durchqueren, und da muß man immer auf Überfälle gefaßt sein, zumal wir jetzt Fremde in das Land bringen.«

»Wie kommt es denn, Hârut, daß die schwarzen Kendah euch alle miteinander nicht schon längst umgebracht haben, wenn sie um soviel zahlreicher sind als ihr?«

»Aus Furcht, Macumazana. Sie fürchten sich vor unserem Wissen und vor der Kundgebung des heiligen Kindes, und sie wissen, daß dieses Kind einen Fluch auf sie herabschleudern kann. Doch wenn sie uns außerhalb unseres Gebietes erwischen, töten sie uns geradeso, wie wir sie töten, wenn wir sie innerhalb unserer Grenze antreffen.«

»Also so liegt die Sache, Hârut. Dann sieht es ja fast aus, als ob der Krieg zwischen den beiden Stämmen unmittelbar bevorstünde.«

»Er steht auch unmittelbar bevor, Macumazana, der letzte große Krieg, der nur die weißen Kendah oder die schwarzen Kendah als Überlebende sieht, aber vielleicht werden auch beide Stämme zugrundegehen. Mag sein, daß dies der wirkliche Grund ist, weshalb wir dich aufforderten, zu uns zu kommen, Macumazana.« Und mit ihrer gewöhnlichen höflichen Verbeugung erhoben sich die beiden Araber und verließen uns, bevor ich noch antworten konnte.

Die Nacht verlief ruhig. Am nächsten Tage brachen wir schon vor dem Morgengrauen auf und durchquerten reichbewässerte, üppig bewachsene Landstriche und weite, wellige, steil bergansteigende Steppen. Auf diesen Steppen sah ich Herden von Antilopen weiden und anderes Wild, einmal auch etwas, was aus der Entfernung aussah wie eine Viehherde, aber kein einziges menschliches Wesen. Vor Sonnenuntergang schlugen wir ein Lager auf.

Während die Zelte aufgestellt wurden, erschien Hârut und forderte uns auf, ihm zu folgen. Wir begleiteten ihn etwa eine Viertelmeile weit und erklommen den Rücken eines niedrigen Bergzuges. Von da aus erblickte ich eins der wundervollsten Landschaftsbilder Afrikas. Zu unseren Füßen senkte sich das Land sanft zehn oder fünfzehn Meilen weit, bis es mit steilem Abfall in einer Ebene, in der Form einer ungeheuren Schüssel, wahrscheinlich dem Boden eines ehemaligen

Sees, verlief. Ein Fluß durchkreuzte, seine Wasser vom Osten nach Westen tragend, das Gefilde. Kleine Nebenflüsse und Bäche strömten ihm zu, und weit jenseits dieses Flusses stieg das Land allmählich wieder an, bis zu einem viele, viele Meilen entfernten einzelnen, anscheinend buschbedeckten riesenhaften Berg. Nach Osten und Westen zu schien sich die flache Steppe bis in die Unendlichkeit zu erstrecken. Ihr Boden schien von äußerst fruchtbarer Beschaffenheit. Überall sahen wir Krale und Dörfer liegen. Im äußersten Westen machte ich stellenweise dichten Urwald aus, der anscheinend eine große Lichtung in seiner Mitte hatte.

»Schau dir das Land der Kendah an«, sagte Hârut. »Diesseits des Flusses Tava leben die schwarzen Kendah, auf der anderen Seite die weißen Kendah«.

»Und dort, was ist das für ein Hügel?« fragte ich.

»Das ist der Heilige Berg, der Wohnsitz des Himmelskindes, den kein Mensch betreten darf« – hier sah er uns bedeutungsvoll an – »außer den Priestern des Kindes.«

»Was geschieht, wenn einer es doch tut?« fragte ich.

»Er stirbt, Macumazana.«

»Demnach wird der Berg bewacht, Hârut?«

»Er wird bewacht, aber nicht durch sterbliche Wächter, Macumazana, sondern durch Geister, die das Kind behüten.«

Da er über diese geheimnisvolle Sache weiter nichts auskramte, wollte ich die Kopfzahl des KeKendahvolkes wissen. Er setzte mir auseinander, daß die schwarzen Kendah ungefähr zwanzigtausend Männer unter die Waffen stellen könnten, während die weißen Kendah insgesamt höchstens zweitausend Köpfe stark wären.

»Dann allerdings wundert es mich nicht, wenn ihr Geister als Wächter eures Kindes notwendig habt,« bemerkte ich, »da die schwarzen Kendah, eure Feinde, euch um so vieles überlegen sind.«

In diesem Augenblick wurde unsere Unterhaltung durch die Ankunft einiger Kamelreiter gestört, die an Hârut etwas zu berichten hatten. Er schien mit einem Male beunruhigt. Ich fragte, ob denn etwas los sei.

»Natürlich ist etwas los!« sagte er und wies mit der Hand auf einen Mann, der nicht weit hinter uns auf einem struppigen Pony den Bergrücken hinabgaloppierte. »Das ist ein Meldereiter Simbas, des Königs der schwarzen Kendah, und jetzt geht er zu seinem König und teilt ihm unsere Ankunft mit. Geh ins Lager zu-

rück, Macumazana, und iß. Wir marschieren bei Aufgang des Mondes ab.«

Sobald der Mond über dem Landrücken aufging, brachen wir eilends auf. Wir marschierten die Nacht durch und rasteten nur einmal kurz vor Tagesanbruch. Als die Kolonne sich wieder in Bewegung gesetzt hatte, erschien Mârut und übermittelte uns eine Bitte seines Bruders Hârut, die Gewehre von jetzt ab schußbereit zu halten, da wir nunmehr das Gebiet des Elefanten Jana beträten, »und wer weiß, ob wir dem vierbeinigen Gott nicht begegnen?«

»Ihm oder vielleicht seinen zweibeinigen Anbetern«, fügte ich hinzu, worauf er nur mit einem Kopfnicken antwortete.

So machten wir unsere Repetierbüchsen fertig. Hans bekam das kleine Gewehr, das die Eingeborenen »Intombi« nannten, einen einläufigen Vorderlader.

Eine Viertelstunde später brach die Dämmerung herein. Wir hatten uns durch ein Gewirr von Felsblöcken durchzuzwängen, die die offene, tiefer gelegene Steppe wie mit einem Gürtel umgab. Eben passierten wir, dichtgedrängt vorgehend, die letzten dieser Felsen, als, von Mund zu Mund weitergegeben, der Befehl zum Halten kam. Bald gewahrten wir auch den Grund: keine halbe Meile von uns entfernt kamen etwa fünfhundert Leute in weißen Gewändern im Eilmarsch heran. Ein Teil war beritten, der größere Teil marschierte zu Fuß, und dauernd erhielt die Kolonne neue Verstärkungen durch Männer, die einzeln oder in kleinen Trupps aus den Pfaden der Steppe und aus den Büschen des Bergabhanges hervorquollen. Und alle zeigten sie tiefschwarze Gesichter unter großen, verfilzten Haarschöpfen, und alle waren mit langen Speeren bewaffnet.

Zwei Reiter lösten sich plötzlich aus ihrer Masse und sprengten auf uns zu. Der eine trug eine weiße Flagge, ein Zeichen, daß sie reden und nicht kämpfen wollten. Unsere Vorhut ließ sie passieren. Sie galoppierten, den Kameraden mit bemerkenswerter Geschicklichkeit ausweichend, bis in die Mitte unseres Haufens, hoben ihre Speere zum Run und rissen dicht vor Hârut und Mârut ihre Pferde so scharf zurück, daß die Tiere fast auf die Hinterfesseln niederbrachen. Die Burschen sahen ausgezeichnet aus. Ihre Kleidung war leicht und ungewöhnlich. Sie trugen wildlederne, an Badehosen erinnernde Reithöschen, dazu Sandalen, und als Schmuck silberne Kettchen, die vom Nacken über Brust und Rücken herabhingen. Sonst nichts. Ihre Bewaffnung bestand aus einer langen Lanze und aus einem geraden Schwert mit Kreuzgriff, das an einem Riemen über der Schulter getragen wurde.

»Seid gegrüßt, Propheten des Kindes,« rief der eine aus, »wir sind Boten des Gottes Jana, der durch den Mund von Simba, unserem König, spricht«

»Sagt an, Verehrer des Teufels Jana, welches Wort hat Simba, der König, für uns?« antwortete Hârut

»Das Wort des Krieges, Prophet. Was tut ihr jenseits eurer südlichen Grenze, des Tavaflusses, hier im Gebiete der schwarzen Kendah? Ist das Land im Norden bis zu den Bergen und jenseits der Berge noch nicht genug für euch? Simba, der König, ließ euch wohl hinaus, in der Hoffnung, die Wüste würde euch verschlingen, aber zurückkehren läßt er euch nicht!«

»Wir werden sogleich wissen, woran wir sind«, antwortete Hârut drohend. »Es hängt vielleicht davon ab, ob das Kind des Himmels oder der Teufel Jana der Mächtigere im Lande ist. Wir vermeiden Blutvergießen, solange wir nur können. Deshalb liegt uns daran, euch zu erklären, Boten des Königs Simba, daß wir in friedlicher Absicht hier sind. Wir müssen die weißen Herren begleiten, die gekommen sind, dem Kind ein Opfer zu bringen. Und dies ist doch die einzige Straße, auf der wir sie zum Heiligen Berg geleiten können. Durch die Wälder und Sümpfe im Osten und Westen unseres Landes kommen Kamele nicht durch.«

»Und worin besteht das Opfer, das die weißen Männer dem Kind bringen wollen, Prophet? Oh! wir wissen es wohl! Habt ihr eure Magier, so haben wir erst recht unsere Magier. Das Opfer, das sie bringen wollen, ist Janas, unseres Gottes Blut! Um diesen zu töten, habt ihr diese Weißen mit ihren fremden Waffen hergebracht – als ob irgendeine Waffe der Welt Jana, den Gott, verwunden könnte! Liefert uns sofort diese weißen Männer aus, damit wir sie dem Gott opfern, mag sein, daß Simba, der König, euch unter dieser Bedingung durchläßt.«

»Warum sollen wir sie euch ausliefern?« fragte Hârut, »nachdem ihr selbst behauptet, daß die Weißen eurem Gott nichts tun können; was sie auch gar nicht beabsichtigen! Sie euch ausliefern, hieße sie von dem Teufel Jana in Stücke reißen zu lassen, und das wiederum hieße das Gebot der Gastfreundschaft brechen, denn sie sind unsere Gäste. Jetzt trollt euch zu Simba, eurem König, und sagt ihm, daß, wenn er nur einen Speer gegen uns aufhebt, der dreifache Fluch des Kindes ihn treffen soll, ihn und euch, sein Volk, der Fluch des Himmels durch Stürme und Feuer, der Fluch der

Hungersnot, der Fluch des Krieges! Ich, der Prophet, habe gesprochen. Verlaßt uns!«

Dieses Ultimatum, von Hârut mit hoheitsvoller Stimme verkündet und durch die wie auf Kommando erhobenen zweihundert Speere der Kamelreiter machtvoll unterstützt, schien tiefen Eindruck auf die Boten zu machen. Ihre Gesichter nahmen den Ausdruck abergläubischer Furcht an, und sie räumten fluchtartig den Schauplatz. Ohne eine Antwort zu riskieren, warfen sie ihre Pferde herum und galoppierten zu ihrer Hauptmacht zurück.

»Wir müssen kämpfen, Macumazana,« sagte Hârut, »und wenn wir leben wollen, auch siegen. Und wir werden siegen, das weiß ich.«

Dann gab er seine Befehle. Die Karawane formierte sich in keilförmiger Ordnung, etwa wie ein Zug von Wildgänsen. Hârut selbst postierte sich an der Spitze des Dreiecks. Ich, Hans und Mârut wurden etwa in der Mitte des linken, Ragnall und Wild uns gegenüber im rechten Flügel eingereiht. Die Lastkamele mit ihren Führern erhielten einen sicheren Platz im Raum zwischen den beiden Flügeln und wurden überdies durch eine starke Nachhut gesichert.

Die Vorbereitungen waren rasch beendet. Noch war keine Viertelstunde seit dem Wegritt der Boten vergangen, als sich Hârut dreimal gegen den Heiligen Berg zu verneigte, dann hoch in den Steigbügeln aufrichtete und, einen langen Speer über seinem Kopfe schüttelnd, ein einziges Wort ausrief:

»Zum Sturm!«

9. Kapitel
Allan wird gefangen

Die Attacke, die wir jetzt ritten, war aufregend und wundervoll. Die Kamele schienen trotz der langen Reise, die sie hinter sich hatten, etwas von der Begeisterung der Streitrosse des Buches Hiob geerbt zu haben, denn sie stürmten mit der Geschwindigkeit eines Eisenbahnzuges vorwärts. Wir fegten in musterhafter Ordnung über den Hügel. Ein Wald von langen Speeren funkelte über uns, und die kleinen Fähnchen an den Lanzen flatterten kampfesfreudig und herausfordernd. Schweigend rasten wir vorwärts. Nur das Poltern der Kamelhufe war zu hören und gelegentlich ein ärgerliches Gekreisch, wenn ein Reiter seinem Tier den Lanzenschaft zwischen die Rippen stieß. Im Moment aber, da der Kampf tatsächlich begann, stieg ein mächtiger Aufschrei wie aus einer einzigen Kehle zum Himmel empor:

»Das Kind! Tod dem Jana! Das Kind! Das Kind!«

Das geschah ein paar Minuten später. Wir waren unterdessen an den Feind herangekommen. Seine Fußsoldaten hatten sich in gedrängter Masse, sechs oder acht Glieder tief, im Zentrum formiert. Wie eine Mauer standen sie da in Erwartung unseres Angriffs, oder vielmehr, alle standen nicht. Die beiden vordersten Reihen knieten mit ausgestreckten Speeren. Als Flankendeckung, und zwar in einer Entfernung von ungefähr einer Viertelmeile, waren die Reiter der schwarzen Kendah postiert, in zwei Kolonnen von ungefähr gleicher Stärke geteilt und zusammen etwa hundert Mann stark.

Unmittelbar vor dem Zusammenstoß bog sich unser Dreieck ein wenig auseinander. Das war ein bewunderungswürdiges Manöver. Denn vorwärts stürmend bekamen wir die Fußtruppen dadurch in der Flanke zu fassen und rollten sie auf. Sie hatten gegen die Kamelreiter gerade so viel Aussichten wie ein Papierschirm gegen einen Taifun. Sie purzelten haufenweise übereinander, und die weißen Kendah spießten sie auf ihre Lanzen auf.

»Mir scheint, das Kind gewinnt das Rennen! Ich setze mein Geld auf das Kind«, dachte ich hingerissen und begeistert. Doch der Jubel war verfrüht. Diese schwarzen Kendah waren durchaus nicht erledigt. Denn mit einem Male sah ich ganze Trupps von ihnen zwischen den Kamelen auftauchen und die Tiere mit Speeren und Messern niederstechen. Auch ihre Reiterei griff jetzt ein. Nachdem unser Angriff zum Stocken gekommen war, stürzten Schwärme von kleinen Pferden über unsere Flanken her. Wir machten Front gegen sie und taten unser Bestes. Aber unsere beiden Flügel wurden mitten entzweigeschnitten, glatt über den Haufen gerannt, und es war ein Glück für uns, daß eben die unerhörte Wucht und Geschwindigkeit ihres Angriffs die schwarzen Kendah um die Früchte ihres Sieges brachte. Denn der Sturmangriff der beiden Schwadronen endete damit, daß sie ihre Pferde zum Stehen brachten, aufeinander prallten und, in ein wüstes Knäuel verwickelt, sich mitten zwischen uns am Boden wälzten. Im Moment hatten wir unsere Kamele herumgeworfen und fielen nun unsererseits über die durcheinanderwogende Masse her. Nach ein paar Minuten waren die meisten unserer Feinde gespeert und niedergetrampelt.

Ich sagte »wir«. Doch das war nicht richtig. Wenigstens was Mârut, Hans, mich selbst und noch etwa fünfzehn andere Kamelreiter betraf. Wie es geschah, weiß ich nicht. Aber auf einmal sahen wir uns von unserer Hauptmacht abgeschnitten und von Reitern der schwarzen Kendah umringt, die wütende Attacken gegen uns ritten. Wir wehrten uns mit dem Mute der Verzweiflung, aber unsere Kamele scheuten und verendeten unter den Speerstößen des Feindes – nur ein einziges, und zwar merkwürdigerweise Hansens Kamel, trug nicht eine einzige Verwundung davon –, wir übrigen wurden abgeworfen und setzten den Kampf, gedeckt von den Leibern der sich im Sande wälzenden Kamele, fort.

Bis zu diesem Augenblick hatte ich noch keinen Schuß abgefeuert. Jetzt allerdings war die Lage kritisch, und ich mußte um mein Leben kämpfen. Gegen mein Kamel gelehnt, das im Sterben den Kopf konvulsivisch auf den Boden schlug und grauenhaft stöhnte, leerte ich die Kammer des Repetiergewehrs mit dem Resultat, daß zwei Minuten später fünf reiterlose Pferde in die Steppe jagten.

Der Eindruck auf die anderen war ungeheuer. Augenscheinlich hatten unsere Angreifer noch niemals eine Feuerwaffe gesehen. Sie zogen sich entsetzt zurück und ließen uns für eine Weile in Ruhe. So hatte ich Gelegenheit, neu zu laden. Dann kamen sie wieder angestürmt, und die Dinge entwickelten sich in gleicher Weise. Wieder flogen fünf Mann aus den Sätteln, wieder zogen sie sich zurück. Jetzt berieten sie aufgeregt gestikulierend und stürmten zu einer dritten Attacke vor. Nochmals empfing ich sie nach besten Kräften. Aber diesmal fielen nur drei Mann und ein Pferd. Der fünfte Schuß ging glatt vorbei; denn sie kamen in solch gedrängtem Haufen, daß ich, um zum Schuß zu kommen, hin und her springen mußte.

Damit war das Spiel aus. Aus einem einfachen Grunde. Die Patronen waren mir ausgegangen. Allerdings hatte ich noch zwei Schuß in meiner doppelläufigen Pistole. Und jetzt kamen die Feinde zum viertenmal, doch diesmal in langsamerem Tempo. Unser Kamelreiterkorps war auf und davon gegangen. Es hatte sich wie ein Sichelwagen einen Weg durch die schwarzen Kendah gebahnt und stob jetzt in Karriere über die Steppe, die Packtiere in der Mitte, ohne von den Schwarzen verfolgt zu werden. Diese waren damit beschäftigt, unsere Verwundeten zu töten, ihre eigenen zu verbinden und wegzutransportieren und die Toten zu plündern. Kurz gesagt, die Unsrigen hatten uns, wenn auch vielleicht ganz unbeabsichtigt, im Stich gelassen.

Mârut trat dicht an mich heran, unverwundet, einen blutigen Speer in der Hand und auch jetzt noch sein ewiges Lächeln im Gesicht.

»Lord Macumazana,« sagte er, »mit uns ist's vorbei. Das Kind hat wohl die andern gerettet. Uns aber hat es verlassen. Was willst du jetzt tun? Dich selbst töten? Oder, wenn du's nicht tun willst, willst du es mir erlauben, dich zu töten? Oder willst du weiterschießen, bis du zur Ergebung gezwungen wirst?«

»Ich habe nichts, um damit weiter zu schießen,« antwortete ich, »aber wenn wir uns ergeben, was geschieht dann mit uns?«

»Wir werden nach Simbas Stadt gebracht und dort dem Teufel Jana geopfert – ich habe keine Zeit, dir zu sagen wie –, deshalb ziehe ich es vor, mich selbst zu töten.«

»Du bist töricht, Mârut. Wenn wir tot sind, sind wir für immer tot. Solange wir dagegen leben, besteht immer noch eine Möglichkeit, dem freundlichen Jana zu entgehen. Und für den allerärgsten Fall, für die allerletzte Sekunde habe ich hier eine Pistole mit zwei Kugeln, eine für dich, eine für mich.«

»Die Weisheit des Kindes ist in dir«, antwortete er. »Ich werde mich mit dir zusammen ergeben, Macumazana, und die Gelegenheit abwarten.«

Dann ging er zu seinen Leuten und erklärte ihnen, wie die Dinge ständen. Einen Augenblick lang sprachen sie alle gleichzeitig hastig aufeinander ein. Dann sonderten sich drei von ihnen aus irgendeinem Grunde ab und traten zu uns. Die andern gingen den sich jetzt nähernden Schwarzen mit demütig gesenkten Köpfen entgegen und taten so, als wollten sie sich ergeben. Etliche der Schwarzen stiegen von den Pferden, um sie zu fesseln – aber im gleichen Augenblick stürzten die weißen Kendah mit dem gellenden Schrei: »Das Kind!« wie Löwen auf die Schwarzen und mähten mit ihren Speeren und Messern zahllose der auf so etwas nicht vorbereiteten Feinde nieder. Über einem Haufen schwerverwundeter und toter Schwarzer brach schließlich der letzte unserer weißen Kendah unter den Speerstößen der erbitterten Feinde zusammen.

»Brave Leute!« sagte Mârut in ruhigem Ton, »nun, die sind jetzt schon in Frieden mit dem Kind Wir werden ihnen ohne Zweifel bald Gesellschaft leisten.«

Der wilde und tückische Angriff jener Verzweifelten war den Feinden teuer zu stehen gekommen. Rasend vor Wut drangen sie jetzt auf uns ein. Der ganze Haufen stürzte über uns her – und wir waren nur noch sechs Mann. »Jana! Jana!« brüllten ihre vor Wut und Blutgier weit aufgerissenen Münder – ich war auf das Letzte gefaßt. Da fiel hinter mir ein Schuß, und der Anführer der Schwarzen, ein alter Bursche mit grauem Wollbart und einem Gewirr funkelnder Silberketten auf der Brust, warf die Arme auseinander, ließ den Speer fallen, schlug vom Pferde herunter und war augenscheinlich tot. Ich warf einen Blick nach rückwärts. Hans, die Maiskolbenpfeife zwischen den Lippen und das kleine Gewehr »Intombi« an der Schulter, hockte vergnügt auf seinem Kamel. Er hatte vom Rücken des Tieres herabgeschossen, ich glaube zum ersten mal an jenem Tage. Und er hatte, sei es durch Zufall, sei es durch ausnahmsweise gutes Zielen, den Anführer getötet.

Sein plötzliches und unerwartetes Ende schien die Kendah schmerzlich zu bewegen. Unentschlossen hielten sie inne. Der Angriff kam zum Stehen. Sie umdrängten den Gefallenen. Ein wild aussehender Mann mit auffallend viel Silberschmuck auf dem Körper sprang vom Pferde, um den Gefallenen zu untersuchen.

»Das ist König Simba,« sagte Mârut, »und der Getötete ist sein Onkel Goru; der Hauptanführer der schwarzen Kendah.«

»Ich wünschte schon, ich hätte noch eine Patrone für den Neffen übrig«, antwortete ich, und dann rief Hans mir von seinem Kamel herab zu:

»Lebewohl, Baas, ich muß fliehen; ich kann ›Intombi‹ auf dem Rücken dieses störrischen Ziegenbockes nicht laden.«

Bevor ich noch eine Antwort herausbringen konnte, hatte er sein Kamel schon herumgezerrt und trieb es durch Schläge und Stöße des Gewehrkolbens zu einem unregelmäßigen, aber fördernden Galopp an. Nach einigen Sekunden war er, nur noch ab und zu wie ein hüpfender Affe über den Spitzen des hohen Grases auftauchend, in der Steppe verschwunden.

Ich weiß nicht, ob die Schwarzen sein Verschwinden überhaupt bemerkten, sie waren alle miteinander mit ihrem toten General beschäftigt.

Nach einer heftigen Debatte und vielem Gestikulieren schritt ein einzelner Mann aus ihrem Haufen heraus auf uns zu. Wieder trug er eine weiße Flagge in der

Hand. Daraufhin legte ich meine Büchse auf den Boden, zum Zeichen, daß auch ich bereit wäre, zu verhandeln. Daß ich gar nicht schießen konnte, weil ich keine Patronen mehr hatte, konnte er ja nicht wissen. Er kam bis auf wenige Meter heran und begann, zu Mârut gewendet:

»O zweiter Prophet des Kindes, dieses sind die Worte Simbas, des Königs: Ergebt euch, und ich schwöre, daß kein Speer durch eure Herzen getrieben wird und kein Messer euren Kehlen nahe kommt. Ihr sollt nach meiner Stadt gebracht und dort aufs beste gefüttert und als Gefangene gehalten werden, bis einmal wieder Frieden ist zwischen den schwarzen Kendah und den weißen. Wenn ihr euch weigert, dann werde ich euch umzingeln lassen, und ich werde mich auf euch werfen, wenn ihr schlaft oder schwach seid vor Hunger und Durst. Dies sind meine Worte, zu denen nichts hinzugefügt und von denen nichts hinweggenommen werden soll.«

Der Redner trat einige Meter zurück und wartete.

»Was willst du antworten, Lord Macumazana?« fragte Mârut.

Ich antwortete mit einer Gegenfrage: »Ist mit der Möglichkeit zu rechnen, daß wir von euren Leuten befreit werden?«

Er schüttelte den Kopf. »Nein. Was du heute gesehen hast, ist nur ein Bruchteil der Armee der schwarzen Kendah, ein Fuß- und ein Reiterregiment, die immer bereit stehen. Bis morgen werden Tausende unter die Waffen gerufen sein, viel mehr als wir jemals in offener Schlacht oder gar erst in ihren befestigten Plätzen zu besiegen imstande sind. Außerdem wird uns Hârut für tot halten. Rettet uns nicht das Kind selbst, sind wir unserem Schicksal verfallen.«

»Dann sitzen wir also tatsächlich in der Falle, Mârut, und tut der König, wie er sagt, fällt er bei Nacht über uns her, ist es mit uns allen aus. Außerdem habe ich schon jetzt Durst, und hier scheint es keinen Tropfen Wasser zu geben. Aber wird dieser König sein Wort halten? Gibt es nicht noch andere Wege, uns in die Gefilde des Todes zu schicken, als den der Gewalt?«

»Ich glaube, er hält sein Wort, aber er wird auch nicht mit sich handeln lassen. – Entscheide dich jetzt, denn siehe, sie fangen schon an, uns einzuschließen.«

»Was sagt ihr, Leute?« fragte ich unsere drei Genossen.

»Wir sagen, Lord, daß wir in der Hand des Kindes stehen. Aber trotzdem wünschten wir, wir wären mit unseren Brüdern gefallen«, antwortete ihr Sprecher mit fatalistischer Ruhe.

Ich wechselte noch ein paar Worte mit Mârut über die Modalitäten unserer Übergabe. Dann verbeugte sich dieser vor dem Parlamentär und sagte:

»Wir nehmen das Angebot Simbas an, trotzdem es für diesen weißen Herrn hier ein leichtes sein würde, den König dort, wo er steht, zu töten. Wir übergeben uns ihm als Gefangene auf seinen Eid hin, daß kein Leid geschieht. Wisse, daß in diesem Falle die Rache furchtbar sein würde. Zur Besiegelung des Paktes möge Simba herkommen und mit uns den Becher des Friedens trinken, denn uns dürstet.«

»Nicht so,« sagte der Bote, »dabei könnte jener weiße Herr den König mit seinem Rohre töten. Gib mir das Rohr, und Simba wird kommen.«

»Nimm es«, sagte ich, und ich übergab ihm die Büchse, die er mit äußerster Vorsicht anfaßte. Nichts ist weniger wert als ein Gewehr ohne Munition, dachte ich.

Das Gewehr in der ausgestreckten Hand und in tunlichstem Abstand tragend, entfernte sich der Herold des Friedens, und gleich darauf kam Simba selbst in Begleitung einiger Leute heran. Einer trug einen Wasserschlauch, ein anderer ein Trinkgefäß, aus dem Zahn eines Elefanten geschnitten. Dieser Simba war eine eindrucksvolle Erscheinung. Er trug einen großen Schnurrbart und an der Unterlippe ein kleines Bürstchen von Haaren wie ein Italiener. Seine Augen waren groß und dunkel, doch huschte hier und da ein unbestimmter Ausdruck von Tücke über sie hinweg. Er war nicht ganz so schwarz wie die meisten seines Gefolges; vielleicht hatte in früheren Generationen sich das Blut seines Geschlechts einmal mit dem der weißen Kendah gemischt. Er trug sein Haar lang, ohne Kopfbedeckung, nur durch ein schmales Goldband zusammengehalten. An seiner Stirn war eine große, weiße Narbe zu sehen, wohl eine Erinnerung an irgendeinen Kampf.

Er betrachtete mich eingehend und mit großer Neugierde, dann wandte er sich Mârut zu und sagte:

»Du, Prophet, mein Feind, hast die Bedingungen gehört und angenommen, die ich, Simba der König, gestellt habe. Ich wünsche kein Wort mehr darüber zu verlieren. Was ich versprochen habe, halte ich; was ich gebe, gebe ich, nicht mehr und nicht weniger, und sei es das Gewicht eines Haares.«

»So sei es, o König,« antwortete Mârut mit seinem verbindlichen Lächeln, »und bedenke, daß, wenn diese Bedingungen gebrochen werden, sei es im Wort, sei es im Geist – besonders im Geist! –, daß dann der vielfältige Fluch des Kindes auf dich und die Deinen fällt! Ja, und wenn du uns alle durch Verrat tötest, sein Fluch geht dennoch in Erfüllung!«

»Möge Jana das Kind und alle seine Anbeter zerstampfen«, rief der König offenkundig bestürzt aus.

»Einmal, o König, wird Jana das Kind und seine Anhänger vernichten – oder aber umgekehrt, das Kind Jana und alle Jana-Anbeter. Was geschehen wird, weiß nur das Kind allein – und vielleicht auch sein Prophet.«

»Ich komme, um den Becher des Friedens mit dir und dem weißen Herrn zu trinken, nachher mögen wir miteinander reden. Gib mir Wasser, Sklave.«

Ein Mann füllte den Elfenbeinbecher aus dem Ziegenschlauch mit Wasser. Simba nahm ihn, sprengte einige Tropfen auf den Boden und trank ein paar Schluck, wahrscheinlich um zu zeigen, daß das Wasser nicht vergiftet war. Ich beobachtete scharf seine Kehle, um zu sehen, ob er es auch wirklich hinunterschluckte. Dann übergab er mit einem kurzen Kopfnicken Mârut den Becher, der ihn mit einer tiefen Verbeugung an mich weitergab. Ich war so ausgetrocknet, daß ich gleich einen halben Liter auf einen Zug hinunterschüttete, und ich fühlte mich danach sofort wie neugeboren. Ich gab den Becher an Mârut zurück. Er trank den Rest aus. Dann wurde der Becher für unsere drei weißen Kendah gefüllt. Der König kostete wie zuvor, und Mârut und ich bekamen einen zweiten Becher. Als unser Durst gelöscht war, wurden Pferde herangeführt, fügsame kleine Tiere, mit Schaffellen statt der Sättel und mit Lederschlingen als Steigbügel. Wir stiegen auf, und drei Stunden lang ging es nun in scharfem Galopp über die Steppe. Eine starke Eskorte von Kendah umringte uns, und zur größeren Sicherheit lief noch ein mit einem kurzen Schwert bewaffneter Läufer uns zur Seite, der einen am Gebiß der Pferde befestigten langen Riemen in der Hand hielt. Unter diesen Umständen wäre jeder Versuch einer Flucht Wahnsinn gewesen.

Wir kamen an einigen Dörfern vorbei, wo Frauen und Kinder uns nachstarrten, dann führte die Straße quer durch mit Mais, Erdnüssen, Süßkartoffeln und anderen Feldfrüchten bebaute Felder, die alle kurz vor der Reife zu stehen schienen. Noch vor Ablauf der dritten Stunde erreichten wir einen großen Wald.

Gegen Abend erreichten wir eine große Lichtung von vielleicht vier oder fünf Meilen im Durchmesser.

Der Weg schlängelte sich nun durch die doppelt mannshohen Maisstauden hindurch. Und auf einmal standen wir vor dem breiten Wassergraben, der die Hauptstadt der schwarzen Kendah, Simba-Stadt, umgibt. Vier Brücken führten über den Graben, und durch ein verhältnismäßig schmales Tor in den starken Holzpalisaden gelangte man in die Stadt hinein.

Eine Torwache salutierte, dann nahm uns eine der Hauptstraßen auf. Die Häuser standen dichtgedrängt und zeigten – das fiel mir gleich auf – nicht die gewöhnliche Hüttenform der Negervölker, sondern sie waren aus Schlammziegeln errichtet und mit flachen Dächern aus einer Art Zement zugedeckt.

Jetzt standen dichtgedrängt Menschen auf den Dächern, uns mit großen Augen anstarrend. Sie mußten von der Schlacht und von den eigenen schweren Verlusten schon gehört haben; denn die Männer schüttelten drohend die Fäuste gegen uns, die Weiber kreischten Verwünschungen, und die Kinder steckten die Zungen heraus.

Nach etwa einer Viertelmeile stießen wir auf eine zweite Umzäunung aus Holzpalisaden und vor dieser noch auf eine Hecke aus grauweißen, mit langen Dornen bewehrten Büschen. Ein Tor tat sich auf und schloß sich wieder hinter uns; dann ging es durch gewundene, ebenfalls von Hecken eingefaßte Wege und nochmals durch mehrere Tore, und schließlich befanden wir uns auf einem mächtigen ovalen Platz, dem Marktplatz.

Eine hohe Umzäunung aus Schilf- und Binsengeflecht begrenzte das südliche Ende des Marktplatzes. Außerhalb dieser Umzäunung wurde uns bedeutet abzusteigen. Noch ein kleines Tor wurde passiert, und wir befanden uns einem großen Gebäude gegenüber, der königlichen Residenz, wie mir Mârut zuflüsterte. Dahinter lagen einige kleinere Häuser mit den Wohnungen der Königin und der Nebenfrauen. Rechts und links vom Hauptgebäude standen noch zwei andere fast gleich prächtige. In dem einen war die königliche Garde untergebracht, das andere war das Gästehaus, in das auch wir jetzt geführt wurden. Wir fanden hier eine ganz angenehme Unterkunft.

Die drei Kamelreiter wurden in einer der hinter dem Gästehaus liegenden Hütten einquartiert.

10. Kapitel
Der erste Fluch

Das nächste, woran ich mich erinnere, waren Sonnenstrahlen, die durch die Fensteröffnung auf mein Gesicht fielen. Ich verschränkte die Arme hinter dem Kopfe und lag noch eine Weile still da, um über alle Ereignisse des gestrigen Tages und über meine augenblicklich fast hoffnungslose Lage nachzudenken. Ich war also der Gefangene einer Horde erbitterter Wilden, die allen Grund hatten, mich zu hassen. Gut, der König hatte mir Sicherheit versprochen. Aber konnte ich dem Wort eines solchen Individuums vertrauen? Wenn nicht irgend etwas Unvorhergesehenes eintrat, waren meine Tage ohne Zweifel gezählt. Warum hatte ich mich aber auch in dieses Abenteuer eingelassen! Daß Ragnall und Wild entkommen waren, war der einzige Lichtblick. Jetzt mochten sie wohl meinen Tod betrauern, denn von meiner Gefangennahme wußten sie ja höchstwahrscheinlich nichts. Was würden sie nun, nachdem ihre Aufgabe unlösbar geworden war, unternehmen? Versuchen, aus dem Lande herauszukommen?

Dann war noch Hans da. Selbstverständlich würde er versuchen, den Rückweg zu erzwingen. Sein Kamel war gut, er hatte Gewehr und Munition, und er vergaß niemals einen Pfad, den er einmal begangen hatte. Es war also immerhin möglich, daß er sich durchschlug. Wahrscheinlicher aber war es, daß nach Verlauf etwa einer Woche ein paar Knochen mehr in der Wüste bleichten ... Armer, alter Hans!

Ich öffnete die Augen und blickte mich um. Das erste, was ich bemerkte, war, daß meine doppelläufige Pistole, die ich vor dem Einschlafen neben mich gelegt hatte, fort war. Ebenso mein großes Standmesser. Diese Entdeckung ermutigte mich nicht gerade; denn jetzt war ich wehrlos. Dann entdeckte ich Mârut. Er saß mitten in der Hütte auf dem Fußboden und starrte unbeweglich vor sich hin. Das ewige Lächeln war von seinem Gesicht verschwunden, und seine Lippen bewegten sich wie im Gebet.

»Mârut,« sagte ich, »während wir schliefen, ist jemand hier gewesen und hat meine Pistole und mein Messer gestohlen.«

»Ja, o Lord,« antwortete er, »und mein Messer auch. Ich habe sie kommen sehen, mitten in der Nacht, zwei Männer, die leise gingen wie die Katzen und alles durchsuchten.«

»Warum hast du mich dann nicht geweckt?«

»Was hätte das genutzt, Lord? Wenn wir uns gewehrt hätten, würden die beiden um Hilfe gerufen haben, und wir wären glatt ermordet worden. Es war am besten, sie die Waffen stehlen zu lassen. Und schließlich hätten sie uns hier doch nicht viel genutzt.«

»Die Pistole zu etwas Bestimmtem schon«, entwertete ich bedeutungsvoll.

»Ja,« nickte er, »aber wenn es zum Äußersten kommt, findet sich immer eine Gelegenheit zum Sterben.«

»Was meinst du, Mârut, gibt es keine Möglichkeit, Hârut und den anderen Kenntnis von unserer Lage zu verschaffen? Vielleicht mit Hilfe jenes Rauches, mit dem du uns damals in England Dinge zeigtest, die weit entfernt waren.«

»Der Rauch war eine Spielerei, Lord, ein harmloses Rauchpulver, das euer Bewußtsein für einen Augenblick umnebelte und euch zwang, Dinge zu sehen, die in unserem Gehirn waren. Wir malten die Bilder, die ihr saht. Außerdem habe ich von dem Zeug auch nichts hier.«

»So, so,« sagte ich, »also der alte Trick der Hypnotiseure! Damit ist es also auch nichts, und die anderen halten uns für tot. Also haben wir keine Hoffnung mehr außer auf uns selbst.«

»Oder auf das Kind«, bemerkte Mârut sanft.

»Höre einmal, Mârut!« sagte ich ärgerlich, »jetzt, nachdem du mir gerade erzählt hast, daß jene Rauchvision ein bloßer Gauklertrick war, erwartest du von mir, ich soll an euer unsinniges Kind glauben? Wer ist denn das Kind? Und, noch wichtiger, was kann es tun? Da es wahrscheinlich sowieso nicht mehr lange dauern wird, bis uns die Kehle abgeschnitten wird, kannst du mir ruhig die Wahrheit sagen.«

»Lord Macumazana, das will ich. Wer und was das Kind ist, kann ich nicht sagen, weil ich es selbst nicht weiß. Aber es ist unser Gott seit Tausenden von Jahren, und wir glauben, daß unsere Vorväter es einst, in grauen Zeiten, mit sich brachten, als sie aus Ägypten vertrieben wurden. Wir besitzen alte Manuskripte darüber, aber da wir sie nicht lesen können, sind sie für uns wertlos. Das Kind umgibt eine erbliche Priesterschaft,

Hârut – er ist in Wirklichkeit mein Onkel – ist ihr Oberpriester. Wir glauben daran, daß das Kind Gott ist, oder wenigstens ein Symbol, in dem Gott wohnt, und daran, daß es uns in dieser und in jener Welt retten und bewahren kann, und wir sind der Überzeugung, daß der Mensch eine unsterbliche Seele hat. Wir glauben auch daran, daß das Kind durch sein Orakel – durch seine Priesterin, die ›Wächterin des Kindes‹ genannt wird – die Zukunft voraussagen und Fluch oder Segen auf uns, und insbesondere auf unsere Feinde, bringen kann. Stirbt das Orakel, sind wir hilflos, denn dann hat das Kind keine ›Zunge‹ mehr, und dann kommt gewöhnlich Unglück über unser Volk. Das ereignete sich zuletzt vor mehreren Jahren, und da die letzte Zunge des Kindes kurz vor ihrem Tode erklärte, ihre Nachfolgerin wäre in England zu finden, machten mein Onkel und ich uns auf, als Gaukler verkleidet dorthin zu gehen und die Priesterin zu suchen. Wir hofften schon, das neue Orakel in der Dame gefunden zu haben, die Lord Igeza heiratete. Nach Afrika zurückgekehrt – nachdem ich dir schon soviel gesagt habe, will ich dir auch dieses noch verraten –«, und er starrte mir voll und gerade in die Augen, seine Stimme bekam einen harten, metallischen Klang, aber gerade deshalb überzeugte sie mich nicht, »fanden wir jedoch heraus, daß wir uns geirrt hatten. Denn das richtige Orakel, ein junges Mädchen aus dem Volke, wurde in unserem eigenen Lande gefunden und ist nun schon seit zwei Jahren Priesterin des Kindes. Ohne Zweifel war der Geist der letzten Wächterin des Kindes durch den nahen Tod getrübt, als sie von jener Frau in England sprach. Das ist alles.«

»Ich danke dir«, antwortete ich in dem Gefühl, daß es nutzlos wäre, irgendwelche Zweifel an der Wahrheit seiner Geschichte zu äußern. »Nun sei aber auch so gut und teile mir mit, wer und was der Gott der Schwarzen, jener Elefant Jana, ist. Ist der Elefant ein Gott, oder ist der Gott ein Elefant? Und was hat er eigentlich mit eurem Kind zu tun?«

»Lord, Jana repräsentiert unter uns Kendah das Böse, während das Kind das Gute verkörpert. Jana ist der, den die Mohammedaner Schaitan nennen und die Christen Satan und unsere Vorväter Set.«

»Ah,« dachte ich, »da haben wir Horus, das göttliche Kind, und Set, das böse Ungeheuer, die nach dem Glauben der Ägypter in aller Ewigkeit miteinander ringen.«

»Immer ist Krieg gewesen zwischen dem Kind und Jana,« fuhr Mârut fort, »also zwischen dem Guten und dem Bösen, und wir wissen, daß am Ende aller Dinge einer der beiden den anderen besiegen wird.«

»Das hat die Welt vom Anfang aller Dinge an gewußt,« unterbrach ich ihn, »aber wer und was ist dieser Jana?«

»Für die schwarzen Kendah, Lord, ist Jana ein Elefant oder jedenfalls das Symbol eines Elefanten. Und er ist ein schreckliches Ungetüm, dem Opfer gebracht werden müssen. Er tötet alle Menschen, die ihn nicht anbeten. Er lebt in jenem Walde dort, und die schwarzen Kendah verwenden ihn in der Schlacht; denn der Teufel, von dem er besessen ist, hört auf ihre Priester.«

»So, so, und ist dieser Teufel immer in demselben Elefanten?«

»Das kann ich dir nicht sagen, aber viele Generationen lang ist es so gewesen; denn wir erkennen ihn an seiner Gestalt und an der Tatsache, daß einer seiner Zähne nach unten gekrümmt ist.«

»Schön«, bemerkte ich. »Aber das alles beweist nichts; denn Elefanten leben oft genug länger als zweihundert Jahre. Außerdem nehmen sie, zumal wenn es sich um Einzelgänger handelt, oft bösartige und manchmal direkt unnatürliche Gewohnheiten an, worüber ich dir aus eigener Erfahrung einen ganzen Roman erzählen könnte. Hast du diesen Elefanten überhaupt jemals gesehen?«

»Nein, Macumazana«, antwortete er und schüttelte sich. »Hätte ich ihn je gesehen, wie könnte ich dann heute noch leben? Aber ich fürchte, ich werde ihn nur zu bald sehen müssen, und ich fürchte, ich nicht allein.« Und dabei sah er mich vielsagend an.

Unsere Unterhaltung wurde durch den Eintritt zweier schwarzer Kendah unterbrochen, die uns Frühstück brachten. Es bestand aus einem gekochten Huhn mit Maisbrei. Ich war jetzt nicht mehr so beunruhigt, da ich durch die Erzählungen Mâruts zu dem Schluß gekommen war, daß der schreckliche Teufelsgott der schwarzen Kendah einfach ein Einzelgängerelefant von ungewöhnlicher Größe und Wildheit sei, den ich unter andern Umständen mit dem größten Vergnügen über den Haufen geschossen hätte. Wir aßen jeder ein wenig und kletterten dann mit der Leiter aufs Dach hinauf. Auf dem Marktplatz war eine eigenartige Zeremonie im Gange. Bei der immerhin beträchtlichen Entfernung vermochten wir allerdings Einzelheiten nicht zu erkennen; denn mein Feldglas war, wie ich zu erwähnen vergaß, zusammen mit der Pistole und dem Messer gestohlen worden.

Ich fragte Mârut, was denn dort getrieben werde. Er antwortete mir:

»Sie befragen ihr Orakel; vielleicht darüber, ob wir leben oder sterben sollen, Macumazana.«

Plötzlich hörte die Sonne auf zu scheinen. Mit ungewöhnlicher Geschwindigkeit zogen grauschwarze Wolken herauf; in kurzer Zeit war der ganze Himmel bedeckt, und die Luft wurde fühlbar kühler, ja kalt. Mârut erklärte, daß solch eine Kühle und überhaupt Wolken am Himmel für diese Jahreszeit geradezu unerhört wären, zumal das Land kurz vor der Ernte stände. Auch die schwarzen Kendah schienen erstaunt und beunruhigt, und vom Dach aus sahen wir sie in Gruppen auf dem Marktplatz stehen, den Himmel anstarren und erregt miteinander disputieren.

Der Tag verging ohne weitere Zwischenfälle. Gegen Abend wurde uns Essen gebracht. Die Dunkelheit brach früher herein als gewöhnlich, und wir legten uns schlafen.

An den nächsten beiden Tagen geschah nichts weiter.

Und zum dritten Male brach die Dunkelheit herein. Wir verbrachten die Nacht wieder auf dem Dach, aber keiner von uns schlief. Es war zu kalt. Wir waren körperlich erschöpft und vor allem seelisch sehr deprimiert. Überdies schien die ganze Natur mit Unheil und Entsetzen schwanger zu gehen. Der Himmel sah aus, als wollte er die Erde verschlingen. Vom Mond war nichts zu sehen. Fahle Blitze durchzuckten den Horizont. Es war völlig windstill, und trotzdem schien es, als zittere ein dumpfes Murren in der Atmosphäre.

Und plötzlich brach das Unwetter los. Mit schreckenerregender Heftigkeit erhob sich ein Sturm. Eisige Kälte ließ uns zusammenschauern. Eine halbe Stunde lang raste der Orkan über das Land, dann zuckten Blitze auf. Bei ihrem Schein sahen wir die ganze Bevölkerung von Simbastadt auf dem Marktplatz versammelt.

Ein paar Minuten später krachte ein furchtbarer Donnerschlag. Der ganze Himmel war ein einziges Dröhnen und Widerhallen. In der nächsten Sekunde schlug etwas Hartes neben mir auf dem Dach auf und zersprang in kleine Stücke, und wieder einen Moment später bekam ich einen Schlag auf die Schulter, daß ich trotz meiner Deckenverpackung fast zusammenbrach.

»Die Treppe hinunter!« rief ich. »Sie steinigen uns«, und stürzte Hals über Kopf in die Dachluke hinein. Im nächsten Augenblick hatten wir uns in die entfernteste Ecke gedrückt. Die Steine prasselten zu Tausenden herab, fielen durch die Luke herein und sprangen polternd die Treppe hinunter. Ich zündete ein Streichholz an – daß ich davon und von meinem Plattentabak noch einen kleinen Vorrat hatte, war in diesen Tagen meine einzige Erleichterung –, und bei seinem Scheine sah ich, daß über Mâruts Gesicht Blut rann, und daß diese Steine große Eisklumpen waren, die ringsum wie lebende Wesen über den festgestampften Boden der Hütte sprangen.

»Hagelsturm!« bemerkte Mârut mit seinem gewöhnlichen Lächeln.

»Höllensturm!« antwortete ich; »denn wer hat jemals Hagel in dieser Größe gesehen.« Dann ging das Zündholz aus, und das Sprechen wurde im ununterbrochenen Rasseln und Dröhnen des Hagelwetters zur Unmöglichkeit. Und doch war mir, als hörte ich durch diese furchtbare Musik hindurch noch andere, noch entsetzlichere Töne, ein Geheul, als ob Hunderte von Menschen im Todeskampf lägen.

Ich schätze, daß diese Naturerscheinung etwa zwanzig Minuten lang anhielt. Langsam klärte sich der Himmel auf, und schließlich schien, still und klar, der Mond. Wir kletterten aufs Dach und sahen uns um. Der Zementboden war fast fußtief mit knirschenden Eisstücken bedeckt, und der Marktplatz und das ganze Land ringsum sahen im silbernen Mondlicht aus wie eine nordische Schneelandschaft.

Erstaunlich rasch schmolzen die Eismassen weg, und überall bildeten sich Wildbäche, die sich an Zäunen, Viehhürden und Hausmauern stauten, die Hindernisse schließlich über den Haufen rannten und Menschen, Vieh und Geräte in ihren zu Tal stürzenden Fluten mit sich rissen. Wild herumjagende Pferde, die sich aus ihren zerstörten Ställen befreit hatten, vergrößerten nur noch die allgemeine Verwirrung, und aus allen Vierteln der Stadt scholl Wimmern und Wehklagen von Verwundeten, die unter den teilweise eingestürzten Häusern begraben lagen. Auf dem Marktplatz konnten wir einzelne dunkle Haufen erkennen, wahrscheinlich verwundete und getötete Menschen, die sich vor den furchtbaren Geschossen des Himmels nicht rechtzeitig hatten in Sicherheit bringen können.

Erst am nächsten Morgen war das Unglück, das die schwarzen Kendah betroffen hatte, seiner ganzen Ausdehnung nach zu übersehen. Die Ernte hatte geradezu wundervoll gestanden, die umliegenden prangenden Felder hatten einem grünen, wogenden Meer von unendlicher Fruchtbarkeit geglichen. Aber jetzt, da die

Sonne aufging, war das Grün ringsum verschwunden, und nur schmutziggraue Massen Eis, gemengt mit Schlamm und zerfetzten Pflanzenresten, bedeckten den Boden. Auch im Wald war auf den Bäumen nicht ein einziges Blatt übriggeblieben; wie anklagend streckten sie ihre nackten Äste zum Himmel empor.

11. Kapitel
Jana

Niemand brachte uns an diesem Morgen Frühstück. Doch das machte nichts; denn wir hatten das gestrige Essen noch nicht berührt und sättigten uns jetzt daran. Dann statteten wir der Hütte, in der die Kameltreiber einquartiert gewesen waren, unseren täglichen Besuch ab. Ich sage, einquartiert gewesen waren, denn jetzt war die Hütte leer. Auch der letzte der armen Teufel war verschwunden wie seine beiden Kameraden vorher.

Beim Anblick der leeren Hütte stieg jäh tiefe Erbitterung in mir hoch.

»Sie haben alle drei ermordet!« sagte ich zu Mârut.

»Nein,« antwortete er mit liebenswürdiger Wortklauberei, »sie sind Jana geopfert worden. Nun sind wir an der Reihe, Lord Macumazana.«

»Schön,« rief ich aus, »ich hoffe, diese Teufel sind zufrieden mit der Antwort, die das Kind ihnen gegeben hat, und wenn sie versuchen, ihre teuflischen Pranken auch nach uns auszustrecken –«

»Dann werden sie ohne Zweifel noch eine Fortsetzung dieser Antwort bekommen, Lord Macumazana«, fiel Mârut ein; »aber die Frage ist die, ob das uns etwas helfen wird?«

Mit ohnmächtiger Wut im Herzen ging ich ins Haus zurück, ohne ihm eine Antwort zu geben. Da ging das Tor der Umzäunung auf, und Simba erschien, begleitet von den Priestern, die mehr oder weniger schwere, offenbar durch Hagelstücke verursachte Verletzungen aufwiesen. Bei ihrem Anblick vergaß ich meine Rolle. Ich hatte immer so getan, als verstünde ich ihre Sprache nicht. Jetzt aber trat ich ihnen wütend entgegen, und ehe sie nur ein einziges Wort sagen konnten, schrie ich sie an:

»Wo sind unsere Diener, ihr Mörder?« und ich schüttelte drohend die Fäuste, »habt ihr sie eurem Teufelsgott geopfert? Nun, dann schaut euch einmal die

Belohnung für euer Opfer an!« und ich deutete auf das verwüstete Land. »Wo ist eure Ernte? Sagt, wovon werdet ihr denn im Winter leben?« (Bei diesen Worten zuckten sie zusammen. Sie wußten nur zu gut, daß jetzt eine Hungersnot bevorstand.) »Warum haltet ihr uns fest? Wollt ihr darauf warten, bis wir euch noch schlimmeres Unglück auf den Hals schicken? Und wozu kommt ihr jetzt hierher, was wollt ihr von uns?« Ich schrie ihnen diese Worte rücksichtslos ins Gesicht und mußte jetzt Atem holen, um weitersprechen zu können.

»Großer Herr,« sagte Simba, »eure Magie ist stärker als die unsrige. Großes Unglück ist über unser Land gekommen. Viele hundert Leute sind tot, getötet durch die Eisensteine, die ihr herabgerufen habt. Unsere Ernte ist vernichtet, und wir haben nur noch wenig Mais von der alten Ernte in den Gruben. Aus dem Lande draußen kommen Boten herein und sagen uns, daß fast alle unsere Schafe und Ziegen und viele Stücke unseres Rindviehs erschlagen sind. Nicht lange, und wir alle werden verhungern.«

»Das und nichts anderes habt ihr verdient«, antwortete ich. »Nun – wollt ihr uns gehen lassen?«

Simba sah mich nachdenklich an, dann begann er mit einem der lahmen Priester zu flüstern. Er sprach zu leise, als daß ich etwas hätte verstehen können. Ich beobachtete die beiden. Simba nahm wieder das Wort:

»Wir hatten die Absicht, großer Herr, dich und den Priester des Kindes hier zu behalten als Geiseln, um euch gegen die Anhänger des Kindes auszuspielen. Jene sind unsere erbittertsten Feinde. Seit jeher haben sie uns ungerecht und übel behandelt, trotzdem wir stets getreulich den Pakt eingehalten haben, den unsere Großväter in vergangenen Tagen schlössen. Dennoch, da das Schicksal oder eure Magie zu stark für uns zu sein scheinen, habe ich beschlossen, euch gehen zu lassen. Heute abend, gegen Sonnenuntergang, werden wir euch auf die Straße bringen, die zur Furt des Tavaflusses führt, des Grenzflusses zwischen unserem Land und dem der weißen Kendah. Ihr könnt gehen, wohin ihr wollt Unser einziger Wunsch ist, eure Gesichter, die für unser Land so Übles bedeuten, niemals wiederzusehen.«

Bei dieser Nachricht hüpfte mir vor Freude das Herz im Leibe, aber äußerlich behielt ich meine zornige Miene noch weiter bei und fragte streng:

»Heute nacht? Warum erst heute nacht? Warum nicht sofort? Es ist für uns unnötige Erschwerung, den Fluß in der Nacht zu überschreiten.«

»Das Wasser ist jetzt niedrig, großer Herr, die Furt ist leicht zu finden. Außerdem würdet ihr sie, wenn ihr jetzt aufbrächet, erst gegen Abend erreichen, wenn ihr dagegen bei Sonnenuntergang abmarschiert, kommt ihr im Morgengrauen dort an. Und endlich können wir euch jetzt nicht hingeleiten; denn erst müssen unsere Toten begraben werden!«

Und ohne meine Antwort abzuwarten, verließ er, gefolgt von seinen Leuten, den Hof.

»Also heute abend werden wir frei sein!« sagte ich innerlich jauchzend zu Mârut.

»Ja, Lord«, antwortete er. »Aber warum lassen sie uns frei? Der Dämon Jana lebt in den Wäldern und Sümpfen des Travaflusses, und gerade bei Nacht streift er dort herum.«

Ich ließ mich auf keine Erörterungen ein und dachte mir nur, daß dieser mysteriöse, alte Einzelgänger vorläufig weit vom Schuß war, und daß es nicht allzu schwer sein dürfte, ihm aus dem Wege zu gehen.

Den ganzen langen Tag saß ich auf dem Dach oben und sah die schwarzen Kendah die durch den Hagel Getöteten fortschaffen und die schwersten Schäden an den Häusern ausbessern. Es wäre vielleicht vernünftiger gewesen, wenn ich mich durch ein paar Stunden Schlaf gestärkt hätte.

Endlich, in majestätischer Ruhe, verschwand der Sonnenball hinter dem dunkel-schattigen westlichen Walde, und pünktlich auf die Minute erschien Simba in Begleitung von etwa zwanzig berittenen und zwei ledigen Pferden vor unserem Tore. Die wenigen Vorbereitungen, die wir zu treffen hatten, waren längst erledigt. Mârut hatte einige Reste unserer Mahlzeiten in seine weiten Gewänder gesteckt, und kaum hatte Simba uns zugewinkt, waren wir schon zum Tore hinaus und auf den beiden ledigen Rossen. An dem menschenleeren Marktplatz vorüber ritten wir die nördliche Straße entlang.

Unter fast jeder Haustür standen dichtgedrängt Leute. Mit halblauter Stimme riefen sie Flüche und Verwünschungen hinter uns her, und ich habe selten einen wilderen Haß gesehen als auf diesen zahllosen schwarzen Gesichtern.

Verwunderlich war das allerdings nicht. Eine furchtbare Hungersnot stand bevor, ehe die neue Ernte hereingebracht war, und natürlich waren alle davon überzeugt, daß nur ich, der weiße Zauberer und Prophet des Kindes, dieses Unglück auf sie herabbeschworen hatte.

Einige Meilen hinter der Stadt verließ die Straße das kultivierte Gebiet und bog in den Urwald ein. Es war hier dunkel wie im Grabe; so dunkel, daß ich mich wunderte, wie unser Führer überhaupt den Weg fand.

Ein paar Stunden später hatten wir den Wald hinter uns. Der Mond ging gerade auf, und sein Licht beschien ein wildes Moorland, sumpfig und hier und da mit einzelnen düsteren Bäumen bewachsen. Ein Wildpfad kreuzte das öde Land. Hier hielt die Eskorte, und Simba, der König, sagte mürrisch:

»Steigt ab und geht eure eigenen Wege, böse Geister, die ihr seid. Wir haben in dieser Gegend, die von Dämonen bevölkert ist, nichts zu suchen. Folgt dem Pfade. Er führt zu einem See; geht um den See herum, und gegen Morgen werdet ihr den Fluß erblicken, hinter dem das Land eurer Freunde liegt. Mögen seine Fluten eure Gebeine davonschwemmen, denn wisset, hier ist einer, der diese Straße bewacht, einer, dem niemand gern begegnet«

Er hatte kaum gesprochen, da drangen seine Leute auf uns ein, rissen uns brutal von den Pferden herunter und stießen uns hinweg, daß wir strauchelten und hinfielen. Dann sprangen sie auf ihre Pferde und waren im nächsten Augenblick im Dunkel des Waldes verschwunden.

»Was nun, Freund Mârut?« fragte ich.

»Vorwärts gehen, Lord; denn wenn wir hier bleiben, werden Simba und seine Leute morgen zurückkommen und uns töten. Einer von ihnen hat mir das gesagt.«

»Dann voran, Macduff«, rief ich aus und schritt entschlossen vorwärts. Trotzdem er Shakespeare sicherlich niemals gelesen hatte, verstand mich mein Gefährte und folgte.

»Was meinte Simba mit den Worten, ›es ist einer auf der Straße, dem niemand gern begegnet‹« fragte ich über die Schulter zurück, als wir etwa eine Meile hinter uns hatten.

»Er meinte den Elefanten Jana, Lord«, antwortete Mârut mit einem furchtsamen Seufzer.

»Dann hoffe ich, daß Jana verreist ist. Fasse Mut, Mârut. Es ist unwahrscheinlich, daß wir hier, in einer so weitläufigen Gegend, einem einzelnen Elefanten begegnen.«

»Außer Jana streifen hier noch viele Elefanten herum, Lord,« und er wies auf den Boden, »sieh hier die Fährten! Die Leute sagen, daß aus weiter Entfernung alle Elefanten an das Ufer dieses Sees kommen, um hier zu sterben, und hier, dies ist die Straße, auf der sie dem Tode entgegengehen, eine Straße, die kein lebendes Wesen betreten darf.«

Ich gab keine Antwort, denn ich war damit beschäftigt, den Boden zu untersuchen. Mârut hatte recht. Diesen Pfad waren schon viele Elefanten geschritten, einer erst vor wenigen Stunden.

Zwei Stunden marschierten wir in tiefem Schweigen dahin. Das einzige Lebendige in dieser Einöde war eine große Eule, die ein paarmal rund um unsere Köpfe segelte, um dann auf leisen Schwingen in unserer Richtung davonzufliegen.

»Diese Eule«, sagte Mârut, »war eine von ›Janas Kundschaftern‹, die ihm Nachricht bringen, wenn ein lebendes Wesen sein Gebiet betritt.«

»Blödsinn«, murmelte ich und stapfte weiter; aber ich war froh, daß von der Eule nichts mehr zu sehen war; unter gewissen Umständen steckt Angst an.

Von dem höchsten Punkt eines Hügels hielt ich Ausschau. Und da, uns zu Füßen, lag die wildeste, ödeste Szenerie, die meine Augen jemals gesehen hatten. Und dennoch hatte ich sie schon einmal gesehen. Damals auf Schloß Ragnall! Kein Zweifel, das war dieselbe Landschaft! Dort lag der schwarze, melancholische See, eine schwach schimmernde Fläche, dessen stille Wasser ein Binsengürtel umgab. Dort hinten bildete ein tropischer Forst die tiefschwarze Uferlinie, und dort, östlich vom See, dehnte sich das steinige Plateau aus.

Dieser Anblick erfüllte mich mit einem aus dumpfer Verwunderung und unbestimmter Furcht gemischten Gefühl. Ich hatte Angst, mich den Ufern des Sees zu nähern, weil ich daran dachte, daß in jener Vision das letzte Bild vor mir nicht aufgerollt worden war. Unruhig blickte ich hin. Gingen wir links am See vorbei, so gerieten wir in den Wald. Und hier mußten wir uns unrettbar verirren. Das rechte Ufer des Sees wiederum war mit Felsblöcken übersät, zwischen denen riesige Dornbüsche und langhalmige Gräser wuchsen. Hier vorwärtszukommen, schien für Fußgänger unmöglich. In der aus unbestimmter Furcht entstandenen Absicht, unter derartigen Umständen einen anderen Weg ausfindig zu machen, blickte ich zurück. Und da, in einer Entfernung von etwa dreihundert Schritten, hinter einer niedrigen struppigen Mimose, zwischen deren Zweigen eine Aloe wuchs, erblickte ich etwas Schlankes, Braunes, was sich in die Luft erhob und dann wieder hinter dem Gebüsch verschwand, etwas, was dem Rüssel eines Elefanten verzweifelt ähnlich sah. Da ergriff mich der Mut der Verzweiflung. Darauf gefaßt, nun auch dem Schlimmsten ins Auge zu sehen und damit fertig zu werden oder unterzugehen, fing ich an, in der Richtung auf den See davonzulaufen.

Zehn Minuten Laufen brachten uns an das Ufer. Der Nachtwind flüsterte im Ried, als wäre es von lebendigen Wesen bevölkert. Wohin ich auch blickte, überall ragten dunkle, seltsame Gebilde aus dem Schilf und den Binsen empor, Kadaver toter Elefanten. Über manche wucherten dicke, jahrzehntealte Moospelze. Hier und da schimmerten im Mondlicht gebleichte Knochen. Hier, innerhalb eines Radius von etwa einer Viertelmeile, lag genug Elfenbein, um einen Bettler zum Krösus zu machen. Dieser Gedanke gab mir neuen Willen zum Leben. Wenn ich aus dieser verzweifelten Situation nur erst einmal mit heiler Haut herauskam – dann wollte ich zurückkehren und mir dieses Elfenbein holen! Also mußte ich eben herauskommen! Irgendwie mußte es möglich sein!

Plötzlich vergaß ich das Elfenbein. Denn da, vor mir, gerade dort, wo er zu stehen hatte, genau so, wie ich ihn in jenem Traumbild gesehen hatte, stand ein sterbender Elefantenbulle, ein hageres, uraltes Tier, dessen Leben nur mehr nach Minuten zählte. Er blickte um sich, als suche er eine gute Lagerstätte, jetzt schien er sie gefunden zu haben; er schritt hin, stand still und schaukelte wohl eine Minute lang hin und her. Dann hob er den Rüssel und trompetete dreimal schrill auf. Das war sein Schwanengesang. Er sank langsam in die Knie, streckte den Rüssel aus, die Enden der abgenutzten Zähne berührten den Boden, und er verendete.

Weiter schweifte mein Blick. Und richtig, etwa fünfzig Meter hinter dem toten Bullen erhob sich ein runder, felsiger Hügel. Ich starrte hin in Erwartung von etwas Bestimmtem und – siehe, über dem oberen Rande des Hügels, stumm und riesengroß, wuchs eine graue Gestalt aus dem Nachthimmel auf! Scharf und klar hob sie sich gegen den Sternenhintergrund ab: es war der dämonische Elefant aus meiner Vision.

Himmel, welch ein Ungetüm! Er schien um die Hälfte größer als der größte Elefant, den ich jemals in meinem Leben gesehen hatte. Er schien ungeheuer, unirdisch; vielleicht der letzte Überlebende einer Art, die noch vor der Sintflut geblüht hatte. Furchtbare Narben bedeckten seine grauschwarzen Flanken. Der eine seiner kolossalen Zähne schimmerte im Mondlicht Der andere war etwa in halber Länge abgebrochen. Der Stumpf war seltsamerweise nach abwärts und nicht nach aufwärts gebogen.

Ich warf mich hinter einem verfilzten, mit Moos und Farnen bewachsenen Skelett eines Elefanten zu Boden und beobachtete das Ungeheuer, fasziniert von seiner Erscheinung und mit dem heißen Wunsch im Herzen, eine Elefantenbüchse zur Hand zu haben. Mârut, ein paar Schritte hinter mir, hatte sich ebenfalls auf den Boden niedergeworfen.

Jetzt, nachdem er noch eine Weile die Luft mit dem Rüssel geprüft hatte, trabte der Gigant gemächlich den Hügel herab und auf den zuletzt angekommenen Elefanten zu. Dieser war doch noch nicht ganz tot. Denn als die Riesengestalt Janas zu ihm hintrat, reckte der Sterbende den Rüssel hoch, als wollte er den riesigen König seines Geschlechtes zärtlich begrüßen. Doch kraftlos, mit einem dumpfen Krach fiel der Rüssel zu Boden, und jetzt wurde eine Szene aus der Vision grausige Wirklichkeit; Jana warf den Sterbenden über den Haufen, rollte den Körper auf dem Boden hin und her – dann blieb er bewegungslos und wie in tiefem Nachdenken versunken neben dem jetzt endgültig Verendeten stehen.

Folgendes geschah: Jana stand immer noch bewegungslos. Ich muß erwähnen, daß der Wind von vorne auf mich zukam, also aus einer Richtung, die, wie ich mit meinem Jägerinstinkt sofort witterte, günstig für uns war. Die Brise war sehr schwach, nur ab und zu traf ein leiser Hauch meine schwitzende Stirn.

Doch jetzt wollte es ein tückisches Schicksal, daß, kaum spürbar, ein schwacher Windstoß hinter uns aufsprang. Ich fühlte ihn in meinen feuchten Nackenhaaren spielen. Im gleichen Augenblick kam ein leises Scharren von Jana her, und ich erkannte mit Grauen, daß mit einem Male jede Spur Nachdenklichkeit von ihm gewichen war; er war jetzt nichts als gespannteste Aufmerksamkeit; er stand da, jedes Glied gestrafft, den Kopf erhoben wie ein Terrier, der eine Ratte wittert. Seine ungeheuren Ohren standen breit und unbeweglich vom Kopfe ab; ein mächtiges Zittern lief über seinen riesenhaften Körper, und der gewaltige Rüssel schnüffelte, steil emporgereckt, in der Luft.

»Gütiger Himmel!« dachte ich, »er hat uns gewindet!« Ich atmete auf, als im nächsten Augenblick ein neuer Windstoß uns wieder von vorne traf; ich hoffte,

Jana würde zu der Überzeugung kommen, sich geirrt zu haben.

Doch den Gefallen tat er mir nicht! Jana war ein viel zu alter Bursche, um sich zu irren. Er grunzte, setzte sich umständlich in Bewegung wie ein Güterzug und kam in entsetzlich federndem, wiegendem Gange auf uns zu. Sein Rüssel war überall. Er schnüffelte am Boden, schnüffelte in der Luft, schnüffelte zur Rechten, zur Linken und sogar gegen den Himmel hinauf, als könnte von dort oben Witterung kommen.

Etwas wie Neugierde erfüllte mich, was jetzt geschehen würde. Da hörte ich die flüsternde Stimme Mâruts neben mir.

»Die Priester haben Jana befohlen, uns zu töten; die nächsten Augenblicke werden unsere letzten sein«, wisperte er ganz schnell. »Bevor ich sterbe, will ich dir sagen, daß die weiße Dame, das Weib des Lord –«

»Still!« zischte ich, »er wird dich hören«, denn in jener Sekunde hatte ich nicht das leiseste Interesse für irgendeine Dame auf der ganzen Welt.

In der Tat – Jana hatte uns gehört! So schwach das Flüstern auch gewesen war, in der Stille der Nacht war es seinen fast übernatürlich scharfen Sinnen nicht entgangen. Er brauste heran mit der Geschwindigkeit und Wucht eines Schnellzuges, den Rüssel gerade vorgestreckt. Sechs Meter vor uns blieb er stehen und schnüffelte wie zuvor.

Das war zuviel für den armen Mârut! Er sprang auf und begann um das liebe Leben zu rennen. Er floh dem See zu, um sich schwimmend zu retten. Wie er rannte! Hinter ihm her Jana, pfeifend und schnaubend wie eine Schnellzuglokomotive und auch mit derselben Geschwindigkeit. Mârut erreichte den See etwa zehn Meter vor seinem Verfolger. Mit einem Aufklatschen sprang er hinein und schwamm davon.

»Wenn ihn die Krokodile nicht schnappen, hat er jetzt Aussichten,« dachte ich, »jenes Teufelsvieh wird ihn kaum im Wasser verfolgen.« Aber gerade hierin irrte ich mich. Denn wie ein niederstürzender Felsen platschte Jana ebenfalls ins Wasser hinein; und er war, wie ich sofort konstatierte, bei weitem der bessere Schwimmer. Mârut bemerkte es und bog sofort scharf ab, dem Ufer zu. Bei diesem Manöver gewann er einen Meter; denn er konnte rascher wenden als Jana.

Die Jagd kam zurück, Jana dicht hinter Mârut. Zwei- oder dreimal schlug er mit dem Rüssel nach ihm, doch ohne zu treffen. Sie landeten, Mârut verschwand zwischen den Felsen, bog mit der Geschwindigkeit eines verfolgten Hasen rechts und links und wieder rechts um und hielt zu meinem Entsetzen ungefähr Richtung auf mich, ich weiß nicht, ob durch Zufall oder in der irrsinnigen Hoffnung, bei mir Schutz zu finden.

Auf einmal, nur wenige Schritte von mir entfernt, gab Mârut das Rennen auf. Er machte kehrt und sprudelte heulend, aber mit unglaublicher Geschwindigkeit, eine Anzahl Worte heraus, wahrscheinlich Flüche und Verwünschungen, von denen ich nur zwei verstehen konnte: »Das Kind.«

Und merkwürdigerweise schien diese Wortkanonade auf das wütende Ungeheuer Eindruck zu machen. Er stoppte seinen Lauf, rutschte noch einige Meter weiter, stand still. Dann griff er plötzlich an!

Ich schloß sekundenlang die Augen. Als ich sie wieder öffnete, sah ich Mârut in die Luft emporgeschleudert. Es kam mir vor, als würde er niemals wieder herunterkommen, aber schließlich fiel er mit einem dumpfen Schlag nicht weit von mir nieder. Jana schritt zu ihm hin, hob ihn, jetzt vollkommen ruhig geworden, auf, und gelassen den Toten in dem pendelnden Rüssel leise hin und her schwenkend, trug er ihn direkt auf den Felsblock zu, hinter dem ich lag, und legte ihn darauf nieder. Ich glaube, er hatte mich die ganze Zeit über gesehen oder gewittert.

Lange, lange, mir schienen Jahrhunderte zu vergehen, stand er über mir und beobachtete mich. Das Wasser des Sees rann von seinen gewaltigen Flanken und seinen großen Ohren herab und tropfte mir auf den Rücken. Wäre das nicht gewesen, ich hätte sicherlich vor Entsetzen das Bewußtsein verloren. So tat ich das einzige, was mir zu tun noch übrigblieb – ich stellte mich tot. Vielleicht würde dieses Monstrum einen Toten in Ruhe lassen. – – Aber aus einer Ecke meines Auges hinaufschielend, sah ich noch ihn eine seiner ungeheuren Vordersäulen hochheben – –

»Nun, gute Nacht, o Welt«, dachte ich. Der Fuß senkte sich wie ein Dampfhammer, stoppte aber, als er meinen Rücken berührte, glitt über meinen Körper hinweg und wurde neben mich niedergesetzt. Jana schien auf etwas anderes verfallen zu sein. Äußerst behutsam legte er den Körper Mâruts neben mich, rollte sodann seinen mächtigen Rüssel auf und begann mich am ganzen Körper abzutasten.

Langsam fuhr der Rüssel meinen Rücken herunter bis an die Hüfte, und hier zwickte er mich – ich nehme an, um sich zu vergewissern, ob ich wirklich tot oder mich nur so stellte. Es war ein äußerst schmerzhaftes Kneifen, etwa wie von einer Zange, und so scharf, daß er ein Stück aus dem starken Stoff meiner Hose riß, von dem gleichgroßen Fetzen Haut zu schweigen. Das schien ihn in Erstaunen zu versetzen, denn er bog das Ende des Rüssels aufwärts und legte den Kopf auf die Seite, als wolle er das Herausgerissene im Licht des Mondes betrachten.

Wenn er jetzt Blut daran sah, war alles vorbei! – Ich sandte ein Stoßgebet zum Himmel, mich vor diesem furchtbaren Ende zu bewahren – und im gleichen Augenblick wurde es erhört!

Gerade als Jana, wahrscheinlich unzufrieden mit der Inspektion, die Ohren ausbreitete, eine Bewegung, die Elefanten tun, wenn sie gereizt sind oder angreifen wollen, fuhr der laute, scharfe Knall einer Büchse, die nur wenige Meter von mir entfernt abgefeuert wurde, durch die Luft. Aufblickend sah ich einen Blutstrom aus dem linken Auge des Ungetüms schießen, wo wahrscheinlich die Kugel eingedrungen war. Er fühlte mit dem Rüssel nach dem Auge, stieß ein schmerzvolles Kreischen aus, warf sich herum und polterte davon wie ein Expreßzug.

12. Kapitel
Die Hetzjagd

Ich mag ein oder zwei Minuten lang besinnungslos gelegen haben. Plötzlich hörte ich Hansens schimpfende Stimme.

»Wenn du noch lebst, Baas, so ist es angebracht; daß du bald aufwachst. Ich habe Itombi zwar wieder geladen, aber sie ist zu klein, um Jana zu töten, wenn er zurückkommt. Und er wird zurückkommen, wenn er merkt, daß er mit dem einen übriggebliebenen Auge immer noch genug sieht, um uns zu finden.«

Ich richtete mich auf und starrte den Redenden an. Ja, es war kein Zweifel, das war Hans. Er sah aus wie gewöhnlich, nur war er noch schmutziger als sonst.

»Hans,« sagte ich mit hohler Stimme, »was zum Teufel machst du hier?«

»Dich vom Teufel retten, Baas«, antwortete er prompt. Dann lehnte der alte Bursche das Gewehr gegen einen Stein, kniete neben mich hin, schlang die Arme um meine Schulter und fing an zu schluchzen wie ein Mädchen.

»Gerade zur rechten Zeit, Baas! Denn wie gewöhnlich hat Hans alles verkehrt gemacht – ich werde es dir nachher erklären, Baas. Aber ich kam doch noch zur rechten Zeit. Wenn ich noch einen einzigen Augenblick gezögert hätte, würdest du jetzt so breit sein wie meine Nase. Doch jetzt komm rasch. Ich habe mein Kamel hier; es kann zwei tragen. Vier Tage Ruhe hat es gehabt und mächtig viel zu essen bekommen; es ist fett und stark geworden. Hier spukt es, Baas, und jener König der Teufel, der Jana, wird hinter uns her sein, sobald er das Blut aus seinen Augen gewischt hat und wieder sehen kann.«

Mir war nicht zum Sprechen zumute. Mein Blick ruhte auf dem armen Mârut, der neben mir lag, als schliefe er.

»Oh, Baas,« sagte Hans, »bekümmere dich nicht um ihn, sein Genick ist zerbrochen, und er ist vollständig tot. Es ist aber gut so,« fügte er in freudigem Tone hinzu, »denn das Kamel hätte nicht drei tragen können. Außerdem ist es möglich, daß Jana zurückkommt und mit ihm spielt, anstatt uns nachzujagen.«

Armer Mârut! Das war sein Requiem, gesungen von einem alten Hottentotten. – –

Mit einem letzten Blick auf den Unglücklichen, zu dem ich in der schweren Zeit unserer Gefangenschaft eine Art Zuneigung gefaßt hatte, nahm ich den Arm des Hottentotten. Schwer auf seine Schulter gelehnt – denn ich war nach der überstandenen Todesangst an allen Gliedern wie zerschlagen –, suchten wir unseren Weg durch Gestrüpp, Steine und verwitterte Elefantenskelette zu dem Platz, wo Hans das Kamel angebunden hatte.

Auf dem Wege erzählte mir Hans mit kurzen, aber klaren Worten, was er inzwischen erlebt hatte. Nachdem ihm der Treffer auf den Kendahgeneral geglückt war, kam dem alten, schlauen Fuchs der Gedanke, es könnte uns von größerem Nutzen sein, wenn er sich nicht mit uns gefangennehmen lasse. So machte er sich davon und versteckte sich in den Büschen des Hügelabhanges. Beim Scheine des Mondes spürte er dann unsere Fährten aus, folgte uns und entdeckte in der Nähe von Simba-Stadt eine Höhle, in der er sich und sein Tier verbarg. Tagsüber saß er auf einem hohen Baum, von dem aus er alle Vorgänge in der Stadt beobachtete, und nachts weidete er sein Kamel auf den Maisfeldern der Schwarzen. Von hier bezog er auch seinen Proviant in Gestalt von Maiskolben und Kürbissen, von denen er auch eine genügende Menge als Vorrat in seinen Satteltaschen verstaute.

So war er auf dem laufenden über alles, was geschah. Das Hagelwetter überstand er mit seinem Kamel in der Höhle, ohne Schaden zu nehmen. Am nächsten Abend beobachtete er dann, wie Mârut und ich von den Kendah weggebracht wurden. In einigem Abstand war er uns gefolgt bis zu der Stelle im Walde, wo die Schwarzen uns die Pferde wegnahmen. Daraufhin verbarg er sich seitwärts im Wald und wartete den Abzug der Eskorte ab. Die Leute hatten sich noch eine Zeitlang über den Fall unterhalten, hatten uns Flüche und Verwünschungen nachgeschickt, und aus ihren Gesprächen hatte er entnommen, daß sie der Überzeugung waren, Jana, ihr Gott, würde das Unglück seines Volkes an uns beiden Schuldigen schon rächen.

Er war dann hinter uns hergelaufen und hatte uns aus der Ferne zum Seeufer hinunter marschieren und hatte auch den Angriff Janas mitangesehen. Daraufhin war er vorwärts gekrochen in der verzweifelten Hoffnung, durch einen Schuß aus dem kleinen Gewehr den Riesen vielleicht lahm schießen zu können. Er war gerade im Begriffe, abzudrücken, als Mârut aufsprang und das Rennen um sein Leben begann. So schnell er konnte, war er dann weitergekrochen, um mich zum Kamel zu führen, und er war nur noch wenige Meter hinter mir, als die wilde Jagd zurückkam und Mârut vor seinen Augen getötet wurde.

Von diesem Augenblick an wartete er auf eine Gelegenheit, Jana an der einzigen Stelle zu treffen, wo noch eine kleine Chance war, ihn mit der Kugel nennenswert verletzen zu können, nämlich im Auge. Mit unendlicher, bewunderungswürdiger Geduld und Ruhe wartete er auf diese Gelegenheit, wohl wissend, daß Leben oder Tod davon abhing, ob er im richtigen Zeitpunkt eingriff.

Die Chance kam, das Auge der Bestie war im klaren Licht des Mondes für einen Moment sichtbar, und Hans, der auf kurze Entfernungen immer ein recht guter Schütze gewesen war, feuerte und traf. Die Kugel drang nicht bis ins Gehirn; sie hatte dazu nicht genug Durchschlagskraft, aber sie zerstörte das linke Auge und verursachte Jana solchen Schmerz, daß er eine Weile lang alles um sich herum vergaß und schleunigst die Flucht ergriff.

Nachdem ich aus einer Blechflasche, die Hans aus der Satteltasche holte, einen Schluck Brandy genommen hatte, bestiegen wir das Kamel. Trotzdem er Alkoholika leidenschaftlich liebte, hatte der alte Kerl es fertig gebracht, die Flasche unberührt zu lassen, in der schwachen Hoffnung, ihr Inhalt könnte einmal mir, seinem Herrn, von Nutzen sein. Der Hottentott nahm in seiner gewöhnlichen Affenstellung den Vordersitz ein und lenkte das Kamel. Ich setzte mich hinter ihn auf ein paar Schaffelle, die glücklicherweise weich und dick waren; denn Janas Kneifen war ziemlich schmerzhaft ausgefallen.

Im Anfang ging es wegen der Beschaffenheit des Bodens sehr langsam vorwärts. Jenseits des Hügels jedoch machten wir schon bessere Fortschritte. Bald hatten wir den See und den Friedhof der großen Tiere hinter uns gelassen, und ich hoffte von Herzen, daß ich es nie wieder nötig haben würde, einen Blick dorthin zu werfen.

Der Pfad lief jetzt in sanfter Steigung aufwärts, und wir erreichten den höchsten Punkt des Hügelrückens ohne weitere Zufälle.

Vor uns breitete sich eine sandige, stellenweise mit kurzem Gras bewachsene Ebene aus, und zu unserer unbeschreiblichen Freude, kaum zehn Meilen entfernt, am Fuße eines sanft ansteigenden Hügels, leuchtete das breite, im Mondlicht glitzernde Band des Tavaflusses. Wir stoben darauf zu und hatten etwa eine Viertelmeile zurückgelegt, als ich, durch irgendein unsagbares Gefühl veranlaßt, mich im Sattel umdrehte und rückwärts blickte.

Gütiger Himmel! Auf dem Kamm des Hügels, die mächtigen Umrisse klar erkennbar, stand Jana mit hocherhobenem Rüssel. Im nächsten Augenblick erreichte uns ein schmetternder, trompetenartiger Ton, den er ausstieß, sein wütender Kampfschrei.

»Allemagte! Baas,« sagte Hans, »der alte Teufel kommt, um nach seinem verlorenen Auge zu suchen, und er hat uns mit dem übriggebliebenen erspäht; er ist uns auf unserer Spur nachgekommen.«

»Vorwärts!« antwortete ich, und schlug dem Kamel die Hacken in die Rippen.

Dann begann die Hetzjagd.

Meile um Meile fegten wir über die Ebene. Doch wir fegten leider nicht allein dahin; denn hinter uns her kam Jana wie ein Kreuzer hinter einem Kanonenboot, und was das Schlimmste war, so schnell wir auch dahinjagten, Jana war doch noch etwas schneller. Von je hundert zurückgelegten Metern gewann er zwei oder drei. Eine Meile vor dem Flußufer hatte er uns bis auf ungefähr zweihundert Meter eingeholt.

»Wir entgehen ihm, Hans«, sagte ich, das Auge sehnsüchtig auf den breiten Fluß gerichtet, dessen Wasser dicht vor uns schimmerte.

»Ja, Baas«, antwortete Hans, einen zweifelnden Ton in der Stimme. »Dies ist ein sehr gutes Kamel, Baas, es läuft so schnell, daß alle meine Eingeweide durcheinander geschüttelt sind.«

Als wir endlich das Wasser erreichten, war Jana keine zehn Meter mehr hinter uns. Das Kamel fing an, beim Anblick des gischtenden Wassers wie ein Maultier zu bocken, und weigerte sich für einen Augenblick, vorwärtszugehen. Glücklicherweise stieß Jana im selben Moment nochmals sein erzengelhaftes Trompetengeschrei aus, das unser Tier sofort wieder in Bewegung setzte. Anscheinend fürchtete es sich vor Elefanten doch noch mehr als vor Wasser.

Wir plumpsten in den Fluß hinein und hinter uns her Jana. Das Wasser spritzte hoch auf und durchnäßte uns bis auf die Haut. Er war jetzt bis auf fünf Meter herangekommen, da drehte ich mich um und feuerte mit dem kleinen Gewehr auf ihn. Ob ich ihn getroffen habe oder nicht, kann ich nicht sagen, aber er stockte wenigstens für einen Moment, vielleicht weil er sich an die Wirkung einer gleichartigen Explosion zwei Stunden vorher erinnerte, und dieses kurze Stocken gab uns einen winzigen Vorsprung. Doch dann kam er wieder mit dem Ungestüm einer Lokomotive hinter uns her.

Als wir etwa in der Mitte des Flusses waren, geschah das Unvermeidliche. Das Kamel glitt aus, überschlug sich und warf uns bei seinem Fall weit ins Wasser hinaus. Im nächsten Augenblick war Jana über dem unglücklichen Vieh. Er umschlang seinen langen Hals mit dem mächtigen Rüssel, trampelte auf dem Tier herum, riß es hoch, warf es förmlich ein Stück über das Wasser empor, tauchte es dann wieder unter und begann eine Art wilden Tanz auf ihm aufzuführen, um es in den Schlamm des Flusses hineinzutrampeln. Mit solcher Gründlichkeit widmete er sich dieser Aufgabe, daß wir Zeit fanden, die wenigen Meter bis zum anderen Ufer zurückzulegen. Wir rasten in mächtigen Sprüngen die Böschung empor und instinktiv auf einen einzelnen Baum zu, der oben stand. Es war ein mit kleinen Dornen besetzter, verhältnismäßig niedriger, aber starkstämmiger Baum mit flacher Krone; zum Glück war er leicht zu erklimmen, wenigstens für Menschen. Nach ein paar Sekunden saßen wir beide oben – ich noch immer das Gewehr in der Hand –, etwa zehn Meter über dem Boden, schnappten keuchend nach Luft und harrten der weiteren Dinge. Nachdem Jana sein Mütchen an dem unglücklichen Kamel gekühlt hatte, kam er uns nach, machte uns sofort aus und schritt erst einmal gelassen rings um den Baum herum, um sich über die Sachlage klar zu werden. Dann wand er seinen ungeheuren Rüssel um den Stamm, stemmte die Säulen ein und versuchte mit seiner ganzen riesenhaften Stärke, den Baum einfach aus der Erde herauszuziehen. Es war ein aufregender Augenblick. Aber dieser alte Einsiedler von Baum hatte nicht einige hundert Jahre hier frei am Ufer des Flusses gestanden und allen Stürmen, allen Unbilden der Witterung und der Fluten getrotzt, um jetzt von einem Elefanten, wie ungeheuerlich groß und stark er auch sein mochte, umgelegt zu werden. Er schwankte ein wenig – das war alles. Jana gab diesen Versuch auf und begann einen anderen. – Er untergrub mit seinen gewaltigen Zähnen die Wurzeln, versuchte sie zu lockern und aus dem Boden zu reißen. Aber auch das brachte ihm keinen Erfolg; denn die Wurzeln hatten sich um die Felsblöcke, mit denen die Böschung übersät war, geschlungen, und diese waren auch für einen Jana zu groß, um gelockert zu werden.

Grollend vor Wut gab er auch diese Versuche auf und wandte nun eine neue Taktik an. Er richtete sich auf den Hintersäulen auf und ließ mit ausgestreckten Vordersäulen sein ganzes Körpergewicht, Gott weiß, wie viele Tonnen es waren, auf den Baum niederfallen, gerade dort wo die untersten Zweige aus dem Stamm wuchsen. Die Erschütterung war so stark, daß ich einen Augenblick lang fürchtete, der Baum würde entwurzelt werden oder in zwei Hälften zerbrechen, aber er hielt aus. Doch war die Erschütterung in der Krone so stark zu spüren, daß Hans und ich um ein Haar heruntergeschüttelt worden wären.

Dreimal wiederholte Jana dieses Manöver, und beim dritten Male sah ich zu meinem Schrecken, daß einzelne Wurzeln zu brechen und sich aus dem Boden zu schälen begannen. Ich hörte das Reißen und Krachen und sah, wie sich ein tiefer Spalt im Boden, unweit des Stammes, öffnete. Glücklicherweise aber bemerkte Jana nichts davon, und nach seinem dritten Versuche gab er auch diesen Versuch als hoffnungslos auf und stand einen Moment, den Rüssel hin- und herschwenkend, still, wahrscheinlich in freundliche Gedanken verloren.

»Hans,« flüsterte ich, »lade das Gewehr, schnell! Ich kann ihm von hier aus eine Ladung aufs Rückgrat oder in das andere Auge versetzen.«

»Nasses Pulver schießt nicht, Baas«, grunzte Hans.

Er hatte recht. Es war zum Verrücktwerden, hier oben sitzen zu müssen, mit einem unbrauchbaren Gewehr in der Hand; wenn ich auch nur einen einzigen Schuß oder sogar auch nur meine Pistole zur Hand gehabt hätte, ich hätte diesen satanischen Dickhäuter blenden oder lähmen können.

Ein paar Minuten später näherte sich Jana wiederum dem Stamm und richtete sich auf wie zuvor, diesmal aber streckte er die Vordersäulen lang aus, so daß sie und sein Körper von dem Stamm gehalten wurden. Dann rollte er den Rüssel auf und begann die Zweige, die zwischen uns und ihm lagen, abzubrechen.

Nachdem Jana das Feld klar gemacht hatte, streckte er den Rüssel bis zu der höchst erreichbaren Länge aus. Dieses unheimliche Organ schien auseinanderziehbar zu sein wie ein Fernrohr oder wie ein Gummischlauch. Es kam uns erschrecklich nahe, noch ein Stückchen und immer noch ein Stückchen, bis die schnappenden Lippen nur ein paar Zoll unter meinem Fuß und Hansens Hut hin und her schwangen. Noch eine Anstrengung – und er hatte den Hut! Der Rüssel fuhr herunter, und der Hut verschwand in der roten Höhle seines Maules.

Noch einmal fuhr die braune Schlange des Rüssels in die Höhe, reckte sich steil auf – und diesmal schien Jana einen besseren Halt gefunden zu haben, oder er hatte es auf irgendeine Weise fertiggebracht, sich ein Stück an dem Stamm hochzuschieben. Denn ich sah mit Entsetzen, daß der Rüssel mir noch näherkam wie vorher, und daß ein bestimmter Körperteil von mir heute zum zweiten Male in Gefahr kam, Bekanntschaft mit diesen kneifenden Lippen zu machen.

»Er kriegt uns«, murmelte ich.

Hans sagte nichts, aber er neigte sich ein wenig vorwärts, die linke Hand fest um den Ast geklammert, und in der nächsten Sekunde blitzte im Licht der aufgehenden Sonne sein Messer auf, er stieß es durch die Unterlippe des Rüssels und nagelte sie an dem Ast fest.

Was daraufhin geschah, ist unbeschreiblich. Durch den Rüssel kam ein schmetterndes, kreischendes Trompeten und ein Luftstrom, der mich fast vom Ast herunterblies. Dann versuchte Jana, sich mit vorsichtigem Winden und Drehen von dem festhaltenden Messer zu befreien, aber er hatte auch mit diesem Versuch keinen Erfolg, denn Hans hielt den Griff des Messers mit aller Kraft fest. Auf einmal ließ sich der Koloß mit verzweifelter Energie herunterfallen, die Lippe wurde aufgeschlitzt, und das Messer blieb im Ast stecken.

Jana fiel auf den Rücken und überschlug sich dabei, steckte dann das Rüsselende in den Mund und saugte daran, etwa so, wie man es tut, wenn man sich in den Finger geschnitten hat. Dann stieß er ein letztes, durch den Schmerz kurz abgerissenes Trompeten aus, das Wutgeheul des Besiegten, klatschte in den Fluß hinunter, polterte dröhnend zwischen den Steinen hinauf und sauste über die sandige Ebene davon, seiner Heimat zu.

»Nun, Baas, jetzt hat der alte Teufel zu seinem wunden Auge auch noch eine verwundete Nase und damit zwei Andenken an uns,« kicherte Hans, »aber, Baas, ich glaube, wir machen uns so schnell wie möglich davon, denn dieser Satan ist imstande und kommt mit einem großen Knüppel zurück, um uns vom Baum herunterzuprügeln.«

Wir marschierten los, so schnell es meine steifen Glieder und mein miserables Gesamtbefinden nur erlaubten. Zum Glück gab es keinen Zweifel, in welche Richtung wir zu gehen hatten; denn vor uns erhob sich aus dem Morgennebel die ovale, grabhügelähnliche Kuppe des heiligen Berges der weißen Kendah. Er schien etwa zwanzig Meilen entfernt zu sein; doch fanden wir bald heraus, daß es in Wirklichkeit die doppelte oder dreifache Strecke sein müßte. Denn als wir schon einige Stunden unterwegs waren, schien er noch genau so weit entfernt wie im Anfang.

Dieser Marsch war eine endlose Folter für mich. Die Wunde, die mir Janas Rüssel gerissen hatte, war durch das Reiten entzündet worden und brannte und schmerzte bei jedem Schritte mehr, und mein leerer Magen knurrte wie ein Löwe.

Nach und nach tauchten kleine Herden von Rindvieh und vereinzelt Kamele auf, die augenscheinlich unbeaufsichtigt weideten, und bald danach erreichten wir die ersten angebauten Felder. Es waren Maisfelder, die Frucht stand kurz vor der Reife und war vom Hagel unberührt geblieben. Die noch weichen Körner des Maises ergaben eine leidliche Mahlzeit; bald darauf standen wir vor den ersten Hütten. Doch sobald ihre Bewohner uns bemerkt hatten, flohen sie Hals über Kopf davon.

Wir selbst unterließen jeden Versuch, Bekanntschaft mit ihnen zu schließen, denn seit meinen Erfahrungen in Simba-Stadt hatte ich eine merkwürdige Vorliebe für das Leben im Freien.

Noch zwei Stunden hinkte ich vorwärts. Wir passierten eine endlose, mit Euphorbien und einer Art Riesenfarn bedeckte Steppe, bis wir uns plötzlich unmittelbar vor den Holzpalisaden einer größeren Ansiedlung befanden. Die Bewohner mußten wahrscheinlich durch Läufer von unserer Ankunft benachrichtigt worden sein, denn sobald wir dem Zaun auf etwa fünfzig Schritt nahe gekommen waren, ging das Tor auf, und dreißig oder noch mehr bewaffnete Leute stürzten mit geschwungenen Speeren und Keulen heraus und auf uns zu und umringten uns binnen wenigen Sekunden. Es waren hellfarbigere Menschen als die schwarzen Kendah, und bei manchen von ihnen war ein Negereinschlag nicht zu verkennen.

Dann sah ich einen Trupp kamelberittener Männer aus dem Dorfe hervorbrechen. An der Spitze ritt, in weiße flatternde Gewänder gekleidet, ein langbärtiger und vornehm aussehender Mann, in dem ich bald Hârut erkannte, Hârut selbst, der einen Speer schwang und unaufhörlich weithin schallende Rufe ausstieß.

Dann hörte ich nichts mehr, denn mir vergingen die Sinne.

13. Kapitel
Der Bewohner der Höhle

Ich träumte einen sehr langen und sehr beunruhigenden Traum. Schließlich öffnete ich die Augen und stellte fest, daß ich in einem orientalisch aussehenden Raume auf einem niedrigen Bett lag. Der Raum war groß und kühl. Er hatte Fensteröffnungen, aber keine Fenster hingen darin, sondern Grasmatten, die mit einem Holzgestänge an die Wand zurückgezogen werden konnten. Durch eine dieser Fensteröffnungen war in einiger Entfernung ein waldbedeckter Hügel zu sehen. Plötzlich hörte ich einen schlurfenden Schritt, ich drehte mich um und sah Hans, dessen Finger nervös an einem Strohhut herumzupften.

»Hans,« sagte ich, »wo hast du diesen schönen neuen Hut her?«

»Sie haben mir ihn gegeben, Baas«, antwortete er. »Der Baas wird sich erinnern, daß der Teufel Jana meinen anderen aufgefressen hat.«

Jetzt kam mir die Erinnerung zurück. Hans zupfte immer noch an seinem Hut. Die durcheinanderwirbelnden Finger machten mich nervös, und deshalb befahl ich ihm, sie stillzuhalten und mir lieber zu erzählen, wo wir uns eigentlich befänden.

»In der Stadt des Kindes, Baas, wo sie dich hingetragen haben, nachdem du dort unten wie tot lagst. Es ist eine sehr hübsche Stadt. Es gibt hier vor allem sehr viel zu essen, obgleich du nichts davon genossen hast, denn du hast drei Tage lang geschlafen, und wir haben dir nur ein bißchen Milch und Suppe einflößen können.«

»Ich war sehr erschöpft und brauchte lange Ruhe, Hans. Aber jetzt habe ich einen Mordshunger. Ist der Lord und Bona auch hier, oder wurden sie getötet?«

»Nein, Baas, sie sind heil und gesund. Sie waren beide dabei, als Hârut uns drunten im Dorfe zu Hilfe kam, aber du schliefst sofort ein und hast sie deshalb nicht gesehen. Sie haben dich gepflegt, Baas.«

Gerade ging die Tür auf, und Wild kam herein. Er trug auf einem hölzernen Brett einen Topf Suppe und sah genau so geleckt aus wie zu Hause auf Schloß Ragnall.

»Guten Tag, mein Herr,« sagte er höflich in seiner besten Kammerdiener Manier, »es freut mich außerordentlich, Sie hier bei uns und in fortschreitender Genesung wiederzusehen, nachdem wir, wie ich bekennen muß, Sie und Herrn Hans bereits als tot betrauert hatten.«

Ich dankte ihm, löffelte die Suppe aus und bat ihn, mir sofort noch eine, und zwar eine etwas handfestere Mahlzeit zu verschaffen. Dann schickte ich Hans auf die Suche nach Lord Ragnall. Kaum war er fort, als Hârut eintrat. Er sah würdiger aus denn je und setzte sich nach einer gravitätischen Verbeugung in orientalischer Manier auf die Fußmatten nieder.

»Ein starker Geist muß dich beschützen, Lord Macumazana,« sagte er, »da du heute noch lebst, während wir schon überzeugt waren, daß du umgekommen seist.«

»Da hast du dich geirrt, mein Freund. Deine Magie hat dir übrigens dort auch nicht viel genützt, und, Hârut, obgleich es mir gelang, mich zu retten – oder nein, eigentlich war es ja Hans, der mich rettete –, haben wir deinen Bruder zurücklassen müssen, und mit ihm die anderen.«

»Ich weiß, Jana war zu stark für sie; du und dein Diener allein konnten gegen ihn aufkommen.«

»Ganz und gar nicht, Hârut, er kam gegen uns auf; alles, was wir tun konnten, bestand darin, daß wir ihm

das Auge und die Spitze des Rüssels ein wenig verletzten und mit Müh und Not gerade noch entwischten.«

»Was mehr ist, als seit Generationen irgend jemand anderem geglückt ist, Lord. Und ohne Zweifel wird das Ende so sein wie der Anfang. Jana ist seinem Tode nahe, und zwar durch dich!«

»Ich weiß nicht«, entgegnete ich. »Jedenfalls wünsche ich nicht, ihm noch einmal am Ufer jenes schrecklichen Sees zu begegnen.«

»Dann wirst du ihm irgendwo anders begegnen, Lord. Denn wenn du nicht gehst, um Jana aufzusuchen, wird Jana kommen, um dich aufzusuchen, weil du ihn so schmerzlich verletzt hast. Denke daran, daß du von jetzt ab, wohin immer du in diesem Lande deine Schritte lenkst, Jana begegnen kannst.«

»Willst du damit sagen, daß das Vieh auch in das Gebiet der weißen Kendah herüberwechselt?«

»Ja, Macumazana, manchmal kommt er herüber, oder wenigstens es kommt ein Geist herüber, der seinen Körper bewohnt. So wahr ich jetzt lebe, ich habe ihn zweimal in meinem Leben oben auf dem Heiligen Berge gesehen, obgleich ich dir nicht sagen kann, wie er kam oder ging.«

»Warum trieb er sich dort herum, Hârut?«

»Wer vermag das zu sagen, Lord? Sage mir, warum das Böse in der Welt herumwandert, und dann will ich deine Frage beantworten. Ich wiederhole nur, – die, die Jana verletzt haben, mögen sich vor Jana hüten!«

»Und Jana möge sich vor mir hüten, wenn ich ihm einmal mit einem anständigen Gewehre in der Hand begegne; denn das Vieh hat bei mir Verschiedenes auf dem Kerbholz. Nun etwas anderes, Hârut. Kurz bevor Mârut, dein Bruder, starb, fing er an, mir etwas über das Weib des Lord Ragnall zu erzählen. Ich hatte keine Zeit, seine Rede zu Ende zu hören, aber ich glaube, er wollte sagen, sie lebe dort drüben auf dem Heiligen Berge. Habe ich ihn recht verstanden?«

Im selben Augenblick wurde Hâruts Gesicht undurchdringlich und unbewegt, steinern wie das eines Götzen.

»Entweder hast du ihn mißverstanden, Lord,« antwortete er, »oder mein Bruder hat in seiner Angst irre geredet. Wo immer sie auch sein mag, jene schöne Frau ist nicht auf dem Heiligen Berge, es sei denn, es gäbe noch einen zweiten Heiligen Berg in unserem Lande. Außerdem, Lord, da wir gerade von dieser Sache sprechen, möchte ich dir sagen, daß der Wald dort auf jenem Berge von keinem anderen menschlichen Wesen betreten werden darf als von den Dienern des Kindes. Jeder andere muß sterben, denn der Wald wird von einem Wächter bewacht, der noch schrecklicher ist als Jana, und er ist nicht der einzige Wächter. Frage mich nichts über jenen Wächter. Ich werde nicht antworten. Wenn dir und deinen Kameraden also euer Leben lieb ist, versucht nicht, einen Blick auf jene Geheimnisse zu werfen.«

Es war klar, daß es keinen Zweck hatte, in diesem Augenblick die Angelegenheit weiter zu verfolgen. Also begann ich mit einer anderen und bemerkte, daß der Hagel, der das Land der schwarzen Kendah verwüstete, der schlimmste war, den ich jemals erlebt hatte.

»Ja,« antwortete Hârut, »ich habe davon gehört. Und es war der erste der Flüche, der in Erfüllung ging, und die das Kind durch meinen Mund dem König Simba und seinem Volke verkünden ließ, weil sie uns auf unserem Wege belästigten. Der zweite war Hungersnot – wahrlich, die schwarzen Kendah sind von ihr bedroht – denn sie besitzen nur geringe Getreidevorräte, die neue Ernte ist vernichtet, und ein Großteil ihres Viehs ist in dem Hagel umgekommen.«

»Wenn sie keine Vorräte haben, die eurigen aber von dem Hagel verschont geblieben sind, werden sie dann, auf ihre Überzahl vertrauend, euch nicht angreifen, um euch die Vorräte zu rauben, Hârut?«

»Sicherlich werden sie das tun, Lord, und dann wird der dritte Fluch auf sie fallen, der Fluch des Krieges. Das alles haben wir schon längst vorausgesehen, Macumazana, und du bist hier, um uns zu helfen. Unter deinen Gütern befinden sich viele Gewehre und viel Pulver und Blei. Du sollst unsere Leute lehren, mit Gewehren umzugehen, so daß sie die schwarzen Kendah zu besiegen imstande sind.«

»Das werde ich wohl nicht tun«, antwortete ich ruhig. »Ich bin hierher gekommen, um einen bestimmten Elefanten zu töten und soll für diesen Dienst mit Elfenbein bezahlt werden. Ich bin aber nicht gekommen, um mich mit den schwarzen Kendah, denen ich im übrigen liebend gern aus dem Wege gehe, herumzuschlagen. Außerdem sind die Gewehre auch nicht mein Eigentum, sondern sie gehören Lord Ragnall, der wahrscheinlich seinen eigenen Preis für ihre Benutzung fordert.«

»Und Lord Ragnall ist gegen unseren Willen hierher gekommen. Also ist er unser Gefangener, und wir wiederum können unseren eigenen Preis für sein Leben verlangen! – Nun aber lebe wohl für eine Weile. Du bist noch krank und schwach und hast genug gesprochen. Als dein Freund aber und als der Freund deiner Begleiter möchte ich dir, ehe ich gehe, nur noch einmal sagen: Laß keinen von euch versuchen, auch nur einen Fuß in den Wald des Heiligen Berges zu setzen!«

Mit diesen Worten erhob er sich, verbeugte sich tief und ging.

Kurz danach kamen Wild und Hans und brachten eine herrliche Mahlzeit. Ich aß mich satt, und gleich danach erschien Ragnall. Die Begrüßung von uns zwei Kameraden, die nicht mehr gedacht hatten, sich noch einmal diesseits des Grabes wiederzusehen, war eine sehr herzliche.

Als wir unsere Erlebnisse gegenseitig ausgetauscht hatten, fragte ich ihn, was er unterdessen ausgerichtet und welche Erkundigungen über diesen Platz er eingezogen hatte. Seine Antwort war: So gut wie nichts. Die Stadt ist anscheinend klein und von kaum mehr als zweitausend Menschen bevölkert, die sich durch Ackerbau und Kamelzucht ernähren. Die Kamelherden weideten zum größten Teil jenseits des Heiligen Berges. Was auf jenem Berge eigentlich vorging und wer dort lebte, wußte er nicht. Hârut schwieg, und er selbst hatte auch nicht das Geringste entdecken können. Und der Lord setzte niedergeschlagen hinzu, die ganze Geschichte sehe hoffnungslos aus, und er zweifle daran, jemals noch irgendwelche Nachrichten über seine verlorene Frau seitens der Kendah, seien es die schwarzen oder die weißen, zu erhalten.

Jetzt berichtete ich ihm die Worte des sterbenden Mârut, deren Ende ich unglücklicherweise nicht mehr gehört hatte. Und wie mit einem Schlage schien er neu belebt. Also mußte in jenen Nachrichten doch ein wahrer Kern stecken. Doch wie konnten wir auf die richtige Spur kommen? Wie? – Wie?

Bei diesem Stand der Dinge blieb es eine Woche lang. Ich war zwar wieder zu meinen vollen Kräften gekommen, aber ein Schmerz blieb zurück, der mich zu vollkommener Hilflosigkeit verdammte. Die Wunde an meiner Hüfte, aus der die Jana ein Stück Haut samt Fleisch herausgekniffen hatte, heilte zwar gut aus, aber die Entzündung schlug sich nach innen bis zu den Nerven meines linken Beines, in das mich einmal ein Löwe gebissen hatte. So wurde ich, sooft ich mich zu bewegen versuchte, von schrecklichen ischiasähnlichen Schmerzen gefoltert. Ich war gezwungen, stillzuliegen, und ich mußte mich damit begnügen, mich mit meinem Bett tagsüber in den Garten tragen zu lassen. Dort lag ich Stunde um Stunde und starrte auf den Heiligen Berg, dessen Abhänge sich nahe bis an die Stadt erstreckten.

Als ich eines Tages wieder in den Anblick des Berges versunken saß, trat Hârut plötzlich zu mir.

»Das Haus des Gottes ist schön,« sagte er, »nicht wahr?«

»Sehr schön,« antwortete ich, »und es ist von merkwürdiger Form. Aber wie kommen denn die Leute, die dort oben wohnen, über jene steilen Felsen?«

»Über die Felsen kommt überhaupt niemand«, antwortete er. »Es gibt eine Straße, und ich werde sie gleich beschreiten, um das Kind anzubeten. Jeder Fremde aber, der versuchen sollte, auf dieser Straße zu wandeln, findet den Tod. Wenn ihr mir nicht glaubt, so probiert es doch aus«, setzte er bedeutungsvoll hinzu.

Dann erzählte er mir, daß die schwarzen Kendah in wilder Verzweiflung über den Verlust ihrer Ernte und die unabweisliche Hungersnot wären.

»Sie werden wohl bald kommen, um eure Ernte mit Speeren zu schneiden«, sagte ich.

»So ist es in der Tat. Deshalb, Lord Macumazana, sieh zu, daß du bald gesund wirst, damit du imstande bist, diese Horden mit Gewehren wegzurasieren; denn in etwa vierzehn Tagen wird die Ernte in unserem Hochland beginnen. Jetzt lebe wohl und sei unbesorgt. Während meiner Abwesenheit werden meine Leute euch beköstigen und bewachen, und in der dritten Nacht bin ich wieder zurück.«

In einer der folgenden Nächte weckten mich Ragnall und Wild und behaupteten, Lady Ragnall oder ihren Geist im Zimmer gesehen zu haben. Sie oder ihr Geist hätte sehr leise, aber klar und vernehmlich gesagt: »Der Berg, Georg! Verlaß mich nicht. Suche mich auf dem Berge, mein Lieber, mein Gatte!« und wäre dann durch die geschlossene und verriegelte Tür hinausgeschritten.

Ich versuchte, sie von der Unmöglichkeit eine Erscheinung gesehen zu haben, zu überzeugen, doch Lord Ragnall sagte am Morgen:

»Ich habe über alles nachgedacht. Ich bin durchaus kein abergläubischer Mensch, und ich neige auch nicht zu leeren Phantastereien, aber ich bin überzeugt, daß Wild und ich tatsächlich den Geist oder den Doppelgänger meiner Frau gesehen und gehört haben. Ihr Körper konnte es nicht gewesen sein, wie Sie zugeben

werden, obgleich es mir zum mindesten unverständlich ist, wie sie ohne einen solchen zu reden imstande war. Ich bin auch sicher, daß sie dort auf dem Berge gefangengehalten wird und kam, um mich um Hilfe anzurufen. Unter diesen Umständen ist es meine Pflicht sowohl wie auch mein Wunsch, nichts, aber auch nichts unversucht zu lassen, um die Wahrheit herauszufinden.«

»Und wie wollen Sie das anstellen?« fragte ich. »Sie sehen doch, daß niemand uns etwas sagen will?«

»Indem ich selber hingehe und nachschaue.«

»Das ist unmöglich, Ragnall; ich bin augenblicklich lahm und außerstande, nur eine halbe Meile weit zu gehen, noch viel weniger also steile Felsen emporzuklimmen.«

»Ich weiß, und das ist gut so, denn für Sie besteht überhaupt kein Grund, Ihr Leben zu riskieren. Ich wollte die Sache allein ausfechten, aber der gute Bursche Wild sagt, daß er dorthin gehen will, wohin ich gehe. Unser Plan ist, uns bei Nacht aus der Stadt zu stehlen und, so gut es geht, bei Sternenlicht den Berg hinaufzuschleichen. Am nächsten Morgen wollen wir dann versuchen, durch jenen Felsengürtel einen Weg zu finden, und alles Weitere müssen wir der Vorsehung überlassen.«

Dieser Plan gefiel mir gar nicht, und ich tat, was ich nur tun konnte, um ihn davon abzubringen. Doch ohne den geringsten Erfolg.

So gab ich notgedrungen nach und half mit traurigem Herzen bei all den kleinen Vorbereitungen zu dieser verrückten Unternehmung. Sie verließen die Stadt noch an demselben Nachmittag unter dem Vorwand, auf den unteren Abhängen des Berges Wildhühner zu schießen. Hârut hatte uns dies ausdrücklich erlaubt. Ihre Ausrüstung war denkbar einfach: ein wenig Proviant, eine Flasche Branntwein, zwei doppelläufige Flinten für Schrot und Kugeln, eine Blendlaterne, Zündholz und Pistolen.

Hans begleitete sie ein Stück.

Die ganze folgende Nacht lag ich wach, erfüllt von Befürchtungen, die sich verstärkten, je weiter die Zeit vorrückte. Kurz vor der Dämmerung hörte ich ein Klopfen vor der Türe und Ragnalls Stimme, der flüsternd bat, ihn hereinzulassen.

Hans öffnete, während ich eine Kerze anzündete. Ragnall trat ein, und ich sah seinem Gesicht sofort an, daß etwas Schreckliches geschehen sein müßte. Er ging zu dem Krug und trank drei große Becher Wasser in einem Zuge. Dann sagte er düster: »Wild ist tot«, und er machte eine kleine Pause. Eine schreckliche Erinnerung schien ihn zu packen. »Hört zu,« fuhr er fort, »wir stiegen den Bergabhang hinauf, ohne zu schießen, obgleich viele Hühner zu sehen waren, bis wir gegen Sonnenuntergang an die Felsenmauer kamen. Hier entdeckten wir einen Pfad, der zu einer engen Höhle oder zu einem die Lavafelsen anscheinend durchquerenden Tunnel führte. Die Felsen selbst schienen unersteigbar zu sein. Während wir noch standen und überlegten, was wir tun sollten, umringten uns mit einem Male acht oder zehn weißgekleidete Männer. Und bevor wir noch an irgendwelchen Widerstand denken konnten, hatten sie uns gepackt und uns die Gewehre und Pistolen weggenommen. Dann, nach vielem Hinundherreden, erklärte uns der Anführer mit großen Verbeugungen, es stünde uns frei, unseren Weg fortzusetzen, wobei er erst auf den Eingang der Höhle und dann auf die Felsen zeigte und dabei ein Wort wiederholte, das ungefähr wie ›Ingane‹ klang. Ich glaube, es bedeutet ein kleines Kind, nicht wahr?«

Ich nickte, und er fuhr fort:

»Dann entfernten sie sich alle miteinander, hierbei auf eine Weise vor sich hingrinsend, daß ich unruhig wurde. Wir standen eine Weile unentschlossen da. Allmählich wurde es ganz dunkel, ich fragte Wild nach seiner Meinung:

›Weitergehen selbstverständlich, Mylord, ich möchte nicht, daß diese Halbtiere sagen, wir weißen Männer getrauten uns nicht, ohne unsere Gewehre einen Schritt zu tun. Ich werde auf jeden Fall weitergehen, sogar wenn Ihre Lordschaft es nicht wollen.‹

Währenddem zündete er die Blendlaterne an, die uns die Kendah nicht weggenommen hatten.

›Irgend etwas zieht mich in jene Höhle, Mylord. Vielleicht ist es der Tod. Ich glaube sogar, es ist wirklich der Tod. Aber sei es was immer, ich muß eben gehen! Vielleicht täten Sie besser, draußen zu warten, bis ich nachgesehen habe, was hier eigentlich los ist.‹

Ich wollte Wild zurückhalten. Ich war jetzt überzeugt, daß er irrsinnig geworden war. Aber plötzlich schoß er behende auf den Eingang der Höhle zu. Ich folgte selbstverständlich. Aber als ich gerade denselben erreicht hatte, sah ich das Licht seiner Laterne bereits etwa sieben Meter tief drinnen im Tunnel. Und im gleichen Augenblick hörte ich auch schon ein unheimliches Zischen und Wilds Aufschrei: ›O mein

Gott!‹ zweimal hintereinander. Die Laterne war ihm aus der Hand gefallen, aber sie ging nicht aus, denn wie Sie wissen, brennt sie in jeder Lage. Ich sprang hinzu, raffte sie vom Boden auf und sah Wild in rasender Geschwindigkeit in die Höhle hineinlaufen. Ich hielt die Laterne über den Kopf empor und spähte hin. Und ich sah folgendes:

Ungefähr zehn Schritt vor mir tanzte Wild mit ausgestreckten Armen hin und her – jawohl, er tanzte –, erst nach der rechten, dann nach der linken Seite, und er tanzte mit einer schrecklich anmutenden Grazie und zu den Tönen einer entsetzlichen, zischenden Musik. Ich hielt die Laterne noch höher und sah vor ihm, etwa zweieinhalb bis drei Meter hoch in der Luft erhoben, den Kopf einer Schlange von geradezu riesenhaften Dimensionen schimmern. Sie war so breit wie der Boden eines Karrens, der Nacken war mindestens so dick wie meine Taille, und der gewundene Körper dahinter, der sich in der Dunkelheit verlor, erreichte den Umfang eines Fasses und glitzerte grün und grau mit silbernen und goldenen Streifen.

Die Schlange zischte und schwang ihren großen Kopf nach rechts, wobei sie Wild mit ihren kalten Augen faszinierend ansah. Und der Arme hüpfte gehorsam sogleich nach rechts. Sie zischte wieder und schwang den Kopf nach links, und er tanzte nach links. Auf einmal stieß sie ihren Kopf fast bis zu der Decke der Höhle empor und blieb einige Sekunden in dieser Stellung, und Wild stand still und bog sich ein wenig vor, als verbeuge er sich vor dem Reptil Im nächsten Augenblick fuhr ihr Kopf wie ein Blitzstrahl nach vorn. Ihre weißen Fänge vergruben sich im Rücken Wilds, und er fiel mit einem Seufzer nach vorn aufs Gesicht. Dann krampften sich die schimmernden Windungen zusammen, und ein Geräusch folgte, als ob Knochen in einem Stampftrog zermalmt würden.

Ich taumelte gegen die Wand der Höhle und schloß einen Augenblick lang die Augen, denn die Sinne wollten mir vergehen. Als ich wieder hinsah, lag etwas, das einmal Wild gewesen war, unförmig flach und verzerrt wie eine Spiegelung im Silberlöffel auf dem Boden und darüber ausgestreckt das Schlangenungeheuer, das mich mit seinen stählernen Augen beobachtete. Da lief ich atemlos und entsetzt aus dieser schrecklichen Höhle und lief und lief in die Nacht hinein.«

Stumm saßen wir lange nebeneinander, bis schließlich Hans in unerschütterlichem Ernste sagte:

»Der Tag ist angebrochen, Baas. Soll ich die Kerze ausblasen? Und wünscht der Baas, daß ich jetzt das Frühstück zurechtmache, nachdem jener Schlangenteufel sein eigenes aus Bona gemacht hat, und ich hoffentlich das meinige in Bälde aus ihm selbst machen werde? Schlangen sind sehr gut zu essen, Baas, wie du weißt, aber du mußt sie auf Hottentottenart zubereiten.«

14. Kapitel
Hans stiehlt die Schlüssel

Ein paar Stunden später erschienen einige Kendah und brachten uns Ragnalls und des armen Wild Gewehre und Pistolen sowie die Blendlaterne, die Ragnall auf seiner Flucht weggeworfen hatte. Sie gaben an, sie hätten sie im Grase gefunden. Ich nahm alle diese Sachen ohne Bemerkung in Empfang. An demselben Abend besuchte uns auch Hârut, und nach vielen Begrüßungen fragte er nach Bona. Da schrie ich ihn empört an:

»O du weißbärtiger Vater aller Lügner, du weißt recht gut, daß er im Magen der Schlange verschunden ist, die in der Höhle auf dem Berge lebt.«

»Was, Lord!« rief Hârut in seinem gebrochenen Englisch Ragnall zu, »Sie sind für Spaziergang droben im Loch im Berge gewesen? Ich nehme an, Bona wollte große Schlange sehen. Er immer liebte Schlangen, Sie wissen, und die auch liebten ihn sehr. Sie erinnern, wie sie aus seinen Taschen kamen in Ihrem Hause in England? Nun, jetzt weiß er alles über Schlangen.«

»Du Schuft!« schrie Ragnall, »du Mörder! Ich hätte gute Lust, dich auf der Stelle umzubringen.«

»Warum Sie würgen mich, Lord, weil Schlange würgen Ihren Mann? Arme Schlange, sie wollte nur essen. Wenn Sie gehen, wo Löwe wohnt, Löwe tötet Sie. Wenn Sie gehen, wo Schlange wohnt, Schlange tötet Sie. Ich sagte Ihnen, nicht gehen. Sie hören nicht darauf. Nun ich sage Ihnen allen — wenn Sie wünschen, dann gehen! Keiner halten Sie fest. Vielleicht Sie töten Schlange, wer weiß? Nur Sie keine Gewehre nehmen dorthin, bitte. Das nicht erlaubt. Wenn Sie Langeweile in dieser Stadt, gut, gehen und schauen Schlange an. Nur erinnern Sie, daß dieses nicht richtiger Weg zum Hause des Kindes. Ist ein anderer Weg, den Sie niemals finden.«

»Jetzt paß einmal auf,« sagte Ragnall, »was soll all diese Narretei? Du weißt recht gut, warum wir in deinem teuflischen Lande sind. Wir sind gekommen, weil ihr mein Weib gestohlen habt, um eine Priesterin aus ihr zu machen, und ich möchte sie zurückhaben.«

»All dieses großer Irrtum«, antwortete Hârut kaltblütig und unverschämt »Wir nicht stehlen schöne Frau, die Sie geheiratet; denn wir haben gefunden, daß Sie nicht richtige Priesterin. Auch Macumazana nicht hier, um nach Frau zu suchen, sondern Elefant Jana zu töten und gute Bezahlung in Elfenbein bekommen, ganz wie Geschäftsmann. Sie, Lord, kommen mit ihm, obgleich wir Sie nicht auffordern, so, das alles. Dann Sie versuchten, Tempel unseres Gottes zu finden, und Schlange, welche Tor bewacht, tötet Ihren Diener. Warum wir nicht töten Sie, eh?«

»Weil ihr euch fürchtet,« antwortete Ragnall kalt, »tötet mich, wenn ihr könnt, und zieht die Konsequenzen, ich bin bereit.«

Hârut betrachtete ihn mit unverhohlener Bewunderung.

»Sie sehr tapferer Mann,« sagte er, »und wir nicht wünschen, Sie töten, und vielleicht kommen alles richtig zuletzt. Du hörst, Licht-in-der-Dunkelheit, Herr-des-Feuers«, setzte er plötzlich zu Hans gewendet hinzu, der nebenan hockte, seinen Hut in der Hand drehte und ein so unbewegtes Gesicht machte wie ein Porzellanteller. »Du hörst, sie sehr hungrige Schlange, und du würdest geben hübsches Frühstück für sie.«

Da Hans jetzt damit beschäftigt war, seine Maispfeife anzuzünden, wandte sich Hârut wieder an uns.

»Lord Macumazana, dein Bein noch schlimm, eh? Gut, ich bringe dir hier Zeug zum Einreiben, was Bein schnell heil macht; es ist heiliges Öl. Es kommt von dem Kind. Wir wollen dich bald heil.« Auf einmal fuhr er in Bantu fort: »Mein Lord, der Krieg kommt näher; die schwarzen Kendah sammeln all ihre Kräfte, um uns anzugreifen, und wir müssen deine Hilfe haben! Ich gehe jetzt hinunter an den Tavafluß, um nach verschiedenem zu sehen, und binnen einer Woche bin ich zurück. Dann reden wir wieder miteinander, und in acht Tagen wird dein Bein so gut sein wie jemals zuvor. Reibe diese Medizin auf das Bein und löse ein Stück, so groß wie ein Maiskorn, in Wasser auf und trinke das bei Nacht. Es ist kein Gift, sieh her«; dabei holte er ein kleines irdenes Gefäß aus seinem Gewande, nahm mit dem Fingernagel ein wenig von dem Inhalte, der aussah wie Schweineschmalz, heraus, legte die Salbe auf die Zunge und schluckte sie herunter.

Dann erhob er sich und ging mit seinen üblichen Verbeugungen davon. Ich will hier erwähnen, daß ich Hâruts Anweisung mit geradezu erstaunlichem Resultate befolgte. Ich schluckte bei Nacht die vorgeschriebene Dosis und rieb mit der Medizin mein Bein ein, um zu finden, daß schon am anderen Morgen jeder Schmerz daraus verschwunden und nur noch eine leichte Schwäche zurückgeblieben war.

Die nächsten Tage vergingen ohne Zwischenfälle. Wir bekamen reichlich zu essen, und alles mögliche wurde zu unserer Bequemlichkeit getan. Unter anderem bekam ich an einem der nächsten Tage ein starkes, sehr ruhig gehendes Pony, das ich wegen meiner Lahmheit reiten sollte.

Auf diesem Pony machte ich mehrere Ritte in die Umgebung, wobei mich Hans begleitete. Mir fiel auf, daß er seit einigen Tagen außerordentlich schweigsam war und anscheinend besondere Gedanken in seinem dicken Hottentottenschädel wälzte. Einmal kamen wir bei solch einem Ausflug auch in die Nähe jener unheimlichen Höhle, und während wir sie noch betrachteten, erschien plötzlich ein Mann mit geschorenem Kopfe, anscheinend ein Priester, und forderte uns mit höhnischem Lächeln auf, doch gefälligst einzutreten. Ich lächelte ebenfalls möglichst geheimnisvoll und stellte ihm eine gleichgültige Frage über die seidenhaarigen Ziegen, die am Berge weideten. Er gab mir die verlangte Auskunft und setzte hinzu, daß sie die Nahrung von jemand wären, der im Berge wohnte und der nur äße, wenn der Mond wechsele.

Auf meine Frage, wer denn dieser jemand sei, forderte er mich wieder mit seinem unangenehmen Lächeln auf, nur in den Tunnel einzutreten, da würde ich diesen Jemand bald kennenlernen.

Am selben Abend erschien plötzlich Hârut, und er sah außerordentlich besorgt und nachdenklich aus.

Auf meine Frage, wann denn der große Kampf mit Jana stattfinden solle, sagte er:

»Lord, ich gehe auf den Berg hinauf, um bei dem Feste der Ersten Früchte dabei zu sein. Es wird beim ersten Sonnenaufgang nach Neumond abgehalten. Nach dem Opfer wird das Orakel sprechen, und wir werden erfahren, wann der Krieg mit Jana und vielleicht auch andere Dinge eintreten werden.«

»Könnten wir an diesem Feste nicht teilnehmen, Hârut, denn wir haben Langeweile hier?«

»Sicherlich,« antwortete er mit einer tiefen Verbeugung, »das heißt, wenn ihr unbewaffnet kommt; denn vor dem Kind mit Waffen zu erscheinen, bedeutet den Tod. Ihr kennt ja die Straße. Sie führt durch jene Höhle und dann durch den Wald. Begeht sie, wenn ihr wollt.«

»Wenn wir also durch die Höhle kommen können, dann sind wir bei eurem Feste willkommen?«

»Ihr werdet herzlich willkommen sein, niemand wird euch dort ein Leid antun. Weder beim Kommen noch beim Gehen. Das schwöre ich euch bei dem Kind Wenn wir einander nicht auf dem Feste am Tage des Neumondes treffen, wohin ich euch hiermit nochmals einlade, werden wir uns dann hier weiter unterhalten, nachdem ich das Orakel angehört habe.«

Dann bestieg er ein Kamel, das draußen auf ihn wartete, und ritt mit zwölf Kamelreitern davon.

»Es muß noch eine andere Straße auf jenen Berg hinauf geben«, sagte Ragnall. »Ein Kamel könnte eher durch ein Nadelöhr gehen als durch jene schreckliche Höhle, selbst wenn sie unbewohnt wäre.«

»Wahrscheinlich,« antwortete ich, »aber da wir nicht wissen, wo sie ist, und da sie sicher sehr weit von hier entfernt ist, brauchen wir uns auch nicht die Köpfe über dieses Problem zu zerbrechen. Die Höhle ist unser einziger Weg, und das heißt in diesem Falle also, daß es keinen Weg gibt.«

Als wir uns an jenem Abend zum Abendbrot niedersetzten, entdeckten wir, daß Hans fehlte; außerdem, daß er mir meine Schlüssel gestohlen und die Schnapskiste aufgeschlossen hatte, denn sie stand geöffnet da, und der Schlüssel steckte noch in ihrem Schloß.

»Er hat sich aufs Saufen gelegt,« sagte ich zu Ragnall, »und auf mein Wort, mich wundert's auch nicht. Für einen Groschen bin ich bereit, seinem Beispiele zu folgen.«

Dann gingen wir zu Bett. Am nächsten Morgen frühstückten wir ziemlich spät; denn wenn man nichts zu tun hat, hat es keinen Zweck, früh aufzustehen. Als ich mich gerade anschickte, ein paar Eier zu kochen, erschien plötzlich zu unserem Erstaunen Hans mit einem Kessel dampfenden Kaffees.

»Hans,« sagte ich, »du bist ein Dieb.«

»Ja, Baas«, antwortete Hans.

»Du hast dich über die Schnapskiste hergemacht und hast von jenem Gifte genommen.«

»Ja, Baas, ich habe von jenem Gifte genommen. Ich habe auch einen Spaziergang gemacht, und jetzt ist alles in Ordnung. Der Baas muß sich nicht ärgern; denn es ist sehr langweilig hier. Will der Baas außer Eiern auch Hafergrütze haben?«

Da es keinen Zweck hatte, ihn auszuschelten, stimmte ich zu. Außerdem war etwas an ihm, was mir verdächtig vorkam. Er sah wahrlich nicht aus wie einer, der eben erst mächtig betrunken gewesen war. Nach Beendigung des Frühstücks kam er, setzte sich zu uns hin und zündete umständlich seine Pfeife an. Dann fragte er plötzlich:

»Möchte der Baas vielleicht heute abend gern durch jene Höhle gehen? Es steht dem nichts mehr im Wege.«

»Was soll das heißen?« fragte ich, im Zweifel, ob er nicht doch betrunken sei.

»Ich meine, Baas, daß der Bewohner jener Höhle jetzt ziemlich tief schläft.«

»Wie willst du das wissen, Hans?«

»Weil ich die Amme bin, die ihn in den Schlaf gesungen hat. Freilich hat er zuvor mächtig geschrien und getobt. Jetzt schläft er. Er wird nicht wieder aufwachen, Baas. Ich habe den Vater der Schlangen um die Ecke gebracht.«

»Hans,« sagte ich, »jetzt weiß ich bestimmt, daß du noch besoffen bist, obgleich man es dir äußerlich nicht ansieht.«

»Nun, wollen die Baases mitkommen und einen Spaziergang durch die Höhle machen?« fragte Hans kichernd.

»Nicht, bevor ich ganz sicher bin, daß du wirklich nüchtern bist«, antwortete ich und setzte in Erinnerung an einige Streiche dieses ehrenwerten alten Schlingels hinzu: »Hans, wenn du mir jetzt nicht augenblicklich deine Geschichte erzählst, versetze ich dir eine Ohrfeige.«

»Es gibt keine große Geschichte zu erzählen, Baas,« antwortete Hans zwischen zwei langen Zügen aus seiner Pfeife, »die Sache war ganz einfach. Der Baas ist ja sehr gescheit und auch der Lord Baas, aber warum können sie niemals die Steine sehen, die unter ihrer Nase liegen? Weil ihre Augen immer auf die Berge zwischen diesem Land und dem nächsten gerichtet sind, aber der arme Hottentotte, der auf den Boden niederschaut, auf daß er nicht über einen Stein fällt, der sieht sie. Nun, Baas, kannst du dich nicht erinnern, daß

jener Mann im Nachthemd mit dem geschorenen Kopfe sagte, die Ziegen, die er weidete, seien für jemand bestimmt, der im Berge wohnte?«

»Jawohl, und was ist damit, Hans?«

»Wer anders konnte jener Jemand sein, als der Vater der Schlangen in der großen Höhle, Baas? Und, Baas, hat nicht der kahle Mann auch gesagt, daß jener Jemand nur einmal, und zwar bei Neumond gefüttert würde, und ist nicht morgen der Tag des Neumondes, und sollte deshalb nicht jener Jemand einen Tag zuvor sehr hungrig sein?«

»Kein Zweifel, Hans; aber wie kannst du eine Schlange dadurch töten, daß du sie fütterst?«

»O Baas, so gut wie du Dinge essen kannst, die dir Leibweh machen, so gut kann das auch eine Schlange. Nun, kannst du den Rest erraten? So will ich gehen und die Schüsseln abwaschen.«

»Ob ich es errate oder nicht errate,« antwortete ich zweideutig – das letztere war nämlich der Fall –, »die Schüsseln können warten. Der Lord hier hat es nicht erraten; fahre fort.«

»Sehr gut, Baas. In einem jener Kästchen waren ein paar Pfund von einem Zeug, das du immer in Wasser auflöst, um dann Felle und Schädel damit einzuschmieren, damit sie nicht stinken.«

»Du meinst das Arsenik«, sagte ich mit einem Blitz der Erleuchtung.

»Ich weiß nicht, wie es heißt, Baas. Anfangs dachte ich, es wäre harter Zucker, und einmal habe ich ein bißchen davon gestohlen, als ich richtigen Zucker nicht bei der Hand hatte, um es in den Kaffee zu tun, – ohne dem Baas etwas zu sagen; denn ich war schuld, daß der Zucker nicht bei der Hand war.«

»Großer Gott!« rief ich aus. »Aber wieso sind wir denn alle nicht schon längst tot?«

»Weil ich im letzten Moment daran dachte, mich zu vergewissern, ob es auch wirklich Zucker wäre. So habe ich ein bißchen in heiße Milch getan, und als es geschmolzen war, gab ich die Milch einem gelben Hunde, der mich einmal ins Bein gebissen hatte. Er war ein sehr gieriger Hund, Baas, und er hat die Milch auf einen Ritt ausgesoffen. Dann hat er einen Heuler gemacht, hat sich siebenmal herumgedreht und Schaum aus seinem Munde geworfen und ist gestorben, und ich habe ihn sofort begraben. Um aber noch sicherer zu gehen, habe ich ein wenig von jenem Zucker zerstoßen und habe ihn, mit geschrotenem Mais vermischt, den Hühnern gegeben. Zwei Hähne und eine Henne haben ihn für Mais gehalten und verschluckt. Sofort fielen sie auf den Rücken, traten ein wenig in der Luft herum und waren tot. Auf Grund dieser Erfahrungen, Baas, hielt ich es für das beste, jenen Zucker nicht in den Kaffee zu tun, und später hat mir dann Bona gesagt, daß es ein tödliches Gift sei. Nun, Baas, kam es mir in den Kopf, daß die große Schlange vielleicht auch sterben würde, wenn es mir gelang, sie dazu zu überreden, von dem Gifte zu fressen.

So stahl ich deine Schlüssel, wie ich es oft tue, Baas, wenn ich etwas brauche. Du läßt sie ja überall herumliegen; um dich zu täuschen, öffnete ich erst eine der Kisten mit dem Vierkantschnaps und ließ sie offen; denn du solltest denken, ich wäre einfach hingegangen, mich zu besaufen. Dann öffnete ich eine andere Kiste und nahm zwei Pfundbüchsen von dem Zucker, der Hunde und Hühner umbringt. Ein halbes Pfund schmolz ich in siedendem Wasser zusammen mit ein bißchen richtigem Zucker, um das Zeug süß zu machen, und goß es in eine Flasche. Den Rest habe ich in zwölf kleine Pakete gepackt und in die Tasche gesteckt. Dann bin ich auf den Berg hinaufgegangen, Baas, dorthin, wo, wie ich gesehen habe, die Ziegen bei Nacht eingekralt wurden. Wie ich es erwartet hatte, wurden sie auch nicht bewacht. Denn Leoparden gibt es nicht so nahe bei der Stadt, und Menschen würden es nicht wagen, diese heiligen Ziegen zu stehlen. Ich ging also hin und fand eine fette, junge Geiß. Ich holte sie heraus, band ihr die Beine fest, goß ihr die Flasche mit dem Zeug über das Fell und rieb es gut ein. Dann band ich die zwölf Pakete an verschiedenen Stellen ihres Körpers fest und versteckte sie tief in ihrem langen Haar, so daß sie nicht abgeworfen oder abgescheuert werden konnten.

Nach dieser Prozedur band ich sie wieder los, führte sie in die Nähe der Mündung der Höhle, hielt sie dort ein Weilchen fest und zwickte sie, bis sie blökte. Dann schleppte ich sie ganz nahe an die Höhle heran und dachte darüber nach, wie ich es anstellen sollte, sie hineinzutreiben. Denn selbst mochte ich nicht gern hineingehen, Baas. Aber ich brauchte mich darum gar nicht zu kümmern. Etwa fünf Schritt vor der Höhle hörte die Ziege mit ihrem Geschrei plötzlich auf, stand still da und zitterte. Sie begann mit kleinen Sprüngen vorwärts zu laufen, so, als ob sie eigentlich nicht gern wollte, aber müßte. Und es ging alles gut, Baas. Die Ziege wußte, was sie zu tun hatte, und tat es – sie sprang nämlich direkt in die Höhle hinein. Ich glaube,

sie wußte, was auf sie wartete, und das gefiel ihr nicht, und doch mußte sie weitergehen, sie konnte nicht anders; gerade wie ein Mann, der zum Teufel geht, Baas!

Ich lugte hinter einem Stein hervor; denn ich hatte in der Höhle ein Geräusch gehört, als ob das Kleid einer weißen Dame über den Fußboden fegte. Dort, in der Dunkelheit, sah ich zwei kleine Feuerfunken, die Augen der Schlange, Baas. Ich hörte ein Zischen, als ob vier große Kessel mit Wasser auf einmal kochten, und das letzte kurze Blöken der Ziege. Dann ein Geräusch, als ob Männer miteinander rängen, wieder ein anderes, als ob Knochen zerbrächen, und schließlich ein Schmatzen wie von einer Pumpe, die kaputt ist. Darauf wurde alles hübsch still, und ich ging ein bißchen abseits, setzte mich nieder und wartete ab, was geschah.

Es muß fast eine Stunde später gewesen sein, als endlich etwas zu geschehen anfing, Baas. Es war gerade so, als würden mit Sand gefüllte Säcke gegen die Wände der Höhle geschleudert. Ah! dachte ich, dein Magen beginnt zu schmerzen, du Räuber von Bona, und da jene Ziege kleine Hörner gehabt hatte – an welche ich zwei Paketchen mit Gift gebunden hatte, Baas –, und da du wie alle Schlangen Stacheln in deinem Halse hast, die abwärts zeigen, so kannst du die Ziege nicht wieder herausbringen, obgleich du es sicherlich gern möchtest! Dann – ich glaube, der harte Zucker im Bauch der Schlange war um diese Zeit schon hübsch geschmolzen, Baas – dann gab es ein Geräusch, als wenn eine ganze Kompagnie Mädchen zu einer Musik von Zischen einen Kriegstanz in der Höhle aufführten.

Und dann – oh! Dann, Baas, kam auf einmal jener Vater der Schlangen aus der Höhle geschossen. Ich sage dir, Baas, daß mein Haar aufrecht in die Höhe stand, als ich ihn dort im Sternenlicht sah, denn noch niemals hat es in der ganzen Welt eine solche Schlange gegeben! Jene, die in Zululand in den Bäumen leben und kleine Böcke verschlingen und aus deren Häuten weiße Männer Westen und Pantoffeln machen, sind die reinen Säuglinge gegen diese. Er kam heraus, ein Meter nach dem anderen. Er wand sich hin und her, er stand auf seinem Schwanz, und sein Kopf war oben, wo der Wipfel eines Baumes sein konnte. Er machte einen Ring aus sich, er biß auf Steine und biß nach seinem eigenen Bauch Ich steckte hinter meinem Felsen und betete zu deinem ehrwürdigen Vater, daß der Schlangenteufel mich nicht sehen möge. Und zuletzt schoß er plötzlich den Hügel hinunter, schneller als ein Pferd galoppiert. Jetzt dachte ich, er wäre fort für immer, und wollte mich selbst fortmachen. Doch befürchtete ich, ihm irgendwo zu begegnen, und so beschloß ich, lieber den Tag zu erwarten. Das war sehr recht getan, Baas, denn eine halbe Stunde später kam der Wurm zurück, nur konnte er jetzt nicht mehr springen, jetzt konnte er nur noch kriechen. Noch niemals in meinem Leben habe ich eine Schlange gesehen, die so krank aussah wie jene, Baas. Sie ging in ihre Höhle und lag dort und zischte. Nach und nach wurde das Zischen schwächer, bis es zuletzt ganz erstarb. Ich wartete noch eine weitere halbe Stunde, Baas, und dann wollte ich voller Neugierde einmal in die Höhle gehen und nachschauen.

Ich zündete die kleine Laterne an, die ich mitgenommen hatte, hielt sie in der einen Hand und in der anderen meinen Stock und kroch in das Loch. Ehe ich zehn Schritt weit gekommen war, sah ich etwas Weißes lang ausgestreckt liegen. Es war der Bauch der großen Schlange, Baas, die auf ihrem Rücken lag und tot war.

Sie war wirklich tot. Ich zündete drei Wachszündhölzchen an und hielt sie an ihren Schwanz. Der zuckte nicht mehr. Dann ging ich heim, Baas, und war sehr stolz, daß ich jenen Urgroßvater aller Schlangen, der meinen Freund Bona gefressen hat, überlistet und uns den Weg durch die Höhle freigemacht hatte.

Das ist die ganze Geschichte, Baas. Jetzt muß ich gehen und die Schüsseln waschen«, und ohne auch nur ein Wort des Lobes abzuwarten, marschierte Hans hinaus und überließ uns unseren Betrachtungen über seine Intelligenz, seine Umsicht und seine Entschlossenheit.

»Was nun?« fragte ich.

»Abwarten bis heute nacht,« antwortete Ragnall, »dann werde ich die Schlange anschauen gehen, die dieser tapfere Hans getötet hat, und ich werde die Geheimnisse der Höhle erforschen; Hârut hat uns dies ja freigestellt.«

»Meinen Sie, daß Hârut sein Wort hält, Ragnall?«

»Im großen und ganzen ja, und wenn nicht, ist es mir auch gleichgültig. Alles ist besser als diese Tatenlosigkeit.«

»Was Hârut betrifft, stimme ich zu; denn wir sind zu wertvoll für ihn; auch bezüglich der Tatenlosigkeit, die unerträglich ist. Deshalb werde ich mit Ihnen gehen, Ragnall, und Hans wird wohl auch mitkommen. Dieser Marsch wird meinem Beine gut tun.«

»Halten Sie das für klug?« fragte er zweifelnd.

»Ich halte es für töricht, daß wir uns noch einmal trennen sollen. Wir tun besser, zusammen zu stehen oder zusammen zu fallen. Und außerdem, scheint's, haben wir kein Glück, wenn wir getrennt sind.«

15. Kapitel
Das Heiligtum und der Eid

Am gleichen Abend noch, kurz nach Sonnenuntergang, brachen wir auf. Über unseren Anzügen trugen wir Kendahkleider, die Ragnall gekauft hatte, in den Händen nur unsere Stöcke und etwas Proviant, und in der Tasche die Laterne. An der Stadtgrenze trafen wir einen Trupp Kendah. Einer der Leute erkannte mich.

»Habt ihr irgendwelche Waffen bei euch, Lord Macumazana?« fragte er und sah uns in unserer Verkleidung neugierig an.

»Keine,« antwortete ich, »durchsuche uns, wenn du willst.«

»Dein Wort genügt«, antwortete er ernst und höflich. »Wenn ihr nicht bewaffnet seid, haben wir Befehl, euch gehen zu lassen, wohin ihr immer wünscht und in welcher Verkleidung es auch sei. Jedoch, Lord,« flüsterte er mir zu, »ich flehe dich an, betretet nicht die Höhle; denn dort wohnt jemand, der niemals fehlt, wenn er zuschlägt, einer, dessen Kuß Tod bedeutet. Ich flehe dich in deinem eigenen Interesse wie auch in unserem an. Wir brauchen dich.«

»Wir werden den, der in der Höhle schläft, nicht aufwecken«, antwortete ich ausweichend. Wir hatten erfahren, daß die Kendah von dem Tode der Schlange noch nichts wußten.

Eine Stunde Wegs brachte uns zum Eingang der Höhle. Je näher wir kamen, desto mehr Befürchtungen erwachten in mir. Wie, wenn Hans sich tatsächlich betrunken und die ganze Geschichte nur erfunden hatte, um seine Abwesenheit zu bemänteln? Wie, wenn die Schlange sich von der Vergiftung als einem nur vorübergehenden Unwohlsein wieder erholt hatte? Wie, wenn andere Schlangen ebenfalls in der Höhle wohnten und jetzt nach Rache dürsteten?

Wir erreichten die Stelle und lauschten. Es herrschte Stille wie in einem Grabe. Dann zündete der brave Hans die Laterne an und sagte:

»Wartet hier, Baases. Ich will nachsehen, was da drinnen los ist. Wenn ihr hört, daß mir irgend etwas geschieht, so werdet ihr Zeit genug haben, wegzulaufen.«

Es waren Worte, die aus dem Munde eines Hottentotten in mir ein Gefühl der Beschämung erzeugten.

Da wir aber wußten, daß er flink wie ein Wiesel und leise wie eine Katze war, ließen wir ihn gehen. Ein oder zwei Minuten später erschien er wieder vor uns, und ich konnte sehen, daß er über das ganze Gesicht grinste.

»Alles ist in Ordnung, Baas,« sagte er, »der Schlangenvater ist tatsächlich in jenes Land gegangen, wohin er Bona gesandt hat, und ich sehe auch keine Stammesgenossen. Kommt und schaut ihn euch an.«

So gingen wir denn hinein, und wirklich, da, auf dem Boden der Höhle, lag das riesige Reptil, steintot und unförmig aufgeschwollen. Ich weiß nicht, wie lang das Tier war; sein Körper war teilweise zusammengerollt. Überall lagen Haufen zerbrochener Knochen herum, und unter ihnen bemerkte ich auch die Fragmente eines menschlichen Schädels.

Lange starrten wir auf die scheußliche und immer noch glitzernde Kreatur, dann liefen wir davon in plötzlich aufsteigender Furcht, es könnten doch noch mehr Tiere dieser Art hier existieren. Aber der Schlangenvater war wohl ein Einzelgänger unter den Schlangen, wie Jana einer unter den Elefanten gewesen. Wir trafen keine andere mehr, und wenn die Berichte richtig waren, die ich später erhielt, so hatte es in diesem Lande auch niemals ein anderes Exemplar dieser Gattung gegeben. Woher die Schlange gekommen war, wußte niemand. Alles, was die Kendah sagen konnten oder wollten, war, daß sie in diesem Loch von allem Anfang an gehaust hatte.

Die Höhle selbst war nicht lang, kaum mehr als fünfzig Meter. Zum Ausgang zu verengte sie sich so stark, daß ich zu fürchten begann, sie könnte überhaupt keinen Ausgang haben. Doch zuletzt fanden wir ein Loch, gerade groß genug, daß ein Mann aufrecht hindurchgehen konnte. Es mußte also unbedingt noch ein anderer zum Heiligtum der weißen Kendah führender Weg existieren.

Als wir mit großer Erleichterung im Herzen aus dem Loche herauskamen, sahen wir einen mächtigen Graben vor uns. Uns gegenüber, oberhalb der Böschung, lag ein dichter, dunkler Wald.

Wir kletterten vorsichtig hinunter, etwa achtzig Schritte tief, bis auf den Boden des Grabens, und dann drüben auf der anderen Seite wieder hinauf, bis unsere Füße auf der tiefen, fruchtbaren Erde des heiligen Waldes standen.

Jetzt, in der Dunkelheit, vermochten wir buchstäblich keinen Zoll unserer Gesichter zu erkennen. Hans führte uns, seine Instinkte waren besser als unsere. Es ging scharf bergan, und zwar, wie ich beim Lichte eines Zündholzes an meinem Taschenkompaß feststellte, nordwärts in der Richtung des Heiligen Berges also.

Stunde um Stunde krochen wir vorwärts. So verging langsam die lange, lange Nacht. Nach und nach wurden die Bäume ein wenig lichter, so daß wir die Sterne zwischen ihren Wipfeln hindurchschimmern sehen konnten.

Etwa eine halbe Stunde vor der Morgendämmerung stand Hans plötzlich still und sagte:

»Halt, Baas, wir stehen am Rande einer Klippe, mein Stock findet keinen Boden.«

Ragnall wollte gerade die Laterne anzünden, als wir plötzlich ein Gemurmel hörten und durch die Zweige der Büsche, etwa zehn bis fünfzehn Meter unter uns, kleine Lichter sich über den Boden bewegen sahen. Wir gaben natürlich sofort unsere Absicht, die Laterne anzuzünden, auf und krochen leise wie Mäuse wieder in die Büsche zurück.

Endlich kam der Morgen. Der erste Lichtstrahl schoß wie ein feuriger Speer über den Himmel hin, und als er erschien, erhob sich unter uns ein tiefer und melodischer Gesang. Er erstarb wieder, und eine Weile herrschte Stillschweigen, nur unterbrochen von einem schlürfenden Geräusch, wie wenn Leute in einem dunklen Theater ihre Sitze einnehmen. Eine Frau begann mit schöner Altstimme zu singen. Ich konnte die Worte nicht erfassen, wenn es überhaupt Worte waren und nicht nur Töne.

Ragnall neben mir wurde plötzlich sehr aufgeregt und raunte mir flüsternd zu:

»Ich glaube, das ist die Stimme meiner Frau.«

»Wenn sie's wirklich ist, bitte ich Sie, sich zu beherrschen.«

Der Himmel begann in goldener Pracht aufzuflammen und das Licht in die neblige Höhlung unter uns hinabzufluten. Uns zu Füßen lag ein Amphitheater. Wir saßen auf seiner südlichen Mauer. Es war eine natürliche Lavaklippe von ungefähr zwanzig Meter Höhe. Das Amphitheater war von ovaler Gestalt und nicht sehr groß. Rings um dieses Oval liefen lange Reihen von Sitzen, die in die Lava des Kraters hineingehauen waren. Ohne Zweifel war dieses Amphitheater der Krater eines erloschenen Vulkans.

In der Arena dieses Theaters nun stand ein Tempel, der, seinem Stil nach, geradezu von altägyptischen Baumeistern aufgeführt zu sein schien. Hier war der Torturm, der Pylon, dort der äußere, offene und säulenumkränzte Hof, dort, ebenfalls offen, ein zweiter kleinerer Hof, und hinter diesem, aus Lavablöcken errichtet wie alles andere, ein gedecktes kleines Gebäude, das Allerheiligste. Vor dem Eingang zum Allerheiligsten stand ein großer Block aus Lava, wohl der Altar, und vor diesem ein steinerner Sitz und ein Steinbecken, das auf drei Füßen ruhte. Den hinteren Abschluß der Tempelanlage bildete ein viereckiges Haus mit Fensteröffnungen.

Auf den Bänken dieses Amphitheaters saßen etwa dreihundert Personen, Männer und Frauen, die Männer auf der nördlichen und die Frauen auf der südlichen Seite. Alle waren in schneeweiße Gewänder gekleidet. Die Häupter der Männer waren geschoren, jene der Frauen verschleiert, ihre Gesichter jedoch waren unverhüllt. Zwei Wege durchquerten das Amphitheater in nördlicher und westlicher Richtung. Sie schienen aus den umgebenden Felsen herzukommen, und beide Wege fanden an den Felsenöffnungen durch mächtige, wohl fünf bis sechs Meter hohe, hölzerne Doppeltore ihren Abschluß.

Jetzt öffneten sich die Zellen zwischen den Säulen des äußeren Hofes, und zwölf Priester, von Hârut selber geführt, traten heraus. Jeder von ihnen trug auf einer hölzernen Platte verschiedene Feldfrüchte. Aus den Zellen der südlichen Seite erschienen gleichzeitig zwölf Frauen, sie stellten sich vor den Männern auf. Auch sie trugen hölzerne Platten, und auf ihnen lagen Blumen.

Auf ein Zeichen hin intonierten sie einen Choral und wandelten dabei langsamen Schrittes durch den Gang, der aus dem ersten in den zweiten Hof führte. Vor dem Altar angelangt, setzten sie, einer nach dem anderen, ihre Opfergaben nieder. Dann stellten sich Männer und Frauen zu beiden Seiten des Altars auf, und Hârut ergriff eine Platte mit Getreide und eine mit Blumen. Er hob sie erst gen Himmel, dann gegen die aufgehende Sonne und schließlich gegen das Tor des Heiligtums, wobei er halb singend und halb sprechend psalmodierte.

Es folgte ein Gesang des ganzen Auditoriums.

Nach einer Pause öffneten sich die Tore des Heiligtums. Und zwischen ihnen erschien – die Göttin Isis der Ägypter! Sie war in enganliegende Gewänder von so dünnem Stoff gehüllt, daß man ihren weißen Körper durchschimmern sah. Das Haar wurde durch einen elfenbeinernen Kamm gehalten, und auf dem Kopfe trug sie einen Schmuck aus glitzernden Federn; an der Stirnseite ringelte sich eine kleine goldene Schlange empor. In ihren Armen barg sie etwas, was aus dieser Entfernung aussah wie ein nacktes Kind. Hinter ihr schritten zwei Frauen; sie stützten ihr die Arme, und auch sie trugen jene Federmützen, aber ohne goldene Schlange, und auch sie waren in enganliegende, durchscheinende Gewänder gehüllt.

»Mein Gott!« flüsterte Ragnall, »das ist meine Frau!«

»Dann seien Sie still, und danken Sie Gott, daß sie am Leben und gesund ist«, antwortete ich.

Die Göttin stand still. Priester und Priesterinnen, die ganze Versammlung stieß dreimal einen triumphierenden Ruf des Willkommens aus. Dann nahmen Hârut und der erste Priester einen Maiskolben und eine Blume von den Holzbrettern und hielten sie an die Lippen des Kindes und hernach an die Lippen der Göttin. Hierauf wurde sie von den zwei Dienerinnen zum steinernen Stuhle geführt. Sie nahm auf ihm Platz, und es wurde ein Feuer in der steinernen Schale auf dem Dreifuß angezündet. Es brannte mit dünner, blauer Flamme, und wir sahen Hârut und den Oberpriester etwas darauf werfen; es entwickelte einen dunkelblauen Rauch. Dann beugte Isis, ich möchte sie nicht anders nennen, ihren Kopf vor, so daß der Rauch ihn verhüllte, genau so, wie sie und ich es damals vor Jahren im Salon des Schlosses Ragnall getan hatten. Der Rauch verzog sich wieder, und die beiden Dienerinnen bemühten sich um die Göttin. Sie saß jetzt aufrecht im Stuhl, das Kind an ihre Brust gepreßt und den Kopf sanft nach vorn neigend, als wäre sie betäubt.

Jetzt schritt Hârut zu der Göttin hin und schien mit ihr eine lange Zwiesprache zu halten. Er trat abseits, und nach einer Pause, während ringsum tiefstes Schweigen herrschte, erhob sich die Göttin, die weitgeöffneten Augen gen Himmel gerichtet, und begann zu sprechen. Wir hörten nicht, was sie sagte, doch in dem klaren Morgenlicht konnten wir die Bewegungen ihrer Lippen beim Sprechen genau sehen. Sie sprach mehrere Minuten lang. Dann setzte sie sich wieder nieder und blieb bewegungslos. Hârut aber trat nochmals vor, diesmal an den Altar, postierte sich dort auf einer Stufe und sprach zu den Priestern und Priesterinnen und zur ganzen Versammlung. Seine Stimme war so laut und klar, daß ich jedes Wort verstehen konnte, was er sagte.

»Die Wächterin des himmlischen Kindes, die erwählte Hüterin, sie, die in ihren Armen das Symbol des Kindes trägt, hat gesprochen. Hört die Worte, die das Orakel als Antwort auf die Fragen mir, Hârut, dem Oberpriester des ewigen Kindes, gesagt hat!

Oh, Volk der weißen Kendah, Anbeter des Kindes, Krieg bedroht euch. Jana, der Böse, empört sich gegen euch! Mein Fluch ist auf das Volk Janas gefallen, mein Hagel hat sie, ihr Korn und ihr Vieh zerschmettert; sie haben nichts mehr zum Essen. Doch sie sind noch immer stark genug zum Krieg; und in eurem Lande gibt es zu essen. Sie kommen, um euer Getreide zu nehmen. Jana kommt, um euren Gott zu zerstampfen. Ihr seid wenig an Zahl, und Jana ist sehr stark. Das Kind wird schwach und alt, und die Tage seiner Herrschaft sind beinahe vorüber, und seine Anbetung ist fast ausgestorben. Nur hier noch lebt diese Anbetung.

›Wie sollt ihr siegen? Nur auf eine einzige Weise‹, – so spricht die Wächterin, die Amme des Kindes, die mit der Stimme des Kindes spricht. ›Durch die Hilfe jener, die ihr von weither zu eurer Unterstützung gerufen habt! Vier waren es; aber ihr habt zugelassen, daß einer von ihnen unter dem Biß des Wächters der Höhle sein Leben gelassen hat. Das war eine böse Tat, Söhne und Töchter des Kindes! Warum habt ihr dies getan? Damit das Geheimnis bewahrt wird, das Geheimnis vom Diebstahl einer Frau, damit ihr eure Lüge fortsetzen könnt, die nun auf euch herabfällt wie ein Stein vom Himmel.‹

So spricht das Kind: ›Erhebt keine Hand gegen die drei, die übriggeblieben sind, und was jene gebieten, das tut! Denn jene allein werden es erreichen, daß einige von euch gerettet werden vor Jana und vor denen, die ihm dienen. Tut es, selbst wenn die Wächterin euch genommen wird und das Kind selbständig zurückkehrt zu seiner eigenen Stätte.‹

Dieses sind die Worte des Orakels, ausgesprochen bei dem Feste der ersten Früchte, die Worte, die nicht geändert werden können, und die Worte, die wahrscheinlich seine letzten waren.«

Hârut hatte geendet, und tiefe Stille herrschte ringsum. Nach und nach schienen die Zuhörer die ungeheure Bedeutung dieser Worte zu begreifen, und aus ihren Reihen erhob sich tiefes Stöhnen. Dann hob die Göttin das Symbol des Kindes hoch über ihren Kopf. Die Anwesenden verbeugten sich in tiefster Verehrung. Das Kind immer noch in die Höhe haltend, wandte sich die Göttin um, und begleitet von ihren Dienerinnen schritt sie langsam in das Haus hinter dem Heiligtum zurück.

Jetzt erhoben sich die Teilnehmer der Versammlung von ihren Plätzen und schwärmten in den Außenhof des Tempels, dessen östliches Tor offenstand. Hier hielten sich die Priester auf und verteilten die Gaben, die auf dem Altar gelegen hatten. Jeder Mann bekam Korn zu essen und jede Frau eine Blume zum Küssen.

Ragnall seufzte tief auf. Er schien zu einem Entschluß gekommen zu sein. Seine Augen glühten, sein Gesicht war kalkweiß.

»Was wollen Sie tun?« fragte ich.

»Ich will diese Leute auffordern, mir meine Frau zurückzugeben. Versuchen Sie nicht, mich zurückzuhalten, Quatermain, ich bin entschlossen, das auszuführen, was ich gesagt habe.«

»Aber – aber –« stammelte ich, »das werden sie niemals tun, und wir sind doch nur drei unbewaffnete Männer.«

Hans hob sein kleines, gelbes Gesicht neben meines.

»Baas,« flüsterte er, »ich habe einen Gedanken. Was hat soeben der alte Zauberdoktor Hârut da unten gesagt? Sagte er nicht, daß nur mit unserer Hilfe die weißen Kendah den Horden der schwarzen Kendah widerstehen könnten, und daß uns kein Leid zugefügt werden dürfe, wenn die weißen Kendah weiterleben wollen? Also scheint mir, Baas, daß wir etwas zu verkaufen haben, was die weißen Kendah kaufen müssen, nämlich unsere Hilfe gegen ihre schwarzen Brüder. Wenn wir nicht für sie kämpfen, glauben sie, daß sie ihre Feinde nicht besiegen und den Teufel Jana nicht töten können. Nun gut, angenommen der Baas sagt, daß unser Preis die weiße Frau ist, die wie ein Vogel aussieht, daß sie uns übergeben werden muß, wenn wir die schwarzen Kendah besiegt und Jana getötet haben, und weiter, daß wir unser gesamtes Pulver und alle unsere Patronen verbrennen wollen, wenn sie diesen Preis nicht bezahlen, – ist dann nicht Aussicht, sie zu bekommen?«

Ich setzte Ragnall den Plan auseinander und fügte hinzu:

»Es ist dann sehr wahrscheinlich, daß jene Leute Ihre Frau lieber umbringen als zugeben, daß jemand, den sie als heilig und als notwendig für ihren Glauben betrachten, von dem Kind, das ihnen noch heiliger ist, bei seinen letzten Kämpfen getrennt wird.«

Es war ein glücklicher Einwurf, den ich da machte, denn Ragnall murmelte:

»Sie nochmals zu verlieren, wäre mehr als ich ertragen kann.«

»Wollen Sie versprechen, es mir zu überlassen, diese Sache in Ordnung zu bringen und nicht Gewalt anzuwenden?«

Er zögerte einen Moment und antwortete:

»Ja, ich verspreche es. Ihr beide seid klüger als ich, und – ich kann augenblicklich meinen Nerven nicht trauen.«

»Gut,« sagte ich, »so wollen wir denn jetzt hinabsteigen und uns mit Hârut und seinen Freunden ein bißchen unterhalten.«

Ungesehen erreichten wir das Tor, schritten, ohne Aufmerksamkeit zu erregen, hindurch, blieben an der Öffnung stehen, und ich rief mit lauter Stimme aus: »Die weißen Herren und ihr Diener sind gekommen, um Hârut zu besuchen. Er hat uns eingeladen. Wir bitten euch, bringt uns zu Hârut!«

Wie vom Schlage gerührt drehten alle Menschen ihre Köpfe zu uns hin und starrten uns an.

»Tötet sie! Tötet diese Fremden, die unseren Tempel schänden.«

»Was!« antwortete ich, »ihr wollt jene töten, denen euer Hohepriester sicheres Geleit zugesagt hat? Jene, durch deren Hilfe allein ihr hoffen könnt, Jana und seine Horden zu schlagen?«

»Wie könnt ihr das wissen?« rief eine andere Stimme.

»Es sind Zauberer! Es sind Zauberer!«

»Ja,« bemerkte ich, »die Magie wohnt nicht allein in den Herzen der weißen Kendah! Wenn ihr zweifelt, geht, schaut euch einmal den Wächter der Höhle an, von dem euer Orakel sagte, er sei tot. Ihr werdet finden, daß es nicht gelogen hat.«

Im gleichen Augenblick kam ein Mann durch den Tunnel und das Tor hergestürmt Sein weißer Kaftan flatterte im Winde. Laufend noch schrie er:

»Priester und Priesterinnen des Kindes! Die uralte Schlange ist tot! Ich, dessen Amt es ist, die Schlange am Tage des Neumondes zu füttern, habe sie tot in ihrem Hause gefunden!«

»Ihr hört es,« setzte ich ruhig hinzu, »der Vater der Schlangen ist tot. Wenn ihr wissen wollt, wie er starb, will ich es euch sagen. Wir schauten ihn an, und er starb!«

Sie standen still und steif da und starrten uns an wie eine Herde erschreckter Schafe.

Auf einmal teilte sich die Herde, und der Hirte in Gestalt Hâruts trat vor uns hin.

»So, ihr hergekommen, eh? Warum ihr hergekommen? Wie, zum Teufel, ihr gekommen?«

»Wir kamen, weil du uns eingeladen hast« antwortete ich, »und weil wir es für unhöflich gehalten hätten, deiner Einladung nicht Folge zu leisten. Im übrigen kamen wir durch eine Höhle, wo eine zahme Schlange wohnte, ein häßlich aussehendes Reptil, aber sehr harmlos für jene, die wissen, wie sie mit Schlangen umzugehen haben, und die sich vor ihnen nicht fürchten wie der arme Bona. Wenn ihr für die Haut keine Verwendung habt, würde ich darum bitten, um mir eine Weste daraus zu machen.«

Hârut sah mich mit offensichtlichem Respekt an und murmelte:

»Oh, Macumazana, du, was ihr in diesem Lande nennt, kühn, sehr kühn!! Ist das alles?«

»Nein,« antwortete ich, »obgleich ihr uns nicht bemerktet, waren wir während eures Gottesdienstes unter euch und haben alles gehört und gesehen. So zum Beispiel haben wir auch die Frau dieses Lords hier gesehen, die ihr in Ägypten gestohlen habt, sie, von der du großer Lügner Hârut geschworen hast, ihr hättet sie nicht gestohlen. Wir haben auch ihre Worte gehört, als sie mit dem Rauch eures Tabaks betäubt war.«

Jetzt war Hârut zum ersten mal in seinem Leben, um mich sportlich auszudrücken, »knock out«. Er stierte uns an, wurde blaß, hob die Augen zum Himmel und schwankte hin und her, als wollte er umfallen.

»Wie, ihr hörtet es? Wie, eh?« forschte er mit schwacher Stimme.

»Kümmere dich nicht darum, wie wir es hörten, mein Freund,« antwortete ich munter, »was wir zu wissen wünschen, ist, wann ihr bereit seid, jene Frau ihrem Gatten zurückzugeben.«

»Nicht möglich,« antwortete er, »eher wir töten euch, eher wir töten sie! Sie Amme des Kindes, solange Kind hier, sie auch hier, bis sie stirbt.«

»Hör' zu,« fiel Ragnall ein, »entweder ihr gebt mir meine Frau oder sonst jemand wird sterben, und dieser Jemand wirst du sein, Hârut!«

»Lord,« antwortete der alte Mann mit Würde, »ich weiß, du kannst mich töten, und wenn du mich tötest, werde ich dir noch Dank sagen; denn ich möchte in all dieser Not und Angst nicht weiter leben. Aber wozu wäre das gut? Eine Minute später stirbst auch du, sterbt ihr alle, und deine Frau bleibt trotzdem hier, bis der schwarze Kendahkönig Simba sie sich zum Weibe nimmt oder sie sich selbst tötet!«

Ich übersetzte, was er gesagt hatte, und trat Ragnall warnend auf den Fuß. Dann antwortete ich:

»Höre zu, wir haben euer Orakel vernommen, und wir wissen, daß ihr seinem Worte glaubt. Es sagt, daß nur wir euch gegen die schwarzen Kendah helfen können. Wenn du uns nicht das versprichst, was wir fordern, werden wir euch nicht helfen. Wir werden unser Pulver verbrennen und unser Blei einschmelzen. Außerdem werden wir noch anderes tun, was ich dir nicht sagen will. Wenn du uns aber das Versprechen gibst, dann wollen wir für euch gegen Jana und Simba kämpfen, und wir wollen eure Leute lehren, die fünfzig Gewehre, die wir haben, zu gebrauchen, und ihr sollt durch unsere Hilfe siegen. Verstehst du?«

Er nickte, strich seinen langen Bart und fragte:

»Was soll ich versprechen?«

»Wir wollen, daß du versprichst, uns, nachdem Jana tot ist und die schwarzen Kendah fortgetrieben sind, jene Dame, die ihr gestohlen habt, unverletzt zu übergeben. Außerdem, daß ihr sie und uns sicher aus eurem Lande bringt, und daß ihr jetzt diesen Lord zu seiner Frau führt.«

»Nicht das letzte, das nicht!« antwortete Hârut, »das ist unmöglich, es würde uns allen den Tod bringen, es würde auch von keinem Nutzen sein; denn ihr Verstand ist nicht bei ihr. Was das andere betrifft, so kommt mit mir, setzt euch nieder und eßt, während ich mit den Priestern spreche.«

Er gab einige Befehle, worauf sich eine Art Garde um uns bildete, die uns unangefochten durch die Menge und dann den Gang entlang in den zweiten Tempelhof führte.

Inzwischen hatte Hârut etwa ein Dutzend Priester um sich versammelt, und eine lebhafte Diskussion war im Gange.

Etwa fünf Minuten später begann Hârut seine Rede. Hinter jedem Satz machte er eine Pause, damit ich ihn Ragnall übersetzen konnte.

»Lords Macumazana und Igeza und gelber Mann, dessen Name ›Licht-im-Dunkel‹ ist,« sagte er, »wir, die Oberpriester des Kindes, die wir im Namen des Volkes der weißen Kendah sprechen, haben bezüglich eurer Wünsche Rat gepflogen und wollen die beiden ersten Wünsche erfüllen. Wir bekennen, daß wir die Frau entführt haben, aber wir mußten dies tun. Ihr müßt schwören, bei uns zu bleiben bis zum Ende des Krieges, unsere Sache zu eurer Sache zu machen und, wenn es sein muß, euer Leben in der Schlacht hinzugeben. Ihr müßt ferner schwören, daß keiner von euch versuchen will, jene Dame, die ›Wächterin des Kindes‹ genannt wird, zu sehen oder von hier fortzunehmen, bevor wir sie euch übergeben. Wenn ihr diese Dinge nicht beschwören wollt, dann werden wir euch umbringen und unsere eigene Schlacht mit Jana auskämpfen, so gut wir können.«

»Und wenn wir diese Versprechen geben, wie sind wir sicher, daß ihr die euren haltet?« unterbrach ich ihn.

»Dadurch, daß der Eid, den wir schwören werden, der Eid des Kindes ist, der nicht gebrochen werden kann.«

»Dann schwört ihn«, sagte ich. Obgleich mir diese Sicherheit nicht ganz ausreichte, war es offenkundig doch die einzige, die wir bekommen konnten.

So legten sie in feierlicher Weise ihre rechten Hände auf den Altar, und »in der Gegenwart des Kindes und im Namen des Kindes und des ganzen Volkes der weißen Kendah« sprachen sie Hârut jenen furchtbaren Eid nach, den ich schon einmal wiedergegeben habe.

Sie ließen uns nun Zeit, die Sache unter uns zu besprechen. Anfänglich hatte ich Schwierigkeiten mit Ragnall, der ganz und gar nicht gewillt war, sich in irgendeiner Weise zu binden. Erst nachdem ich ihm noch einmal vorgestellt hatte, daß nicht nur unsere Leben, sondern das fernere Schicksal seiner unglücklichen Frau davon abhing, war er damit einverstanden, den Eid zu leisten.

Hârut verlangte, daß wir bei dem Kind schwören sollten, was wir ablehnten. Wir wären gewohnt, nur beim Namen unseres eigenen Gottes zu schwören.

16. Kapitel
Die Gesandtschaft des König Simba

Die Zeremonie war zu Ende. Die Priester außer Hârut und noch zwei anderen verschwanden, wahrscheinlich um dem Volk den Abschluß des Vertrages zu verkünden. Der alte Hârut betrachtete uns eine Weile schweigend, dann sagte er auf englisch:

»Was ihr nun gern tun? Vielleicht ihr wollen zurückfliegen nach Stadt des Kindes, denn ich vermute, ihr hierher geflogen? Wenn so, bitte nehmen mich mit, dann ich brauche nicht solange zu reiten auf Kamel.«

»O nein,« antwortete ich, »wir sind zu Fuß durch jenes Loch gekommen, in dem der Vater der Schlangen lebte, der vor Furcht starb, als er uns sah.«

»Gut gelogen,« sagte Hârut anerkennend, »ausgezeichnete Lüge! Ich gern wissen, wie ihr große Schlange umgebracht. Wir immer denken, sie leben ewig, denn sie immer hier gewesen, hundert, hundert Jahre. Unser Volk finden sie, wenn kommen in dies Land, und machen sie zu einer Art Gott. Wollt ihr Kind sehen? Wenn so, kommt, denn ihr unsere Brüder nun, nur bitte abnehmen Hut und nicht sprechen.«

So traten wir unter seiner Führung in das kleine Heiligtum. In einer Nische stand die heilige Figur, die Ragnall und ich mit einer Art ehrfürchtigen Interesses betrachteten. Es war eine Statue von ungefähr siebzig Zentimeter Höhe. Sie war aus einem großen Elefantenzahn geschnitzt und so alt, daß das gelbliche Elfenbein morsch geworden und von einer Unzahl feiner Risse und Sprünge gekerbt war.

Die Statue mußte von einem großen Künstler, wahrscheinlich nach einem lebenden Modell, modelliert worden sein.

Außer der Statue lagen noch zwei Papyrusrollen in einer Nische.

Wir verließen das Heiligtum, und Hârut führte uns durch die zwei Höfe und den Pylon zum Außentor des Tempels.

»Lords,« sagte er hier, »jetzt seid ihr und die weißen Kendah Brüder, euer Ende ist ihr Ende, euer Schicksal ist ihr Schicksal, ihre Geheimnisse sind eure Geheimnisse. Du, Lord Igeza, arbeitest für eine Belohnung, eben jene Dame, die wir droben am Nil dir weggenommen haben – –«

»Wie habt ihr diesen Streich eigentlich ausgeführt?« fragte Lord Ragnall.

»Lord, wir haben dich beobachtet. Wir wußten, daß du nach Ägypten kamst. Wir folgten dir auf Schritt und Tritt, und eines Nachts riefen wir dein Weib, und sie gehorchte, weil sie nicht anders konnte. Wir hatten ihr den Verstand weggenommen – frage mich nicht wie – und brachten sie dann hierher, wo sie unter uns lebte. Erinnerst du dich des Trupps von Arabern, die an jenem Abend die Ufer des großen Flusses entlang ritten? Ich hoffe, sie wird mit dir zusammen unverletzt wieder zurück in euer Heimatland reisen, wenn hier alles zu Ende ist. Auch du, Lord Macumazana, arbeitest für eine Belohnung, für den ungeheuren Schatz von Elfenbein jenseits des Tavaflusses. Wenn du Jana, der diesen Schatz bewacht, getötet und die schwarzen Kendah, die ihm dienen, besiegt haben wirst, gehört er dir, und wir werden dir Kamele geben, damit du ihn oder einen Teil davon – alles kannst du ja unmöglich fortschleppen – mit nach der Küste bringen kannst. Was den gelben Mann betrifft, glaube ich, daß er keine Belohnung sucht, und er braucht auch keine, denn er wird ohnedies bald alles besitzen.«

»Der alte Zauberdoktor meint, daß ich sterben muß,« sagte Hans und spuckte nachdenklich aus, »nun, Baas, ich bin bereit dazu, wenn nur vorher Jana und ein paar andere in die Hölle gefahren sind.«

»Quatsch!« rief ich aus. Dann drehte ich mich um und hörte Hârut weiter zu.

»Lords,« sagte er, »diese Straßen, die nach Osten und Westen laufen, sind die eigentlichen Wege auf den Gipfel des Berges und zum Tempel. Nicht jener, der durch die Höhle der alten Schlange hindurch führte. Der östliche Weg, der den Fuß des Berges entlang zu einem Paß in jenen entfernteren Bergen und von dort aus durch die Wüste nordwärts führt, ist so leicht zu blockieren, daß wir von dorther keinen Angriff zu befürchten haben. Mit dem westlichen Wege allerdings ist es anders, wie ich euch zeigen werde, wenn ihr mit mir kommen wollt.«

Er gab seinen Priestern einige Befehle. Sie eilten davon und kehrten nach kurzer Zeit mit einer Anzahl von Reitkamelen zurück. Wir bestiegen die Tiere und folgten Hârut. Etwa einen Kilometer entfernt erhob sich ein steiler Felsabhang, der wahrscheinlich einmal den Rand eines Außenkraters gebildet hatte. An einer Stelle wurde er von einer etwa zweihundert Meter breiten Schlucht durchbrochen. Außerdem bemerkten wir rechts und links vom Berge alte Befestigungsanlagen. Hârut berichtete, daß sie vor etwa hundert Jahren anläßlich eines früheren Krieges mit den schwarzen Kendah von seinen Vorfahren aufgeworfen worden waren. Damals allerdings war das Volk der weißen Kendah noch viel zahlreicher als jetzt.«

»So kennt Simba diese Straße?« fragte ich.

»Ja, Lord, und Jana kennt sie auch; denn er hat in jenem Kriege mitgekämpft, und sogar jetzt kommt er noch manchmal auf ihr herauf und tötet jeden, den er trifft. Nur bis zum Tempel hat er sich noch nie vorgewagt.«

Ich setzte Hârut auseinander, daß es notwendig wäre, an dieser Stelle ohne Verzug neue und stärkere Verschanzungen aufzuwerfen, das heißt, wenn überhaupt die Absicht bestand, den Berg als letzte Zuflucht zu verteidigen.

»Das allerdings ist unsere Absicht, Lord,« antwortete er, »denn wir sind nicht stark genug, die Schwarzen in ihrem eigenen Lande anzugreifen oder uns ihnen in offener Feldschlacht zu stellen. Deshalb wird es eure Aufgabe sein, hier Wälle zu bauen, stark genug, um Jana und die Horden der schwarzen Kendah aufzuhalten.«

»Meinst du damit, daß Jana mit Simba und seinen Kriegern kommen und kämpfen wird?«

»Ganz ohne Zweifel, Lord, er hat das immer so gehalten. Jana ist dem König und gewissen Priestern der schwarzen Kendah gegenüber zahm, und er wird ihren Befehlen blind gehorchen. Auch kann er selbst denken; denn er ist ja ein böser Geist und unverwundbar.«

»Sein linkes Auge und die Spitze seines Rüssels sind aber nicht unverwundbar,« bemerkte ich, »obgleich ich nach allem, was ich von ihm weiß, dir darin zustimmen möchte, daß er tatsächlich fähig ist, selbständig zu denken. Nun, eigentlich freue ich mich, daß die Bestie hierher kommt. Ich habe ja noch ein Hühnchen mit Jana zu pflücken.«

»Gerade so wie er mit dir, Lord, denn niemals vergißt Jana irgend etwas, und auch mit dir, Licht-im-Dunkel«, setzte Hârut in einem unangenehmen und eindringlichen Tone hinzu.

Ragnall nahm einige Maße und machte eine Skizze des Ortes in sein Notizbuch, um sich klar darüber zu werden, wie dort Befestigungen anzulegen seien. Dann setzten wir unseren Ritt an den östlichen Abhängen des Berges entlang fort. Auch hier stand dichter Zedernwald, der gegebenenfalls als leicht zu verteidigen-

des Terrain gelten konnte. Am Fuße des Berges machte die Straße einen großen Bogen um das steinige Gelände, und so kamen wir erst gegen Mittag in der Stadt des Kindes an. Wir waren so müde, daß wir uns gleich nach dem Essen hinlegten und bis gegen Abend schliefen.

Kurz nach fünf Uhr wurden wir durch Hârut geweckt, der uns mitteilte, daß – wie seine zuverlässigen Kundschafter in Erfahrung gebracht hatten – die schwarzen Kendah sich zum Kampf gegen das »Volk des Kindes« entschlossen und ihn nach wohl vierzehn Tage währenden Vorbereitungen beginnen würden.

Noch am gleichen Abend begannen auch unsere Vorbereitungen zur Abwehr des Angriffs, der jetzt unvermeidlich schien. Für uns Weiße kamen die mystischen Kräfte der beiden rivalisierenden Gottheiten nicht in Betracht. Und bei nüchterner Beurteilung schien die Situation der weißen Kendah allerdings außerordentlich ernst. Sie konnten etwa zweitausend oder, wenn man Jünglinge von vierzehn und alte Männer über fünfundfünfzig Jahren einrechnete, bestenfalls zweitausendsiebenhundert kriegsdienstfähige Leute aufbringen. Für Hilfsdienste kamen vielleicht noch zweitausend Frauen in Frage.

Gegen diese kleine Macht konnten die schwarzen Kendah zwanzigtausend Mann aufbringen, also zehn gegen einen. Außerdem würden diese Feinde mit dem Mute der Verzweiflung kämpfen. Sie waren vom Hungertode bedroht.

Zugunsten der Anhänger des Kindes sprach einzig und allein, daß sie in der natürlichen Festung ihres heiligen Berges eine Stellung innehatten, die, gut verteidigt, fast uneinnehmbar war. Außerdem standen ihnen die Kenntnisse und Erfahrungen von Ragnall und mir selbst zur Verfügung, und schließlich mußte der Feind unseren Feuerwaffen gegenübertreten. Keiner von beiden Stämmen hatte bis jetzt mit solchen Waffen zu tun gehabt.

Demnach bestand unsere nächste Aufgabe darin, von den fünfzig Büchsen, die wir nach Kendahland mitgebracht hatten, den bestmöglichen Gebrauch zu machen. Deshalb bat ich Hârut um fünfundsiebzig ausgewählte, tapfere und intelligente junge Leute, um sie im Schießen auszubilden. Wir hatten zwar nur fünfzig Gewehre, aber ich wollte fünfundsiebzig Mann einexerzieren, um nötigenfalls Ersatz für Gefallene zu haben.

Die Aufgabe war nicht leicht. Vor allem deshalb, weil wir mit der Übungsmunition sehr, sehr sparsam umgehen mußten. Immerhin lehrten wir sie, zu zielen, zu feuern, auf das Kommando hin das Feuer einzustellen und vor allem, die Gewehre tief zu halten und keinen Schuß zu verschwenden. Meisterschützen konnte ich natürlich unter diesen Umständen aus ihnen nicht machen.

Mit Ausnahme dieser Leute war fast die gesamte männliche Bevölkerung alltäglich bis tief in die Nacht hinein mit dem Einbringen der Ernte beschäftigt. Alles wurde auf Kamelen in den zweiten Hof des Tempels, den einzigen sicheren Platz, gebracht. Die Vieh- und Kamelherden wurden an den Abhängen des Berges in Lichtungen und Schluchten versteckt und Futtervorräte für sie gesammelt. Außerdem mußte natürlich auch eine Postenkette am Fluß entlang aufgestellt werden.

Eine Menge Menschen nahm ferner die Befestigung des Bergpasses in Anspruch. Diese Arbeit unterstand Ragnall, der glücklicherweise früher als Offizier bei der Pioniertruppe gedient hatte.

Unter Assistenz der Priester und aller Frauen und Kinder, die nicht beschäftigt waren, baute er Wall hinter Wall, baute er Redoute hinter Redoute, von den Schützen- und Unterstandsgräben, die er aushob, und den Wolfsgruben mit scharfen, zugespitzten Pfählen, die er überall graben ließ, wo die Bodenbeschaffenheit es nur erlaubte, gar nicht zu reden.

Der Feind ließ uns für unsere Rüstungen zehn Tage lang Zeit. In der vierzehnten Nacht, vom Neumond an gerechnet, kamen unsere Späher auf schnellen Kamelen herauf und berichteten, daß Tausende von schwarzen Kendah am jenseitigen Ufer des Flusses versammelt seien. In der fünfzehnten Nacht überschritt der Feind den Fluß, etwa fünftausend Reiter und fünfzehntausend Soldaten zu Fuß stark, an ihrer Spitze der riesige Gott-Elefant Jana und auf dessen Rücken Simba, der König, und ein Priester.

Zwei Nächte später loderten tief unter uns Flammen und Rauch. Die Stadt des Kindes brannte an allen Ecken und Enden. Die Armee der schwarzen Kendah bewegte sich nur langsam vorwärts, wohl um unterwegs noch so viel Nahrungsmittel als möglich aufzutreiben. Die Zeit der Prüfung war gekommen. Bis um Mitternacht arbeiteten Männer, Frauen und Kinder fieberhaft an der Fertigstellung der Befestigungswerke.

Insgesamt waren etwa fünftausend Menschen beiderlei Geschlechts und jeden Alters innerhalb der Felsenmauern versammelt. Mit Proviant und Wasser waren wir so gut versehen, daß wir eine Belagerung von mehreren Monaten aushalten konnten. Wurde unsere Stellung jedoch genommen, so gab es keine Möglichkeit des Entkommens, denn durch unsere Späher erfuhren wir, daß die Schwarzen eine Abteilung von mehreren tausend Mann abgeschickt hatten, die westliche Straße und die Abhänge des Berges zu sperren, für den Fall, daß wir versuchen sollten, in dieser Richtung auszubrechen. Den letzten, überhaupt noch existierenden Rückzugsweg, den durch die Schlangenhöhle, hatten wir selbst mit großen Steinen verrammelt, um nicht etwa hier in der Flanke angegriffen zu werden.

Kurz gesagt, wir steckten in unserer Festung drin wie Ratten in der Falle, und dort, wo wir waren, dort mußten wir entweder siegen oder sterben – es sei denn, wir wählten das dritte, die Übergabe. Diese aber bedeutete für die meisten von uns ein Schicksal, das schlimmer war als der Tod.

17. Kapitel
Allan Quatermain schießt vorbei

Ich hatte meinen letzten Rundgang bei den Scharfschützen beendet, obgleich sie, um die Wahrheit zu sagen, nichts weniger als »scharf« schossen. Ich hatte mich überzeugt, daß hinter dem Walle jeder Mann auf seinem Platze war, und daß hinter je einem Paar ein Mann in Reserve stand, der das Gewehr ergreifen sollte, wenn einer der Schützen fiel.

Jeder Mann hatte zwanzig Patronen in seinem Beutel. Mehr wollte ich vorläufig nicht austeilen, um zu verhindern, daß sie in der Aufregung oder bei einer Panik blindlings die letzte Patrone verschossen. Aber ich hatte Vorsorge getroffen, daß einige ältere, ruhige Männer hinter der Linie verteilt standen, die unsere Reservemunition in Verwahrung hatten, und zwar für jedes Gewehr ungefähr sechzig Patronen. Sie sollten die Munition in kleinen Portionen in die Feuerlinie schicken, sobald sie sahen, daß es notwendig war. Nach einigen anfeuernden Worten an jene Eingeborenen, die als Unteroffiziere fungierten, zog ich mich hinter eine aus Zweigen geflochtene Schutzwand zurück, die hinter einem Felsen errichtet worden war, um, wenn möglich, noch zu schlafen, ehe der Kampf begann.

Ich schlief tatsächlich einige Stunden lang wie ein Bär. Als ich aufwachte, sah ich Hans am Eingang unseres Obdachs sitzen und das kleine Gewehr Intombi putzen und ölen. Ich fragte ihn nach der Uhr, worauf er antwortete, daß noch zwei Stunden bis Sonnenuntergang fehlten.

Fünf Minuten später kamen Kundschafter an, die das Lager der schwarzen Kendah beobachtet hatten.

Es befand sich kaum einen Kilometer von uns entfernt in einer Waldlichtung. Wie die Späher aussagten, beabsichtigten die Schwarzen, sich gegen Morgen auf unsere Stellungen zu in Bewegung zu setzen. Anscheinend fürchteten sie, sie könnten bei einem Nachtmarsch in einen Hinterhalt fallen.

Für einen Augenblick hatte sich die Frage erhoben, ob es nicht vorteilhaft für uns wäre, sie noch bei Nacht und in ihrem Lager zu überfallen. Nach kurzem Hin und Her wurde die Idee jedoch fallen gelassen. Denn erstens waren wir zu schwach dazu, und zweitens teilten die weißen Kendah die Abneigung, im Dunkeln zu kämpfen, mit ihren schwarzen Brüdern. Im innersten Herzen hoffte ich übrigens, daß sie, wenn der Mond untergegangen, der Morgen aber noch nicht angebrochen war, den Versuch machen würden, uns anzugreifen, und daß sie bei dieser Gelegenheit in unsere Wolfsgruben fallen würden. Ließ sich eine solche Situation tatsächlich herbeiführen, dann würden wir imstande sein, einen beträchtlichen Teil ihrer Macht zu vernichten. Am Nachmittage hatte mich schon der schlaue alte Hans auf eine solche Möglichkeit aufmerksam gemacht, die nur vorteilhaft für uns sein konnte.

Und sie wurde auch herbeigeführt, und zwar – durch Hans selbst! Er hatte sich in der Dunkelheit an das Lager der Kendah herangeschlichen, einen von ihnen erschossen, und war dann eilends zurückgelaufen. Die Kendah glaubten wohl an einen nächtlichen Angriff von uns, und noch während Hans über seinen Streich berichtete, schwoll der Lärm anmarschierender feindlicher Scharen plötzlich zu donnerndem Getöse an. Elfenbeinhörner gellten, die Anführer brüllten Befehle, es war, als ob der ganze Berg unter dem Stampfen der Füße von Tausenden von Menschen und Pferden erzittere, und aus dem Getümmel hallte wieder und immer wieder der Schlachtruf: »Jana! Jana!«

»Sie werden gleich in den Wolfsgruben sein!« kicherte Hans und trat nervös von einem Bein auf das andere. »Horch! Jetzt fallen sie hinein!«

Es war tatsächlich so. Gellende Schmerzens- und Angstschreie erhoben sich allenthalben, die vordersten Reihen mußten hinuntergestürzt sein, Reiter und Fußtruppen durcheinander. Wir hatten über die Fallgruben Zweige gelegt und noch Erde darauf geschüttet. Unter dem Gewicht der blindlings Anstürmenden brach das leichte Gerüst ein, und die Unglücklichen wurden von den scharfen, feuergehärteten spitzen Pfählen, die von unten in die Höhe starrten, aufgespießt. Der Strom von Menschen quoll vorwärts, und alles, was vor ihm war, wurde in die tödlichen Löcher hineingepreßt, bis eins nach dem anderen vom Boden bis zum oberen Rande mit sich windenden Leibern von Menschen und Pferden gefüllt war, und über diesen grausigen, zappelnden Teppich drängte die Armee vorwärts, immer vorwärts.

Der Feind rückte also immer näher. Alle unsere Gruben zusammen verschlangen ja noch nicht ein Hundertstel seiner Scharen. Inzwischen dämmerte der Tag, und die durcheinander geratenen Haufen von Reitern und Fußsoldaten wurden vor unseren Linien sichtbar.

Als sie nicht mehr als vierzig Meter vom ersten Wall entfernt waren, gab ich Befehl zu feuern. Auf diese Entfernung konnten auch die ungeschicktesten Schützen nicht fehlen, und auch zu hoch gegangene Schüsse fanden noch in den im Hintergrund von den Abhängen niedersteigenden Truppenkörpern ihr Ziel, oder sie erreichten die das Fußvolk überragenden Gestalten der Reiter. Sicherlich war kein einziger Schuß der ersten Salven verlorengegangen. So manche Kugel hatte mehrere Menschen verwundet oder getötet.

Die Wirkung der Salve war augenblicklich bemerkbar. Die schwarzen Kendah, die wohl angenommen hatten, daß nur die Weißen Gewehre besäßen, unterbrachen den Vormarsch und standen wie versteinert. Sekundenlang herrschte Schweigen. Nichts war zu hören, als das Knacken der Gewehrschlösser, mein erneuter Befehl: »Feuer!« – und wieder rollte und knatterte eine Salve. Ein einziger, gellender Schmerzens- und Entsetzensschrei erhob sich aus den feindlichen Massen und dann – war das nicht das unverkennbare Geräusch einer wilden Flucht?

»Weg sind sie! Das war ein bißchen zu warm für sie, Baas«, kicherte Hans.

»Ja«, antwortete ich, nachdem ich meinen Leuten befohlen hatte, das Feuer einzustellen. »Aber ich bin sicher, daß sie mit dem Tageslicht wiederkommen. Immerhin, der Streich, den du ihnen gespielt hast, ist ihnen teuer zu stehen gekommen, Hans.«

Allmählich wurde es hell. Überall hoben und drängten sich die in die Fallgruben gefallenen halbtoten Menschen und Pferde, überall lagen, einzeln und in Haufen, tote und verwundete Menschen auf dem Gefilde, die rote Ernte unseres Gewehrfeuers.

Wir hatten bis zu diesem Moment nicht einen Mann verloren, ein einziger nur war durch einen Wurfspeer leicht verletzt worden. Als dies bekannt wurde, brachen die weißen Kendah in grenzenlosen Jubel aus. Sie dachten wohl, das Ende müßte so wie der Anfang sein.

Wir hatten zwar einen taktischen Erfolg erzielt, aber den Ausgang des Kampfes konnte er nicht beeinflussen, denn neben den vielen, vielen Tausenden, über die die Feinde noch verfügten, spielten diese Verluste keine Rolle.

Etwa eine Viertelstunde später kletterten und purzelten einige Jungen, die wir zum Ausguck auf die Klippen geschickt hatten, zu uns herunter und berichteten, daß die Schwarzen ihre Armee hinter der Krümmung des Passes ordneten, und daß die Reiterei abgesessen war und ihre Pferde nach hinten geschickt hatte.

Kurz darauf wurden die schwarzen Kendah vor der Krümmung sichtbar. Sie marschierten in vorzüglicher Ordnung an. Etwa acht- bis zehntausend Mann standen schließlich vor uns. Die vordersten Reihen hielten in einer Entfernung von etwa dreihundert Metern, also zu weit, als daß ein wirksames Feuer seitens meiner wenig geübten Schützen hätte eröffnet werden können. Und plötzlich war ein Dröhnen und Blasen von Hörnern und ein ungeheures Geschrei hinter der Paßkrümmung zu vernehmen.

Und jetzt gab es das merkwürdigste Schauspiel zu sehen, das meine Augen jemals genossen hatten. Der Riesenelefant Jana rückte an! Auf Kopf und Nacken des Ungetüms saßen zwei Männer, der lahme Priester, und Simba, der König. Beide prangten im höchsten Feststaat und schwangen lange Speere. Um den Nacken des Elefanten waren glänzende, schwere Ketten geschlungen, und die Enden dieser Ketten wurden von Speerträgern, sechs an der einen Seite und sechs an der anderen, gehalten. Am Ende des Rüssels trug der Riesenelefant drei kürzere Ketten, von denen stachlige Metallkugeln herabhingen.

In förderndem, schlürfendem Trab kam Jana heran. Er passierte das Zentrum der feindlichen Armee, eine Gasse öffnete sich für ihn, er wich leicht und sicher den mit Toten gefüllten Fallgruben aus. Dann verlang-

samte er ein wenig seinen Trott, aber er dachte keineswegs daran, vor unseren Wällen stehenzubleiben. Jetzt hielt ich meine Stunde für gekommen. Ich überzeugte mich, daß meine doppelläufige Elefantenbüchse schußfertig war. Hans hielt die zweite Büchse bereit, die ebenfalls doppelläufig und vom gleichen Kaliber war.

»Jetzt werde ich diesen Elefanten töten!« rief ich aus. »Niemand sonst soll schießen! Steht still, und ihr werdet sehen, wie der Gott Jana stirbt!«

Immer näher kam der Elefant; bis zu diesem Moment hatte ich mir keine richtige Vorstellung von der geradezu fürchterlichen Größe dieses Ungetüms machen können, nicht einmal damals, als er im Mondlicht über mir stand, im Begriffe, mich mit seinem Fuße zu zermalmen.

»Schieß, Baas,« wisperte Hans, »jetzt ist er nahe genug.«

Aber ich zögerte noch. Ich wollte abwarten, bis er stehenblieb, um ihn dann, wenn möglich, mit einer einzigen Kugel umzulegen, aus Prestigegründen.

Endlich stand der Koloß, und die Höhle seines Rachens öffnend, hob Jana den Rüssel hoch und trompetete, während Simba uns mit lauter Stimme zurief, uns dem Gotte Jana, »dem Unverwundbaren«, zu ergeben.

»Ich werde dir gleich zeigen, ob du unverwundbar bist, mein Junge«, sagte ich zu mir selber, sah mich noch einmal schnell um, ob Hans das zweite Gewehr fertig hatte, und sah dabei, daß Ragnall und Hârut und alle weißen Kendah sich in ihren Gräben erhoben hatten, atemlos den Ausgang dieses Zweikampfes erwartend. Niemals konnte ein Schuß leichter und sicherer sein. Der Riese hatte seinen Kopf erhoben und den Rachen geöffnet.

Ich hob das schwere Gewehr, ich visierte über Korn und Kimme auf einen bestimmten Fleck im Hintergrunde jener roten Höhlung. Ich zog ab, langsam und ruhig, der Schuß knallte – und nichts geschah! Ich hörte keinen Kugelaufschlag, und Jana nahm sich nicht einmal die Mühe, den Rachen zu schließen.

Ein lauter Ruf »Oh! Oh!« ging durch die Zuschauer. Ehe er noch verebbte, war der zweite Schuß dem ersten gefolgt mit demselben Ergebnis oder vielmehr demselben Fehlergebnis, und ein zweites und noch lauteres »Oh! Oh!« erscholl. Endlich geruhte Jana, den Rachen zuzumachen. Und als wollte er mir ein noch besseres Ziel bieten, drehte er sich jetzt um, bot mir die Seite dar und stand still wie ein Stock.

Mit einem Fluche packte ich das zweite Gewehr, zielte hinter das Ohr und feuerte beide Kugeln hinaus.

Jana rührte sich nicht. Es gab keinen Kugelaufschlag, und keine Spur von Blut erschien auf seiner Haut! Und der fürchterliche Gedanke überwältigte mich, daß ich, Allan Quatermain, ich, der berühmte Schütze, der bekannteste Elefantenjäger der Welt, viermal nacheinander diesen Heuschober von einem Vieh aus einer Entfernung von dreißig Schritten gefehlt hatte! So groß war meine Scham, daß ich dachte, ich sollte ohnmächtig werden. Wie durch einen Nebel hörte ich verschiedene Ausrufe um mich herum:

»Gütiger Himmel!« sagte Ragnall.

»Allemagte!« bemerkte Hans.

»Das Kind stehe uns bei!« murmelte Hârut.

Und alle ringsum starrten mich an, als wäre ich ein Geist. Dann lachte jemand nervös auf, und augenblicklich begannen alle durcheinander zu lachen. Sogar die entfernte Armee der Schwarzen schüttelte sich vor Lachen, und ich, Allan Quatermain, war das Zentrum all dieses Spottes. Aber auf einmal schwieg das Gelächter. Und noch einmal klang der Ruf des Königs hoch von dem Tierturm herab: »Jana, der Unverletzliche, Jana, der Unbesiegbare!« Aber die weißen Kendah schrien: »Magie!« und »Behext! Behext!«

»Jawohl,« gellte Simba, »keine Kugel kann Jana, den Gott, verletzen. Nicht einmal die Kugel des weißen Lords, den ihr von so weit her geholt habt, um Jana zu töten.«

In diesem Augenblick sprang Hans auf die Brüstung des Walles, hob die kleine Büchse Intombi hoch und kreischte: »Wir wollen einmal sehen, ob dieses Vieh wirklich ein Gott oder ein Elefant ist.«

Damit berührte er den Abzug. Und gleichzeitig mit dem Knall hörte ich den dumpfen Aufschlag der Kugel und sah Blut auf der Haut des Elefanten, gerade an jener Stelle, wohin ich soeben ohne Resultat gezielt hatte. Selbstverständlich war die von einer nur kleinen Pulverladung getriebene winzige Kugel nicht imstande, bis zu den inneren Organen vorzudringen. Wahrscheinlich hatte sie nur die Haut durchgeschlagen, und vermutlich war sie einen Zoll tief im Fleisch steckengeblieben.

Jedoch ihre Wirkung auf diesen »unverwundbaren« Gott war bemerkenswert. Er fuhr wie vom Schlag getroffen herum; er schwang seinen Rüssel und kreischte vor Schmerz und Wut. Und dann raste er davon. Mit-

ten in die dichtesten Reihen seines eigenen Volkes hinein! Mit solch einer Geschwindigkeit sauste er davon, daß die Speerträger die Ketten loslassen mußten, während der König und der Priester sich nur dadurch auf ihren Sitzen zu halten vermochten, daß sie sich an die Ketten und an den Strick um seinen Nacken anklammerten.

Das Resultat war also, insoweit es die Zerstörung magischer Illusionen betraf, zufriedenstellend, aber mich selbst brachte es in eine noch schlimmere Situation denn zuvor. War jetzt nicht erwiesen, daß das, was Jana vor meinen Kugeln geschützt hatte, nichts Übernatürliches gewesen war, sondern nur mein schlechtes Schießen?

Mit einem donnernden Gebrüll erwachte die Armee der schwarzen Kendah zu neuem Leben. Der Angriff begann.

18. Kapitel
Allan weint

Langsam stampften die Sturmregimenter heran. Eine Salve fegte in sie hinein. Sie richtete eine momentane Verwirrung an, und diese Gelegenheit benutzend, liefen wir in die nächste Verteidigungslinie zurück, denn wir fünfzig hätten einen Sturm, der vorn angesetzt wurde, nicht lange abwehren können.

Jetzt trat die Hauptmacht der weißen Kendah unter Ragnalls und Hâruts Führung in Aktion. Die Feinde erkletterten wohl den ersten Wall, hatten aber jetzt Flankenangriffe von den seitlichen Wällen, die von unseren Speermännern gehalten wurden, abzuwehren. Hier, auf dem engen Raume, konnten die Angreifer ihre Übermacht nicht ausnutzen. Ihre Verluste waren enorm. Immer, wenn sie eine Grabenlinie genommen hatten, erwartete sie in einigen Metern Entfernung eine neue, aus der die Verteidiger auch wieder nur unter großen Opfern herausgeworfen werden konnten.

Zwei Stunden lang ging es uns ganz gut. Aber trotz des verzweifeltsten Widerstandes unsererseits erstürmten die schwarzen Kendah, die sich, wie ich sagen muß, mit glänzender Tapferkeit schlugen, einen Wall nach dem andern. Und jetzt begann uns die Munition knapp zu werden.

Gegen halb neun waren wir bis in unsere letzte Stellung zurückgedrängt worden. Sie hatte das östliche

Tempeltor zu decken, das den Felstunnel abschloß. Dreimal gingen die Schwarzen vor; dreimal schlugen wir sie zurück, bis zuletzt der Graben vor dem Walle mit Gefallenen buchstäblich angefüllt war. Die weißen Kendah stießen den Angreifern ihre langen Speere durch die Brust, oder wir schossen sie herunter.

Endlich zogen sie sich zurück, weil sie die Unausführbarkeit ihres Planes eingesehen hatten, wie wir annahmen. Aber wie sich bald herausstellte, ruhten sie sich nur aus und warteten auf die Ankunft ihrer Reserve. Sie kam, rufend und singend, etwa tausend Mann stark, heran, und gleich darauf stürmte ein neuer Menschenwall gegen uns an. Wir schlugen sie zurück. Sie sammelten sich und stürmten ein zweites mal, und ein zweites mal schlugen wir sie zurück.

Dann hielten sie eine Beratung ab. Ihr Ergebnis war, daß sie sich vorsichtig an dem aus Steinen und Erde aufgebauten Walle zu schaffen machten. Sie unterminierten ihn, indem sie mit Holzpfählen die Steine lockerten und beiseite rückten. Wir aber konnten an sie nicht heran. Denn sobald sich ein Kopf auf dem Walle zeigte, regnete ein Schauer von Speeren auf ihn herab. Schon nach kurzer Zeit hatten sie in unsere Stellung Bresche gelegt, und unter wildem Tumult ergoß sich ein Strom von Angreifern durch dieselbe. Es war aussichtslos, einer solchen Übermacht Widerstand zu leisten. Wir wurden durch den Tunnel und das Tor in den Tempelhof getrieben. Mit Aufbietung aller Kräfte konnten wir vor den Nachdrängenden gerade noch die Torflügel zuschlagen und sie in aller Eile mit Steinen und Erde verrammeln. Aber jene brachten Astwerk und trockenes Gras heran und entzündeten ein Feuer. Und alsbald standen die dicken Zedernpfosten des Tores in Flammen.

Ein weiterer Rückzug war unmöglich. Der zweite Tempelhof war mit Vorräten angefüllt, und in den Räumen dahinter waren alle Frauen und Kinder des Stammes, mehr als zweitausend Menschen, untergebracht. Wir mußten also auf unseren Posten aushalten und siegen oder fallen. Bis zu diesem Augenblick waren unsere Verluste, verglichen mit denen der Schwarzen, deren Verluste wohl in die Tausende gingen, verhältnismäßig leicht. Wir hatten noch keine zweihundert Tote und etwa vierhundert Verletzte. So blieben gegen sechzehnhundert kampffähige Leute übrig, also viel mehr, als wir auf diesem beschränkten Raume überhaupt einsetzen konnten.

Deshalb schritten wir jetzt an die Ausführung eines Planes, den wir für diesen Fall vorgesehen hatten. Ungefähr dreihundertfünfzig ausgesuchte Leute blieben zur Verteidigung des Tempels hier. Der Rest, über tausend Mann, sollte die Frauen und Kinder auf geheimen Pfaden nach den Plätzen führen, wo die Kamele standen. Auf dem Rücken dieser schnellen Tiere sollten sie sich sodann in Sicherheit zu bringen versuchen. Die siegreichen Schwarzen würden hoffentlich zu erschöpft sein, um sie über die Steppe nach den fernen Bergen zu verfolgen. Das war sicherlich ein verzweifelter Entschluß. Aber wir hatten keine andere Wahl

»Und was wird mit meiner Frau?« fragte Ragnall.

»Solange der Tempel steht, hat sie im Tempel zu bleiben,« antwortete Hârut, »aber wenn alles verloren ist und ich gefallen bin, gehe du, weißer Lord, mit denen, die übriggeblieben sind, ins Allerheiligste, nimm sie, und nimm das Elfenbeinkind, und fliehe mit ihnen den anderen nach. Nur die eine Bedingung lege ich dir auf, wenn du den Fluch des Himmels vermeiden willst: gib nicht zu, daß das Elfenbeinkind in die Hände der schwarzen Kendah fällt. Eher sollst du es mit Feuer verbrennen oder mit Steinen zu Staub zermalmen.«

Sofort und ohne jedes Murren wurden die Befehle Hâruts ausgeführt. Wir dreihundertfünfzig ordneten uns, wie es die Griechen im Thermopylenpass getan haben mögen, zum letzten Kampfe.

An der Spitze des Trupps standen ich und meine Schützen. Wir hatten den Rest unserer Munition in den Taschen, für jedes Gewehr etwa acht Schuß. Hinter uns, quer über den Hof in Viererreihen formiert, unter Hâruts Kommando, postierten sich die Speer- und Schwertkämpfer. Und nahe dem Tore des zweiten Hofes, als letzter Schutz der Priester und des Tempels, standen, geführt von Ragnall, der übrigens schon zweimal leicht verwundet worden war, die Triarier, fünfzig ausgesuchte Leute.

Kaum war alles bereit, als die massiven hölzernen Torflügel durchzubrennen begannen. Schließlich fielen sie krachend und splitternd zu Boden. Als letzter Schutzwall blieb uns jetzt nur noch der Haufen von Erde und Steinen, den wir dahinter aufgeworfen hatten. Die Schwarzen rissen die brennenden Trümmer weg und überboten sich in wildem Eifer darin, unseren Wall zu zerstören. Diese Aufgabe war für sie nicht leicht, denn immer wieder stachen wir mit unseren langen Lanzen die Arbeitenden nieder oder zerschmetterten ihnen mit Steinen die Schädel. Aber immer wieder, trotz schrecklicher Verluste, wurden die Toten und Verwundeten weggezogen und durch noch nicht abgekämpfte Truppen ersetzt. Schließlich stand der Torweg offen.

Als die Vordersten im Hofe erschienen, gab ich das Feuerkommando, und fünfzig Kugeln rissen aus einer Entfernung von nur wenigen Metern grausige blutige Furchen in die schwarzen Massen. Sie fielen sozusagen auf einen Schlag. Sie fielen wie Korn vor der Sichel. Nicht ein Mann kam durch. Hastig luden wir und warteten auf den nächsten Sturm. Er kam, und die schreckliche Szene wiederholte sich.

Jetzt waren das Tor und der Tunnel mit Gefallenen vollgestopft. Der Feind mußte sie erst wegschaffen, ehe er von neuem angreifen konnte.

Wieder stürmten die Schwarzen an, und wieder wurden sie niedergemäht. So ging es fort, bis unsere letzten Patronen verschossen waren. Dann warfen meine Leute ihre nutzlos gewordenen Gewehre beiseite, bewaffneten sich mit Speeren und Schwertern, zogen sich als Reserve zurück und überließen zunächst Hârut und seiner Schar die Verteidigung des Platzes. Länger als eine halbe Stunde tobte dieses neue schreckliche Gemetzel. Zuletzt zog sich der Feind zurück, und wir hatten Zeit, unsere Toten und Verwundeten beiseite zu schaffen und einen Schluck Wasser zu trinken. Schon stieg in uns die verzweifelte Hoffnung auf, sie hätten den Angriff aufgegeben.

Aber plötzlich erschien in dem dunklen Torweg der gigantische Körper des Elefanten Jana. Er stürmte mit ungeheurem Getöse auf uns zu. Hinter ihm her rannten Leute, die ihn mit Speeren stachen. Er flitzte durch die Verteidiger, als wären sie trockenes Gras, zerschmetterte alles, was er mit seinem riesigen Rüssel und mit den furchtbaren, daran herumwirbelnden eisernen Kugeln erreichen konnte, und machte sich dabei aus den Lanzen, die von allen Seiten auf ihn herabregneten, so viel wie aus Mückenstichen. Er trompetete und trampelte, und gedeckt von ihm tobten wie ein reißender schwarzer Strom die Feinde, auf die sich jetzt unsere Speerleute mit letzter verzweifelter Wut warfen.

In diesem Augenblicke trat ich, gefolgt von Hans, aus dem Tore des zweiten Hofes. Ich schaute auf und sah den Teufel Jana direkt auf mich zukommen. Die weißen Kendah wichen ihm seitwärts aus.

Nun, dachte ich mir, wollen wir beides auslöschen, Jana, meine Beschämung sowohl wie dein Leben. Diesmal soll es kein Fehlschuß sein, oder wenn es einer ist, dann soll es mein letzter sein!

Jana donnerte her und wirbelte die eisernen Kugeln unter die weichenden Krieger, die nach rechts und links davonflohen und einen weiten Raum zwischen mir und ihm freiließen. Um ganz sicher zu gehen, kniete ich auf mein rechtes Knie nieder, benutzte das andere als Stütze für meinen linken Ellenbogen, und da ich einen Schuß auf den unablässig hin und her schwingenden Kopf nicht riskieren wollte, hielt ich auf jene Stelle an, wo der Hals in die Brust einmündet.

Auf ungefähr zwanzig Schritt feuerte ich und traf – nicht Jana, sondern den Priester, der auf seinem Nacken saß! Ich traf also drei Meter höher als ich gezielt hatte! Die Kugel war dem Manne durch den Kopf gegangen. Sein Schädel zersprang wie eine Eierschale, er fiel leblos zu Boden.

In wilder Verzweiflung zielte ich nochmals und feuerte, als Jana keine acht Meter mehr entfernt war. Diesmal mußte die Kugel weit nach links abgewichen sein, denn ich sah einen Brocken von dem abgebrochenen und deformierten Zahn absplittern und einige Meter weiter weg niederfallen.

Jetzt gab ich alle Hoffnung auf. Ich hatte keine Zeit mehr, auf die Füße und fortzukommen; und tatsächlich, ich wünschte es auch gar nicht. Es gibt Fehler, die nur durch den Tod gesühnt werden können. Ich blieb einfach knien und wartete auf das Ende.

Im nächsten Augenblick war die gigantische Kreatur mit erhobenem Rüssel und geöffnetem Maule direkt über mir. Ich hörte einen holländischen Fluch und sah eine kleine gelbe Gestalt; sah Hans, die Läufe meiner zweiten Elefantenflinte fast in jene rote Wölbung hineinstoßen; hörte einen Schuß krachen und gleich darauf einen zweiten. Im nächsten Moment hatte der mächtige Rüssel sich um Hans geschlungen und warf ihn hoch in die Luft empor. Hans fiel mit ausgebreiteten Armen etwa fünfzehn Schritt von mir entfernt auf die Erde.

Jana schwankte ein paarmal hin und her, als würde er fallen; er riß sich aber noch einmal zusammen – dann schwenkte er nach rechts, vielleicht um Hans zu verfolgen – dann stolperte er ein paar Schritte vorwärts – dann stand er wieder still. Ich wälzte mich herum, kam aufrecht zu sitzen und beobachtete, was weiter geschah.

Erst sah ich Ragnall mit einem Gewehr kommen und zwei Schüsse auf den Kopf des Ungeheuers abfeuern, von denen es aber überhaupt keine Notiz nahm. Dann sah ich seine Frau, die Wächterin des Kindes, im

Portal des zweiten Hofes stehen. Wieder trug sie die Gewänder der Göttin und die Mütze aus einem Vogelbalg Zwei Priesterinnen schritten hinter ihr. Sie hielt auf ihren vorgestreckten Armen die Statue des Elfenbeinkindes. Sie kam langsam und ruhig daher, ihre großen leeren Augen auf Jana gerichtet. Als sie sich ihm näherte, schien es, als ob das Ungeheuer sich unbehaglich fühlte. Er drehte den Kopf nach rechts und nach links, drehte ihn dann plötzlich ganz herum, langte mit dem Rüssel über seinen Nacken und packte die Knöchel des Königs Simba und begann ihn in der Luft herumzuwirbeln, erst langsam, dann schneller und immer schneller, bis die Silberketten auf der Brust des Opfers in der Sonne blitzten wie ein silbernes Rad. Zuletzt schleuderte er ihn zu Boden, und was da liegen blieb, erinnerte in nichts mehr an eine ehemals menschliche Gestalt.

Und jetzt stand die Priesterin vor dem wütenden Tiere.

Ragnall sprang hinzu, um sie wegzuziehen. Aber sofort warfen sich ein Dutzend Männer auf ihn und hielten ihn fest.

Genug, Jana sah auf sie herab, und sie sah hinauf zu Jana. Dann kreischte der Elefant in rasender Wut auf, sein Rüsseln schnellte vor, er riß das Elfenbeinkind aus ihren Händen, wirbelte es herum, so wie er Simba herumgewirbelt hatte, und schmetterte es zuletzt auf den Steinboden nieder. Der im Laufe der Jahrtausende mürbe gewordene Körper zersprang in zehntausend Stückchen. Bei diesem Anblick erscholl Stöhnen aus den Reihen der weißen Kendah, die Priesterinnen der Göttin schrien auf und zerrissen ihre Gewänder, und Hârut fiel wie leblos auf sein Angesicht nieder.

Noch einmal kreischte Jana auf. Dann kniete er langsam nieder und schlug mit seinem Rüssel und den klingenden Metallkugeln dreimal auf den Boden, als wollte er der Priesterin, die vor ihm stand, seine Ehrenbezeugung machen. Ein Zittern ging durch seinen ungeheuren Rumpf, er rollte herum – und war tot!

Jäh brach der Kampf ab. Die schwarzen Kendah, die inzwischen in immer neuen Massen in den Tempelhof hereingedrungen waren, starrten hin und standen wie versteinert. Endlich brach eine Stimme das Schweigen: »Der Gott ist tot! Der König ist tot! Jana hat Simba getötet und ist selber getötet worden! Zerschmettert ist das Kind! Verspritzt ist das Blut von Jana! Flieht, Männer der schwarzen Kendah, flieht, denn die Götter sind tot, und euer Land ist ein Land von Geistern geworden!«

Von allen Seiten antwortete es in heulendem Echo: »Flieh, Volk der schwarzen Kendah, denn die Götter sind tot!«

Sie wandten sich zur Flucht. Gepeitscht von Grauen und Entsetzen huschten sie davon wie Schatten. Ihre Verwundeten nahmen sie mit, und niemand war da, der sie gehindert oder verfolgt hätte. Dreißig Minuten später war, abgesehen von einigen Schwerverletzten oder Sterbenden, keiner von ihnen mehr im Tempel oder in dem Passe zu sehen. Sie waren fort und hatten nur ihre Toten zurückgelassen.

Der Kampf war zu Ende. Der Kampf, der verloren gewesen war, war gewonnen!

Ich richtete mich mühselig auf. Als ich endlich wieder auf meinen bebenden Füßen stand, sah ich Ragnall auf sein Weib zuspringen.

»Luna!« keuchte er, »Luna!«

Auf die Schulter eines Kendah gelehnt, wankte ich näher. Eine lange Weile starrte sie ihn an, bis auf einmal der Ausdruck ihrer Augen ein anderer zu werden begann. Es war, als ob die Seele in ihren Körper zurückkehrte. Endlich sprach sie leise, zögernd:

»Oh! Georg, dieses furchtbare Tier«, und sie zeigte auf den toten Elefanten, »hat unser Baby getötet! Sieh es an! Sieh es an! Wir müssen einander nun alles sein, Lieber, so wie wir es waren, bevor es kam – es sei denn, Gott gibt uns ein anderes.«

Dann brach sie in Tränen aus und fiel ihm in die Arme.

Lady Ragnall war von diesem Moment an wieder völlig Herrin ihres Verstandes. Der erste Todesfall, der in ihrer Gegenwart geschah, nahm ihr den Verstand, der zweite Pseudotodesfall, ebenfalls in ihrer Anwesenheit, brachte ihn ihr zurück!

Ich ließ Ragnall mit seiner Frau allein und stolperte zu Hans, der noch immer bewußtlos dalag. Ich erkannte, daß hier jede menschliche Hilfe vergeblich war. Denn Jana hatte ihm mit seinem eisernen Rüssel fast alle Rippen im Leibe zerbrochen. Wir brachten ihn in eine Priesterzelle. Ich saß bei ihm bis zu seinem letzten Atemzuge. Das war gegen Sonnenuntergang.

Ehe er starb, kam er noch einmal zu sich. Sein Verstand war vollkommen klar.

»Gräme dich nicht, daß du Jana gefehlt hast, Baas,« sagte er, »denn du hast ihn ja nicht gefehlt, sondern ein Teufel hat deine Kugeln abgelenkt.

Baas, obgleich ich dir vorher nichts gesagt habe, ein Wurfspeer hat mich am Unterleibe verletzt, als ich mich heute früh zu den schwarzen Kendah schlich.

Baas, hast du eine Botschaft für deinen ehrwürdigen Vater, den Prediger? Wenn, so sage sie mir schnell, denn mein Kopf wird zu leer, um die Worte zu behalten.«

Mehr um ihm selbst eine Liebe zu tun, gab ich ihm tatsächlich eine Botschaft mit, so töricht das erscheinen mag. Er wiederholte sie Wort für Wort, so wie es die Eingeborenen zu tun pflegen, er wiederholte sie noch einmal und sagte dann, daß er sie jetzt auswendig wüßte. Auf seinen Wunsch richtete ich ihn auf, damit er in die untergehende Sonne sehen könne.

Er starrte schweigend auf sie hin, sank zurück und begann wirre Reden von Abenteuern, die wir vor langen Jahren miteinander bestanden hatten. Doch kurz vor dem Ende kehrte ihm noch einmal die Besinnung zurück.

»Baas,« sagte er leise, »hat man mich nicht ›Licht-im-Dunkel‹ genannt? Wenn auch du einmal in jene Dunkelheit hinuntersteigst, so schaue nach jenem Lichte aus; es wird ganz nahe bei dir scheinen!«

Dann starb Hans mit einem Lächeln auf seinem runzligen Gesicht

Ich weinte!

19. Kapitel
Heimwärts

Wir begruben Hans in einem Ehrengrab vor dem Tore des zweiten Tempelhofes, genau dort, wo er Jana niedergeschossen hatte, und als die Erde über sein kleines gelbes Gesicht fiel, meinte ich zu fühlen, daß die Hälfte meines Ich mit ihm in jenem Loche begraben wurde.

Hans hatte, was die Kendah betraf, recht gehabt. Sie wanderten aus. Über dreitausend allerdings wanderten nicht aus; die lagen tot vor den Zugängen zum Tempel des Elfenbeinkindes, und unsere Leute hatten Tage und Nächte zu tun, alle die Leichen in den Verteidigungsgräben beizusetzen.

Jana wurde dort, wo er gefallen war, verscharrt, denn wir konnten diese enorme Last natürlich nicht abtransportieren. Die einzigen Wunden, die ich an ihm fand, hatte Hans ihm beigebracht. Er hatte durch ihn ein Auge verloren; das kleine Loch über dem Herzen rührte von dem Schuß her, den er mit »Intombi« auf ihn abgefeuert hatte, und im Maule am oberen Gaumen waren zwei runde, glatte Löcher zu sehen. Dort waren die Kugeln der schweren Elefantenbüchse hineingegangen, die ihm dann das Gehirn durchschlagen hatten.

Ich erbat von den weißen Kendah die zwei mächtigen Stoßzähne, aber sie schlugen mir diese Bitte ab.

Den vereinbarten Vertrag hielten die Kendah gewissenhaft ein. Durch eine eigenartige, feierliche Zeremonie wurde Lady Ragnall ihres hohen Amtes als Wächterin des Gottes, dessen Symbol nun nicht mehr existierte, entkleidet. Von da ab wurde sie wie ein Gast, so wie wir selbst, behandelt.

»Der Fluch des Kindes ist restlos in Erfüllung gegangen!« sagte Hârut ernst. »Erst Sturm und Hunger. Dann Krieg. Und nun Flucht und Zerstörung.«

»Es scheint so,« antwortete ich, »aber dieser Fluch ist, wie mancher andere, auf seinen Urheber zurückgefallen. Denn wenn auch Jana tot ist, wenn auch sein Volk geflohen ist, wo ist das Kind, und wo sind so viele deines Volkes? Was wollt ihr nun tun ohne euren Gott, Hârut?«

»Unsere Sünden bereuen und warten, bis die Himmel uns einen neuen Gott senden«, sagte er mit tiefer Traurigkeit in der Stimme.

Etliche Tage später verließen wir den Heiligen Berg, eine Karawane von ungefähr hundert Kamelen. Fünfzig waren mit Elfenbein beladen. Auf den anderen saßen, von Hârut selbst angeführt, unsere Eskorte und wir drei Europäer. Aber ein Fluch ruhte auf diesem Elfenbein. Einige Wochen später überraschte uns in der Wüste ein Sandsturm. Mit knapper Not retteten wir das nackte Leben. Als der Sturm am heftigsten tobte, rissen sich die Kamele los und flohen in die Wüste hinein. Dort sind sie wahrscheinlich umgekommen und unter Sandmassen begraben worden;

Die weißen Kendah, ein Volk, das seine Gefühle selten zur Schau stellte, sahen uns ohne jedes Zeichen von innerer Bewegung scheiden. Sie sagten uns kaum Lebewohl.

Tag um Tag, Woche um Woche zogen wir über jene endlosen Flächen, einem Wege folgend, den nur Hârut allein kannte.

Nach mühseliger Wanderung erreichten wir endlich einen kleinen Hafen am roten Meer. Ich schiffte mich zur Reise nach Natal ein, während Ragnall und seine Frau nach Suez fuhren.

Als ich des alten Hârut Hand zum Lebewohl schüttelte, teilte er mir mit, daß er nach Ägypten gehe. Auf meine Frage warum, antwortete er:

»Vielleicht um einen neuen Gott zu suchen, Lord Macumazana, einen Gott, den uns kein Jana zerstören kann. Wir können über diese Sache noch einmal sprechen, wenn wir uns wiedersehen!«

Das sind einige wenige Erinnerungen an diese meine letzte Reise. Denn um die Wahrheit zu sagen, ich habe alles um mich herum nur wenig beachtet.

Mein Herz blutete über Hans ...

- Ende -

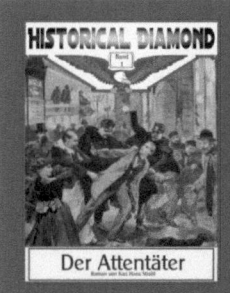

HISTORICAL DIAMOND
Band 1

Der Attentäter
Roman von Karl Hans Strobl

HISTORICAL DIAMOND
Band 2

Die Seelenverkäufer
Abenteuerroman von Kurt Faber

HISTORICAL DIAMOND
Band 3

Jenseits des Äquators
Abenteuerroman von Ferdinand Emmerich

HISTORICAL DIAMOND
Band 4

Der Feind aus dem Dunkel
Kriminalroman von Annie Hruschka

HISTORICAL DIAMOND
Band 5

Der Tag der Vergeltung
Kriminalroman von Anna Katharine Green

HISTORICAL DIAMOND
Band 6

Die Yacht der sieben Sünden
Kriminalroman von Paul Rosenhayn

HISTORICAL DIAMOND
Band 7

Das Rätsel von Ravensbrok
Kriminalroman von Hans Hyan

HISTORICAL DIAMOND
Band 8

Spreemann und Co
Historischer Berlin-Roman von Alice Berend

HISTORICAL DIAMOND
Band 9

Die verlorene Welt
Abenteuerroman von Conan Doyle

HISTORICAL DIAMOND
Band 10

**Allan Quatermain und der
Zauberer im Zululand**
Abenteuerroman von Henry Rider Haggard

HISTORICAL DIAMOND
Band 11

Attila - König der Hunnen
Historischer Roman von Felix Dahn

HISTORICAL DIAMOND
Band 12

**Lizzie Holmes und die
Kristiana-Affäre**
Kriminalroman von Sven Elvestad

HISTORICAL DIAMOND
Band 13

Der Chinese
Ein Wachtmeister Studer - Krimi von Friedrich Glauser

HISTORICAL DIAMOND
Band 14

**Allan Quatermain
und die heilige Blume**
Abenteuerroman von Henry Rider Haggard

HISTORICAL DIAMOND
Band 15

Bomben auf Monte Carlo
Roman von Fritz Reck-Malleczewen

HISTORICAL DIAMOND
Band 16

Das Elfenbeinkind
Ein Allan Quatermain Abenteuerroman von Henry Rider Haggard

Ein Mann des praktischen Lebens und ein Mann der Feder haben sich zusammengetan, um gemeinschaftlich in diesem Buch die Naturwunder und Merkwürdigkeiten der „Perle Indiens", der Tropeninsel Ceylon, zu schildern. 25 Jahre lang hat John Hagenbeck (1886-1940) dort als Kaufmann, Pflanzer, Sportsmann und Tierexporteur eine umfassende Tätigkeit ausgeübt, ist er der populärste deutsche Kolonist im fernen Südosten gewesen, bis ihn der Ausbruch des Ersten Weltkrieges jäh seinem Wirken entriss, ihn aus seinem Paradies vertrieb.

Was John Hagenbeck in den langen Jahren eines reich bewegten, abenteuerlichen Überseelebens im Verkehr mit weißen und farbigen Menschen, auf der Jagd im Dschungel, in allen Teilen der Tropeninsel erlebt hat, das ist in diesem Werk nach seinen Aufzeichnungen und Berichten, in literarische Form gebracht worden.

Wenn dieses Buch allen denen, die es aus unserer deutschen Beengtheit wenigstens im Geiste nach fernen Küsten, zu fremdartigen Menschen und seltsamen Dingen lockt, etwas bietet, etwas zu sagen hat, so ist sein schönster Zweck erfüllt!

Bibliographische Angaben:

Autor: John Hagenbeck
Paperback € 11,99
192 Seiten
ISBN: 978-3-7528-2274-8
Verlag: Books on Demand
Auch als Ebook erhältlich

„Gibt es jemanden, der diesen Sommer eine Fahrt per Automobil von Peking nach Paris unternehmen wird?"

... fragte die Pariser Zeitung Le Matin am 31. Januar 1907. Es meldeten sich 40 Teilnehmer für das Rennen an. Aufgrund unüberwindlicher Schwierigkeiten starteten starteten letztlich doch nur fünf Teams am 10. Juni um 8:00 Uhr in Peking.

Der aus einer Patrizierfamilie stammende Scipione Borghese, der Sieger dieses Rennens, schreibt an sein Teammitglied, den Journalisten und Autor Luigi Barzini:

„Uns [...] erwartete allgemeiner Beifall, erwartete die Genugtuung, einen Augenblick lang die Begeisterung der großen Metropolen der Welt, der betriebsamen Städte, der stillen Flecken in ganz Europa erregt zu haben!

Am Punkt der Abfahrt die geheimnisvolle Hauptstadt des rätselhaften Reiches, aus dem das Geräusch des Lebens wegen der räumlichen Entfernung und des Abstandes im Denken nur gedämpft zu uns herüberklingt; am Endpunkt der lauteste Resonanzboden der Welt, Paris, von wo jeder, auch der leiseste Hauch des Lebens sich verstärkt und in tausendfachem Echo vervielfältigt über die ganze Erde verbreitet. ...

Der Telegraph und die Presse, sie sind die unmittelbare Ursache der Volkstümlichkeit, deren sich unser Unternehmen zu erfreuen hatte.

Diese beiden sind es, die Ihre spannende Darstellung überallhin verbreitet haben, die den eintönigen und für uns nur allzu häufig höchst verdrießlichen Zwischenfällen der Reise Interesse verlieh. ... Und das Publikum hat die Poesie gefühlt, die die einzelnen Kapitel dieser unserer modernsten Odyssee erfüllt."

Bibliographische Angaben:

Buchtitel:

Peking-Paris im Automobil: Die legendäre 16.000 km – Rallye 1907
Autor(en): Lugi Barzini u. Klaus-Dieter Sedlacek (Hrsg.)
Taschenbuch: 396 Seiten
Verlag: Books on Demand
ISBN 978-3-7528-3050-7
Auch als Ebook erhältlich.

NATURWISSENSCHAFT, PHYSIK UND ASTRONOMIE

– **Äquivalenz von Information und Energie.** Von: K.-D. Sedlacek
– **Das Gesetz im Zufall:** Wie sich verborgene Gesetzlichkeit manifestiert. Von: Moritz Cantor u. K.-D. Sedlacek (Hrsg.)
– **Der Widerhall des Urknalls:** Spuren einer allumfassenden transzendenten Realität jenseits von Raum und Zeit. Von: K.-D. Sedlacek
– **Einsteins Relativitätstheorie ganz ohne Mathematik.** Spezielle und allgemeine Relativitätstheorie. Von: Prof. Dr. Paul Kirchberger u. K.-D. Sedlacek (Hrsg.)
– **Freizeitvergnügen Sternenhimmel mit bloßem Auge:** Wie man Sternbilder auffindet ohne Instrumente. Von: Prof. Dr. Paul Kirchberger u. K.-D. Sedlacek (Hrsg.)
– **Phänomen Naturgesetze:** Das Geheimnis hinter den Erscheinungen der Welt. Von: K.-D. Sedlacek
– **Supervereinigung:** Wie aus nichts alles entsteht. Von: K.-D. Sedlacek
– **Die Natur psycho-physikalischer Phänomene.** Erforschung telekinetischer Vorgänge. Von: Schrenck-Notzing, A. u. Klaus D Sedlacek (Hrsg.)
– **Giganten der Physik.** Die Top10-Physiker der Menschheitsgeschichte. Von: Klaus-Dieter Sedlacek (Hrsg.)
– **Der allmächtige Informatiker:** Das Mysterium des Universums. Von Sir James Jeans u. K.-D. Sedlacek (Hrsg.)
– **Der verborgene Mechanismus des Weltgeschehens:** Neue Erkenntnisse über die Gestalten biotechnischer Systeme der Welt. Von: Dr. h. c. Raoul Francé u. K.-D. Sedlacek
– **Der erdgeschichtliche Klimawandel:** Den wahren Ursachen von Klimaschwankungen auf der Spur. Von Wilhelm Bölsche u. K.-D. Sedlacek (Hrsg.)
– **Wege zur physikalischen Erkenntnis.** Meine wissenschaftlichen Selbstbiographie, Reden und Vorträge. Von **Max Planck** u. K.-D. Sedlacek (Hrsg.)

CHEMIE

– **Der Stein der Weisen:** Wie die Alchemie zur Chemie wurde. Von: Wilhelm Ostwald et. al. u. K.-D. Sedlacek (Hrsg.)
– **Durchblick Chemie:** Praktische Grundlagen und Einführung in die anorganische, organische und Biochemie. Von: Prof. Dr. Lassar-Cohn, Prof. Dr. W. Löb, K.-D. Sedlacek

NATUR- UND PHILOSOPHIE

– **Die letzten Ursachen.** Das Buch der Naturerkenntnis. Von: K.-D. Sedlacek
– **Gebundener Wille:** Wie frei ist menschlicher Wille tatsächlich? Von: K.-D. Sedlacek, G.F. Lipps et. al.

– **Jenseits der Erscheinungen:** Erkennbarkeit und Realität der Quantennatur. Von: Prof. Dr. M. Schlick u. K.-D. Sedlacek (Hrsg.)
– **Kleines Wörterbuch der Natur-Philosophie:** 1200 Begriffe, die man kennen sollte, kurz und prägnant. Von: K.-D. Sedlacek
– **Naturphilosophie:** Das Wesen von Naturgesetzen und die Erklärung des Lebens. Von: Prof. Dr. M. Schlick u. K.-D. Sedlacek (Hrsg.)
– **Vereinbarkeit von Religion und Naturwissenschaft.** Von: Kurd Laßwitz u. K.-D. Sedlacek (Hrsg.)
– **Das Konzept des Guten.** Sinnliches Empfinden – Der Ursprung unserer Wertvorstellungen. Von: Klaus-Dieter Sedlacek (Hrsg.)
– **Ist echte Erkenntnis möglich?** Einführung in die Erkenntnistheorie. Von: Prof. Dr. Erich Becher u. K.-D. Sedlacek (Hrsg.)
– **Das individuelle Ich**: Was ist der Kern des Selbstbewusstseins? Von: Th. Lipps u. K.-D. Sedlacek (Hrsg.).
– **Persönlichkeit und Unsterblichkeit:** In welcher Form existiert ein Weiterleben nach dem zeitlichen Ende? Von: Wilhelm Ostwald u. K.-D. Sedlacek (Hrsg.)
– **Die idealistischen Grundwerte unserer Kultur.** Von Johannes M. Verweyen u. K.-D. Sedlacek (Hrsg.)

BEWUSSTSEIN

– **Leben nach dem Leben:** Befreiung des Bewusstseins von den Fesseln der Zeit. Von: K.-D. Sedlacek
– **Quantenbewusstsein.** Von: N. Wrobel u. K.-D. Sedlacek
– **Synthetisches Bewusstsein.** Von: K.-D. Sedlacek
– **Unsterbliches Bewusstsein:** Raumzeit-Phänomene, Beweise und Visionen. Von: K.-D. Sedlacek

LEBEN UND MEDIZIN

– **Leben aus Quantenstaub.** Von: N. Wrobel u. K.-D. Sedlacek,
– **Was ist Krankheit?** Von: N. Wrobel u. K.-D. Sedlacek
– **Bewusstsein und Unsterblichkeit.** Von: C. L. Schleich u. K.-D. Sedlacek (Hrsg.)
– **Die Lebenskraft:** Wie Enzyme, Bewusstsein und quantenbiologische Effekte das Leben regulieren. Von: K.-D. Sedlacek u. N. Wrobel,
– **Die verborgene Ordnung des Weltsystems.** Neue Erkenntnisse über die schöpferischen Kräfte der Natur. Von: Dr. h. c. Raoul Francé u. K.-D. Sedlacek (Hrsg.)

– **Homöopathie und Praxis:** Naturheilkundliche alternative Medizin für den mündigen Patienten. Von: Dr. med. J. Voorhoeve u. K.-D. Sedlacek (Hrsg.)

– Eine andere Sicht auf die Entstehung der sporadischen Form der Alzheimerkrankheit. Von Norbert Wrobel u. K.-D. Sedlacek (Hrsg.)

PSYCHOLOGIE

– Gestalt-Psychologie: Einführung in die neue Psychologie vom Begründer der Gestaltpsychologie. Von: Prof. Dr. Kurt Koffka u. K.-D. Sedlacek (Hrsg.)
– Die ersten Spuren psychischer Erscheinungen: Das psychische Leben von Mikroorganismen – Eine Studie in experimenteller Psychologie. Von Alfred Binet u. K.-D. Sedlacek (Übers.)
– Allgemeine moderne Psychologie: Systematische Einführung in die Wissenschaft psychischer Prozesse. Von August Messer u. K.-D. Sedlacek (Hrsg.).
– Strahlende Kräfte durch positives Denken: Die Wurzeln des Erfolgs und Wege zum Glück. Von Emil Peters u. K.-D. Sedlacek (Hrsg.)

BIOLOGIE

– Wie intelligent sind Pflanzen? Sensationelle Einblicke in die geheime Seite des pflanzlichen Wesens. Von Prof. Dr. phil. Adolf Wagner u. K.-D. Sedlacek

– Über Menschenaffen, Tierseele und Menschenseele: Intelligenzprüfungen an Hominiden. Von Wilhelm Bölsche et. al. und K.-D. Sedlacek (Hrsg.)

GESCHICHTE, VOR- U. FRÜHGESCHICHTE

– Die geheimnisvolle Kultur der alten Kelten. Von Druiden, Fürstensitzen und der Lebensart unserer frühgeschichtlichen Vorfahren. Von Georg Grupp u. K.-D. Sedlacek (Hrsg.)
– Der Alchemist Leonhard Thurneysser: Die Lebensgeschichte des Goldmachers von Berlin. Von Klaus-Dieter Sedlacek (Hrsg.)
– Es begann mit Feuerskraft. Das Werden des Menschen und seiner Kultur. Von Carl W. Neumann u. K.-D. Sedlacek (Hrsg.)
– Gefangen zwischen Eisschollen: Die dramatische Entdeckungsgeschichte der Antarktis. Von Klaus-Dieter Sedlacek (Hrsg.)

RATGEBER FREIZEIT U. REISE

– Kultur erleben mit den Wohnmobil in Frankreich: Vierzig kulturelle Highlights, Park- und Übernachtungspätze sowie Navigationskoordinaten. Von Klaus-Dieter Sedlacek
– Kochbuch für ganze Kerle: Kräftige und Feinschmeckergerichte für Freizeit und Camping. Von K.-D. Sedlacek (Hrsg.)

FORSCHUNGSREISEN U. ABENTEUER

– Meine erste Weltumseglung: Tagebuch einer epochalen Expedition. Von James Cook u. K.-D. Sedlacek (Hrsg.)
– Exotische Reise durch Persien: Abenteuerlicher Bericht aus einer fremdartigen Welt des 19ten Jahrhunderts. Von Pierre Loti u. K.-D. Sedlacek (Hrsg.)
– Mit der Beagle um die Welt: Bericht meiner Forschungsreise zum Galapagos-Archipel. Von Charles Darwin u. K.-D. Sedlacek (Hrsg.)
– Peking-Paris im Automobil: Die legendäre 16.000 km – Rallye 1907. Von Luigi Barzini u. K.-D. Sedlacek (Hrsg.)
– Mein Leben im Tropenparadies: Fünfundzwanzig Jahre in Ceylon – Erlebnisse und Abenteuer. Von John Hagenbeck u. K.-D. Sedlacek (Hrsg.)